Maarten 't Hart

So viele Hähne, so nah beim Haus

Erzählungen

Aus dem Niederländischen
von Gregor Seferens

PIPER

Mehr über unsere Autoren und Bücher:
www.piper.de

Von Maarten 't Hart liegen im Piper Verlag vor:
Bach und ich
Der Flieger
Ein Schwarm Regenbrachvögel
Gott fährt Fahrrad
Die grüne Hölle
Die Jakobsleiter
Magdalena
Die Netzflickerin
Das Paradies liegt hinter mir
Das Pferd, das den Bussard jagt
Der Psalmenstreit
Das Wüten der ganzen Welt
Die schwarzen Vögel
Der Schneeflockenbaum
Die Sonnenuhr
So viele Hähne, so nah beim Haus
In unnütz toller Wut
Unter dem Deich
Unterm Scheffel

Die Übersetzung dieses Buches wurde von der niederländischen
Stiftung für Literatur gefördert.

**Nederlands letterenfonds
dutch foundation
for literature**

MIX
Papier aus verantwortungsvollen Quellen
FSC
www.fsc.org
FSC® C083411

Ungekürzte Taschenbuchausgabe
ISBN 978-3-492-31605-7
1. Auflage Juli 2020
2. Auflage Januar 2021
© Maarten 't Hart, 2016
Titel der niederländischen Originalausgabe:
»De moeder van Ikabod«, De Arbeiderspers, Amsterdam, 2019
© der deutschsprachigen Ausgabe:
Piper Verlag GmbH, München 2019
Umschlaggestaltung: Cornelia Niere
Umschlagabbildung: AKG, PIETER BRUEGEL
Satz: Kösel Media GmbH, Krugzell
Gesetzt aus der Adobe Garamond
Druck und Bindung: CPI books GmbH, Leck
Printed in the EU

Inhalt

Die Stieftöchter von Stoof 7
Die Knochengrube 51
Survival of the fittest 64
Der Kompass 73
Hundemusik 94
Wie Gott erschien in Warmond 107
Die Mutter Ikabods 123
Der junge Amadeus 143
Der Hauptpreis 156
Die Ladentür 160
Maartens Hanfplantage 174
Scheißprotestanten 189
Der Speckpfannkuchen 193
So viele Hähne, so nah beim Haus 203
Wohnbootbotschafter 213
Eine sehr kurze Geschichte über Musik 223
Im Kasino 226
Der Wiegestuhl 241

Die Stieftöchter von Stoof

I

Wieder einmal besuchte ich das Städtchen, in dem ich geboren wurde. Ich stieg die steile Deichtreppe hinauf, ging an der Mühle »De Hoop« vorüber, ließ das Haus des Doktors hinter mir und kam am Pumpwerk vorbei. Mein Weg führte mich zu jener Bäckerei, in der ich seinerzeit reformiertes Graubrot gekauft hatte. Die Bäckerei sah jetzt vollkommen anders aus. Der schmale Laden hatte sich in eine Backwarenboutique verwandelt. Als ich daran vorbeiging, schob sich geräuschlos eine Glastür in Richtung Mühle, und es entstand eine Öffnung, durch die man einfach so den Laden betreten konnte. Bevor ich jedoch der Einladung der Glasscheibe folgte, schaute ich zuerst kurz nach oben, um zu sehen, ob das große Schild *Hoflieferant* dort noch hing. Dem war so. *Schelvischvanger, Bäcker und Konditor, seit 1517.*

Ich ging hinein. Hinter der Ladentheke tummelten sich drei junge Frauen, die drei identische braungelbe Latzhosen trugen. Sie hatten drei identische braungelbe Baseballkappen auf dem Kopf, unter denen drei identische Pferdeschwänze hervorschauten.

»Womit kann ich dienen?«, fragte mich eine der jungen Frauen.

»Eigentlich mit nichts«, erwiderte ich, »ich wollte nur mal schauen, ob ich hier noch jemanden treffe, den ich von früher kenne.«

»Ich sag der Chefin kurz Bescheid«, sagte die junge Frau.

Sie ging zur Gegensprechanlage und drückte auf einen Knopf: »Chefin, hier möchte Sie jemand sprechen, ein Vertreter oder so.«

Sogleich kam sie zu mir zurück und sagte: »Die Chefin kommt sofort.«

Ich schaute mich um, und mir war nicht gleich klar, wie der Laden so groß hatte werden können. Doch dann dachte ich: Man hat nicht nur das ehemals hinter dem Verkaufsraum gelegene Wohnzimmer hinzugenommen, sondern offenbar auch das Nachbarhaus gekauft, um in der Breite wachsen zu können.

Auf einer Wendeltreppe stieg aus der Tiefe (befand sich dort immer noch die Backstube?) eine kräftige, große Frau herauf. Auch sie trug die recht plumpe, braungelbe Latzhosenuniform. Zum Glück fehlten die Kappe und der Pferdeschwanz. Während sie langsam nach oben kam, bewegte ich mich auf der Kundenseite des Verkaufstresens zu der Stelle, wo sie den Laden betreten würde. Als wir auf gleicher Höhe waren, rief ich: »Nein, tatsächlich, Dina, du bist es! Ist das denn die Möglichkeit!«

Sie sah mich misstrauisch an, dann lächelte sie plötzlich und erwiderte: »Jetzt weiß ich, wen ich vor mir habe. Mensch, hast du dich verändert, all deine schönen Locken sind verschwunden.«

»Du hast dich überhaupt nicht verändert«, sagte ich, »kein bisschen. Du siehst immer noch toll aus, hätte ich dich damals doch bloß in den Zure Vischsteeg gezogen, um dich zu küssen.«

»Hätte ist ein armer Mann«, erwiderte sie. »Haben ist für den, der's kriegen kann.«

»Der Laden ist ja wirklich riesig geworden.«

»Ja, ja, Schelvischvanger, Bäcker und Konditor, seit 1517.«

»Du bist keine Schelvischvanger.«

»Ich nicht, aber meine drei Stiefschwestern.«
»Sind sie die Eigentümerinnen?«
»In gewisser Weise, aber ich bin auch Teilhaberin, oder wie du es auch immer nennen willst. Ach, wenn du wüsstest, wie das alles gelaufen ist ... wie wir haben kämpfen müssen ... Aber ich habe dir damals schon gesagt: Wir haben zwei Trümpfe in der Hand, wir sind wunderschön und wir sind viele ... All meine Schwestern und Stiefschwestern haben sich anständige Kerle geangelt, und mit ihrer Hilfe ... ach, jetzt finde ich es auf einmal schade, dass wir das Wohnzimmer für den Laden geopfert haben, dort würde ich jetzt gern noch eine Weile mit dir sitzen, du auf der Zwiebacktonne mit einem Windbeutel in der Hand und einer Tasse Kaffee ... wie du die Windbeutel verputzt hast ... zwischen zwei Schlägen der Turmuhr, drei große Bissen und weg.«

2

Die gute alte Zeit! Man musste das Haus nicht verlassen. Alles wurde geliefert. Um halb acht klingelte der Milchmann. Um zehn fuhr mit Pferd und Wagen der Gemüsehändler vor. Kurz nach elf erklang die dissonante Schalmei des Petroleumhändlers. Außer Petroleum verkaufte er auch Waschmittel, Briketts, Streichhölzer und Sunlight-Seife. In unerwarteten Momenten vernahm man auch das Knattern des Einachsschleppers, mit dem der Scherenschleifer umherfuhr. Aus allen Wohnungen tauchten sogleich Hausfrauen mit nicht mehr gut schneidenden Brotmessern und stumpfen Kartoffelschälmessern auf, nicht selten gefolgt von ihren Ehemännern, die ramponierte Putzspachtel und verschlissene Meißel in den Händen hielten. Und exakt um eine Minute nach halb drei bog unser Bäcker Stoof Schelvischvanger psalmensingend in unsere Straße ein. Er gehörte zu unserer Kirche. Allen Reformierten brachte er Brot und Konditoreiwaren ins Haus. In unserer Straße belieferte er noch eine andere reformierte Familie. Bei uns klingelte er zuerst, schlurfte dann summend zu seinem Karren zurück und holte einen Milchwecken und ein Graubrot heraus. Die brachte er uns (»am Samstag bezahlen«), und danach fuhr er weiter zur Familie Marchand, die jedes Mal acht Weißbrote bekam.

War es gesund, immer nur dieses gräuliche Weißbrot zu essen? Wir stellten uns diese Frage nicht. Auch in der Familie Marchand wurde diese Frage nicht gestellt, obwohl Vater Marchand nach seinem fünfundfünfzigsten Geburtstag Probleme beim Schlucken bekam. Er klagte über Schmerzen in der Brust, machte sich Sorgen wegen des Herzens und begab sich zu unserem reformierten Hausarzt Dr. Collet. Der sagte ihm, es sei nicht unklug, einmal die Speiseröhre untersuchen zu lassen. Dazu musste Marchand ins Holy-Krankenhaus. Der Zustand seiner Speiseröhre veranlasste die Internisten dort dazu, ihn gleich dazubehalten.

Unser Bäcker hatte Mitleid mit der bekümmerten Ehefrau. Er drehte die Lieferreihenfolge um. Zuerst brachte er sieben Weißbrote zur Familie Marchand (offenbar verputzte Vater Marchand jeden Tag ein ganzes Weißbrot!), und erst danach bekamen wir unser Graubrot und unseren Milchwecken.

Weil Stoof zwar stets um genau eine Minute nach halb drei in unsere Straße einbog, der Zeitpunkt, an dem er an unserer Tür klingelte, jedoch immer weiter in den Nachmittag hineinwanderte, wurden wir mit der Nase auf die Tatsache gestoßen, dass er sich immer länger bei der Familie Marchand aufhielt.

»Seit Neuestem geht er zu ihnen hinein, wenn er seine Weißbrote abliefert«, sagte meine Mutter.

»Ach, was ist er doch für ein guter Kerl«, erwiderte mein Vater. »Er trägt die schweren Brote für Clazien in die Küche.«

»Ich glaube, er setzt sich auch jedes Mal kurz hin und trinkt eine Tasse Tee mit ihr«, meinte meine Mutter. »Er bleibt nämlich oft sehr lange dort.«

»Ach«, sagte mein Vater, »Stoof hat ein Herz aus Gold, ich denke, er schneidet ihr das Weißbrot gleich in der Küche auf. Demnächst wird das nicht mehr notwendig sein. Ich habe neulich in der Zeitung gelesen, dass sich ein Bäcker nach dem anderen so eine wahnsinnig teure Schneidemaschine zulegt. Dann können sie ihren Kunden das Brot geschnitten verkaufen.«

»Oh, wie schrecklich«, erwiderte meine Mutter, »vorgeschnittenes Brot, wozu soll das gut sein? Dann vertrocknet es im Handumdrehen. Das schmeckt doch schon am nächsten Tag nicht mehr.«

»Ist aber bequem«, sagte mein Vater, »und für Stoof wäre es auch nicht schlecht, denn dann müsste er das Brot nicht mehr bei Clazien in der Küche schneiden.«

»Ob das am Schneiden liegt, dass er immer mit hochroten Wangen wieder aus dem Nachbarhaus kommt?«, fragte sich meine Mutter.

»Vielleicht nimmt er sich auch gleich ihre Kartoffeln vor«, sagte mein Vater, »und verpasst hin und wieder einer der Töchter einen Klaps. Man hat's nicht leicht, wenn man als quasi alleinstehende Frau eine solche Bande von lauter ungestümen Mädchen im Zaum halten soll.«

An einem warmen Sommertag, es war schon fast halb fünf, brachte Stoof in Hemdsärmeln unsere Brote ins Haus. Ich kam gerade aus der Schule und sah, wie er zu seinem Karren zurückging und einen Milchwecken und ein Graubrot herausnahm. Als meine Mutter die Brote in Empfang nahm, sagte sie: »Du kommst aber spät, Stoof. Und darf ich dich vielleicht darauf aufmerksam machen, dass hinten ein Hosenträgerknopf los ist?«

»Oh«, sagte er, »damit lauf ich dann wohl schon den ganzen Tag herum und mach mich zum Narren. Ich habe nichts bemerkt, und bisher hat mich auch niemand darauf angesprochen. Selbst komme ich da nicht ran. Würdest du mir vielleicht den Knopf kurz zumachen?«

Meine Mutter knöpfte die Hosenträger fest. Am nächsten Tag war wieder ein Knopf seiner Hosenträger los, und wieder half ihm meine Mutter.

»Warum sind Stoofs Hosenträger neuerdings immer lose?«, fragte ich eines Abends meinen Vater.

»Wenn er in Frau Marchands Küche all die Weißbrote schneidet, beugt er sich weit vor, und dann rutscht der Knopf heraus«, erwiderte mein Vater.

»Weißbrote«, sagte mein Mutter, »wer's glaubt. In letzter Zeit hat er immer öfter keinen Milchwecken mehr, wenn er an unserer Tür klingelt. Und weißt du, wieso? Weil er ihr all seine Milchwecken gibt anstatt der einfachen Weißbrote. Und ich glaube, sie bezahlt dafür nur den Weißbrotpreis.«

»Vielleicht muss sie überhaupt nicht mehr bezahlen«, gab mein Vater zu bedenken.

»Könnte durchaus sein«, meinte meine Mutter.

Ich wunderte mich über die Hosenträger und die kostenlosen Milchwecken.

Dann verstarb an einem sonnigen, warmen Septembertag unser Nachbar Marchand im Krankenhaus.

»Ich könnte schwören«, sagte mein Vater, als meine Eltern vom Begräbnis nach Hause kamen, »dass sie wieder schwanger ist.«

»Meinst du?«, sagte meine Mutter. »Vielleicht ist ihr Bauch vor Kummer so geschwollen.«

»Wir werden das Ganze im Auge behalten«, erwiderte mein Vater. »Wenn sie wieder schwanger ist, stehen wir vor einem Rätsel. Ihr Mann hat rund zehn Monate im Krankenhaus gelegen, und da stellt sich die Frage: Woher also kommt der kleine Wurm?«

»Sei still«, sagte meine Mutter, »denk an Jesaja 32, Vers 3.«

»Allmählich wird mir klar, warum die Hosenträger immer halb lose waren.«

»Als wäre dir das nicht schon länger klar gewesen«, sagte meine Mutter.

Im darauffolgenden Frühjahr bemerkte Stoof, während er einen Milchwecken und ein Graubrot aus seinem Karren nahm, beiläufig meiner Mutter gegenüber: »Clazien und ich werden uns bald verloben.«

»Glückwunsch«, sagte meine Mutter.

Mein Vater erfuhr es natürlich, sobald er von der Arbeit kam.

»Was findet er nur an diesem verlebten Nervenbündel?«, meinte mein Vater. »Clazien hat fast ein halbes Dutzend Töchter zur Welt gebracht. Die stehen alle drum herum, wenn er seine Frau in der Backstube am Zwiebackofen aufwärmt. Außerdem ist die nächste Tochter bereits unterwegs.«

»Deswegen«, sagte meine Mutter.

»So einen Haufen Stieftöchter, das muss man mögen. Ich werde jedenfalls aus der ganzen Sache nicht schlau.«

»Stieftöchter? Ach was, kostenloses Ladenpersonal.«

»Kostenloses Personal?«

»Ja, kapierst du das nicht? Stoof sucht schon seit Jahren Verkäuferinnen für seinen Laden. Noch nie hat es eine länger als einen Monat bei ihm ausgehalten. Sie laufen ihm alle weg, weil sie keine Lust auf seine Handgreiflichkeiten haben. Wie man hört, kann er seine Finger nicht von ihnen lassen. Und in der Backstube ... seine Angestellten ... da gibt es eine ganze Reihe von Junggesellen, die ihre Hände ebenfalls nicht bei sich behalten können, und deshalb ...«

»Und deshalb was?«

»Deshalb ist er jetzt mit einem Mal dieses Problem los. Fünf Stieftöchter. Die älteste kann sofort im Laden anfangen, und sobald sie etwas anderes machen will, ist die nächste alt genug.«

Meine Mutter hatte das richtig erkannt. Dank der Heirat mit der Witwe Marchand hatte sich Stoofs Verkäuferinnenproblem in Luft aufgelöst. Abwechselnd standen all die reizenden, kaum voneinander zu unterscheidenden Töchter hinter der Ladentheke. Außerdem gebar die Ex-Witwe eine zukünftige Verkäuferin.

Nicht lange nach Frau Schelvischvangers auffälliger Niederkunft machte ein merkwürdiges Gerücht in unserem Städtchen die Runde. Die Brotauslieferung sollte »saniert« werden.

»Sanierte Brotauslieferung?«, fragte mein Vater. »Was sich dahinter wohl verbergen mag?«

»Soweit ich es verstanden habe«, sagte meine Mutter, »ist gemeint, dass jeder Bäcker in Zukunft einen festen Bezirk zugeteilt bekommt, anstatt stundenlang mit seinem schweren Karren durch die ganze Stadt zu fahren und in jeder Straße nur zwei oder drei Kunden zu beliefern. Und in seinem Bezirk kann er dann von Tür zu Tür gehen.«

»Aber das bedeutet ja, dass die Menschen das Brot von Bäckern fressen müssen, die nicht zu ihrer Kirche gehören.«

»Und von schlechten Bäckern«, ergänzte meine Mutter.

»Wer denkt sich so was aus?«

»Keine Ahnung.«

»Und wer kommt dann zu uns an die Tür?«

»Bäcker de Geer.«

»Bäcker de Geer? Sind die jetzt total verrückt geworden? Der ist katholischer als der Papst. Und sein Brot ... Wenn du das einem Hund gibst, dann spuckt er es nach dem ersten Bissen wieder aus und springt dir an die Kehle.«

»So schlimm ist es nicht, aber ich möchte kein Brot von de Geer haben.«

»Aber was sollen wir dann um Himmels willen machen?«

»Wir sind nicht verpflichtet, das Brot von de Geer zu kaufen«, sagte meine Mutter, »aber wenn wir weiterhin Schelvischvangerbrot essen wollen, dann müssen wir es selbst in Stoofs Laden holen.«

»Oh je, wie soll das bloß werden. Das ist doch schrecklich, selbst das Brot holen müssen! Es wird böse enden.«

»Das kannst du wohl sagen«, stimmte meine Mutter ihm bei.

Die Folge der Sanierung war, dass meine Schwester und ich abwechselnd die Deichtreppe hinaufstiegen, um einen Milchwecken und ein Graubrot bei Schelvischvanger zu holen. Und wir waren nicht die Einzigen. Fast alle reformierten Kunden blieben, dazu von den Kanzeln der Zuiderkerk und der Immanuelkerk herab angespornt, unserem vortrefflichen reformierten Bäcker treu. Es passte also gut, dass Stoof mit einem Mal über einen ganzen Trupp Verkäuferinnen verfügte.

Hinter der Ladentheke sah ich all die immer hübscher werdenden Mädchen wieder, die zunächst nur ein paar Häuser von uns entfernt gewohnt hatten. Vor allem die älteste, Dina, freute sich darüber, den ehemaligen Nachbarsjungen wiederzusehen. Oft lud sie mich in das winzig kleine Wohnzimmer hinter dem Laden ein und spendierte mir einen Windbeutel. Zwischen Laufstall und Wiege (in der Zwischenzeit waren bereits zwei Schelvischvanger geboren worden und ein dritter wurde erwartet) durfte ich auf der großen Zwiebacktonne Platz nehmen. Anschließend schwelgten die fünf Marchand-Mädchen und ich nicht nur in Erinnerungen an den Sandkasten im Kindergarten, sondern wir sprachen auch über die vielen schillernden Bewohner unserer Straße, von denen ich dann berichten musste, wie es ihnen in letzter Zeit ergangen war.

3

Als ich das letzte Schuljahr des Gymnasiums absolvierte und eigentlich schon zu lange Beine hatte, um noch auf der Zwiebacktonne sitzen zu können, wurde ich im Frühsommer ins Wohnzimmer hinter dem Laden gebeten. Kaum hatte ich auf der ächzenden Tonne Platz genommen, da erschien Stoof.

»Demnächst Ferien?«, fragte er.

»Nach dem Abitur«, erwiderte ich.

»Und was machst du dann?«

»Studieren.«

»Wann fängst du damit an?«

»Irgendwann im September, glaube ich.«

»Dann hast du ja etwa drei Monate frei.«

»Ja«, sagte ich.

»Und was machst du während der ganzen Zeit?«

»Lesen«, erwiderte ich.

»Lesen, jeden Tag nur lesen, Mann, davon wirst du doch rammdösig. Hast du nicht Lust, drei oder vier Wochen für mich zu arbeiten? Die Hälfte der Bäcker hier muss – das wurde von oben vorgeschrieben; wo soll das bloß enden! – von Anfang bis Ende Juli drei Wochen Urlaub machen, und die andere Hälfte ist verpflichtet, von Ende Juli bis Mitte August den Laden zu schließen. In den drei Wochen, in denen ich keinen Urlaub habe, muss ich etwa doppelt so viel backen wie sonst und auch doppelt so viel ausliefern. Tja, doppelt so viel backen, das werde ich wohl schaffen, aber wo nehme ich eine Elitetruppe her, um die doppelte Menge auszuliefern? Schon seit Wochen renne ich mir auf der Suche nach Personal die Hacken ab ... tja, der Gnade Gottes habe ich es zu verdanken, dass mein Neffe drei Wochen herkommen will ... Und das eigentlich auch nur, weil hier so viele knackige Mädchen herumlaufen ... Aber Cor allein reicht nicht, ich brauche mindestens noch einen weiteren Ausfahrer zusätzlich. Wäre das nicht vielleicht was für dich? Du kannst doch nicht all die Monate nur rumsitzen und lesen? Von mir bekommst du fünfunddreißig Gulden die Woche schwarz auf die Hand. Du kannst Hoofd übernehmen. Nettes Viertel, frischer Seewind, freundliche Seeleute ... das schaffst du am Vormittag, und anschließend kannst du noch den ganzen Nachmittag die Nase in deine Bücher stecken. Was sagst du dazu?«

»Oh, das könnte ich mir gut vorstellen«, erwiderte ich.

»Fantastisch«, sagte Stoof, »Montag, 5. Juli, geht's los. Um sechs Uhr den Karren beladen, um halb acht ab ins Viertel.«

Und so sammelte ich am 5. Juli meine ersten Erfahrungen als Brotausfahrer. Sehr schnell wurde mir klar, dass man seinen Karren nie unbeaufsichtigt herumstehen lassen durfte. Nicht, weil jemals das Brot selbst gestohlen wurde. Aber wenn der Karren aus meinem Blickfeld geriet, etwa weil ich den Flur eines Hauses betrat, dann wurden sofort gefüllte Teilchen und Mandelhörnchen aus dem vorderen Kasten entwendet. Ziemlich katastrophal war auch, wenn das geschnittene Brot ausverkauft war. Manche Hausfrauen drohten mit Mord und Totschlag, wenn ich sagte: »Bedaure, das geschnittene Brot ist leider alle, ich habe nur noch ungeschnittenes.«

»Ungeschnittenes? Grundgütiger! Du glaubst doch nicht etwa, dass ich hingehe und mein Brot selbst schneide, du Rotznase! Ich besitze nicht einmal mehr ein Brotmesser, und das ist schade, denn wenn ich noch eins hätte, dann würde ich dich damit auf der Stelle aufspießen.«

Wenn ich am Ende meiner Tour wieder zurück zur Bäckerei kam, berichtete ich, dass ich nicht genug geschnittenes Brot dabeigehabt hatte.

»Es ist kaum zu glauben«, sagte Stoof, »früher war das ganz selbstverständlich, da hat man sein Brot selbst geschnitten. Und jetzt wollen alle Kunden nur noch geschnittene

Grau- und Weißbrote. Immer wieder bekommt man zu hören, dass die Leute gar kein Brotmesser mehr im Haus haben. Wo sind in Gottes Namen die ganzen Messer bloß geblieben? Der Scherenschleifer sieht mich schon ganz vorwurfsvoll an, weil er nichts mehr zu tun hat. Wie dem auch sei, morgen also mehr geschnittenes Brot. Da müssen wir eben ein paar zusätzliche Laibe durch die Maschine jagen. Kein Problem.«

Am Freitagmittag verkündete Stoof: »Kriegsrat! Was machen wir morgen früh? Wie schaffen wir es, all die Brote rechtzeitig zu schneiden?«

»Hätten wir doch nur zwei Schneidemaschinen«, sagte die Ex-Witwe, die bei den logistischen Beratungen nicht nur grundsätzlich anwesend war, sondern auch sämtliche Diskussionen dominierte.

»Tja, Mensch«, wiederholte Stoof, »hätten wir doch nur zwei Schneidemaschinen.«

»Aber stehen nicht überall unbenutzte Maschinen herum?«, fragte Dina Marchand.

»Unbenutzte Maschinen?«

»Ja, all die Schneidemaschinen der Bäcker, die im Urlaub sind. Vielleicht dürfen wir ja eine dieser Maschinen benutzen. Wir fahren mit einem Karren voll Brot hin, schneiden es dort und fertig.«

»Was für eine brillante Idee«, jubelte Stoof, »ich rufe gleich den Kollegen van Lenteren an. Der hockt zu Hause und grämt sich saniert, weil man ihn gezwungen hat, drei Wochen Urlaub zu machen. Ich denke, er hat nichts dagegen, wenn wir seine Schneidemaschine in der Bäckerei auf dem Kerkeiland benutzen.«

Bäcker Schelvischvanger telefonierte mit Bäcker van Lenteren.

»Wir können den Schlüssel zur Bäckerei jetzt gleich abholen«, berichtete er kurze Zeit später und klang ganz aufgeweckt, »und morgen macht sich dann eine Schneidemannschaft auf den Weg dorthin.«

Er deutete mit einem mehligen Finger auf mich.

»Willst du mit schneiden gehen?«

»Meinetwegen«, erwiderte ich.

»Und du?« Er deutete auf seine hübsche Stieftochter Gezina.

»Nein«, stöhnte diese.

»Also ja«, sagte Stoof, »morgen früh um fünf rüber zum Kerkeiland.«

Sein Finger wanderte in Richtung seines Neffen Cor.

»Und du auch.«

An jenem sommerlich sonnigen Samstagmorgen beluden wir um halb fünf einen Karren mit Broten, die kurz zuvor mit einem hölzernen Schießer aus dem heißen Backofen geholt worden waren. Man konnte ein solches Brot nur einen kurzen Moment in der Hand halten.

»Davon bekommt man feuerfeste Finger«, meinte Stoof tröstend, als er mich bei der Arbeit sah.

Um fünf Uhr fuhren wir mit dem übervollen Karren zum Kerkeiland. Ich trat in die Pedale des Lastenfahrrads. Cor, der die ganze Zeit vor mir herfuhr, nahm Gezina auf dem Gepäckträger seines Rades mit. Stoofs Neffe war ein gedrungener, ziemlich mürrischer Bursche in meinem Alter, der einen immer anschaute, als würde er sich am liebsten sofort mit den Fäusten auf einen stürzen. Obwohl ich stets auf der Hut war, hatte ich keine Angst vor ihm. Man sah (und sieht) es mir nicht an, aber ich war (und bin) bärenstark. Das kann hin und wieder durchaus nützlich sein.

Dann und wann warf ich einen Blick auf Gezina, die verschlafen auf dem Gepäckträger hing. Im ersten Licht der aufgehenden Sonne sah sie märchenhaft aus. Ihr langes, leicht gewelltes Haar hatte die Farbe der Kruste von recht gut durchgebackenem Weißbrot. Sie trug ein kurzes weißes Sommerkleid und weiße Sandalen. Auf das Kleid war mit roter und grüner Seide eine riesige Tulpe gestickt. Bei jeder Bewegung, die Gezina machte, sah es so aus, als wiegte und neigte sich die Tulpe im Wind.

In der Bäckerei von van Lenteren kristallisierte sich sehr bald eine deutliche Aufgabenverteilung heraus. Ich transportierte die ungeschnittenen Brote zur Schneidemaschine. Gezina schnitt die Brote und tat sie anschließend in Tüten. Cor brachte die Brote zurück zum Karren. Daher begegneten wir einander ständig.

»Was für eine trübe Tasse«, flüsterte Cor mir zu, als wir wieder einmal aneinander vorübergingen.

»Trübe Tasse?«

»Ja, kein Lächeln, nicht einmal ein Wort hat sie für einen übrig. So ein hübsches Gesicht, aber sie schaut, als wollte man ihr an die Kehle. Sie steht nur da und schneidet missgelaunt die Brote. Was für eine Kratzbürste.«

»Ist vielleicht ein bisschen früh für sie.«

»Für uns etwa nicht?«

»Oh, ich find es schön, so früh.«

»Ich auch, aber nur wenn so ein Mädel, so ein heißer Feger ein wenig entgegenkommend ist. Hast du gesehen? Sie hat schon richtige Möpse, Mann, unglaublich.«

»Ja, hab ich«, bestätigte ich.

Wir gingen zusammen zurück, er mit leeren Händen, ich mit ungeschnittenen Broten.

»Ich muss kurz zum Klo«, sagte Gezina beleidigt.

»Nur zu«, sagte Cor, »und dann kommst du fröhlich wieder.«

»Fröhlich? Wenn man um vier Uhr aus dem Bett geworfen wird?«

»Morgen soll es schönes Wetter geben«, sagte Cor. »Hast du Lust, mit mir zum Strand zu gehen?«

»Mit dir?« fragte Gezina verdutzt und ungläubig.

»Ja, mit mir, warum nicht?«

»Mit dir? Am Sonntag?«, wiederholte sie, noch ablehnender.

Gezina ging auf ihren klappernden Sandalen davon. Die grünen Blätter ihrer roten Tulpe wogten herausfordernd.

»Was für eine Zimtzicke«, sagte Cor heiser, »was denkt die sich überhaupt, was bildet die sich ein?«

Wütend ging er ein Stück tiefer in die Bäckerei hinein.

»Ob es hier noch was zu futtern gibt?«, überlegte er.

»Bestimmt nicht«, erwiderte ich, »und wenn noch etwas herumliegt, dann ist es uralt.«

»Irgendwo wird doch wohl noch ein gefülltes Teilchen herumliegen? Oder ein Mandelhörnchen.«

Er schnüffelte in einem Regal zwischen den Backblechen herum und sagte: »Das kann ich überhaupt nicht ausstehen ... gut ... sie will morgen nicht mit mir zum Strand ... aber dann muss sie doch nicht so tun, als wäre ich der letzte Dreck ... irgendein Abschaum ... was für ein verdammtes Miststück.«

»Sie will nicht, weil morgen Sonntag ist.«

»Sonntag? Ja und?«

»Der Tag des Herrn«, sagte ich.

»Da laust mich doch der Affe. Der Tag des Herrn.«

Gezina kam zurück, und wir nahmen unsere Arbeit wieder auf. Die Glocke der Großen Kirche schlug gemächlich sechs Uhr. Weil der Turm nicht weit entfernt war, dröhnten die Glockenschläge so nachdrücklich über den Karren und die Schneidemaschine hinweg, dass wir unsere Beschäftigung kurz unterbrachen.

»Sechs Uhr«, brummte Cor, »kommt, wir legen mal eine Pause ein, lasst uns einen kleinen Spaziergang über die Insel machen. Gehst du mit, Gezina?«

»Nein«, erwiderte sie schroff. »Ich werde Brottüten suchen. Die wir mitgebracht haben, sind nämlich alle.«

»Wie ich schon sagte«, meinte Cor wenig später, »jetzt hast du gesehen, was für ein Miststück sie ist. Wirklich, eine richtige Kratzbürste. Was für eine Schreckschraube.«

»Außer Dina sind sie alle ziemlich unfreundlich und abweisend«, sagte ich, »sämtliche Stieftöchter. Genau wie ihre Mutter, die ist auch immer launisch.«

»Stimmt, ich kann überhaupt nicht verstehen, warum mein Onkel sie geheiratet hat. Und mir ist auch ein Rätsel, warum sie alle so eingebildet sind. Was ist schon so Besonderes an ihnen?«

»Sie sind hübsch«, sagte ich.

»Von Dina einmal abgesehen ... die alte Kneifzange.«

Wir gingen am Rasen vor dem Haupteingang der Kirche entlang. Um daran zu erinnern, dass unsere Stadt einst ein bedeutender Fischereihafen gewesen war, hatte man, sozusagen als Denkmal, einen besonders großen pechschwarzen Anker auf der Fläche aufgestellt. Tautropfen glitzerten im Gras.

»Komm, wir setzen uns ein Weilchen auf den Anker.«

»Wir müssen zurück.«

»Ach was, einen Moment hinsetzen, kurz ausruhen. Mal schnell schauen, wer von uns am stärksten ist. Los. Armdrücken.«

Er schob mich auf den Anker, nahm mir gegenüber Platz, stellte den rechten Ellenbogen auf das Eisen, nahm mit der Linken meine rechte Hand und legte sie in seine. Dann drückte er meinen Arm mit spielerischer Leichtigkeit nach unten.

»Das war aber eine schwache Vorstellung«, sagte er.

»Ich hab ja auch gar nichts gemacht«, erwiderte ich.

»Dann noch einmal«, sagte er.

Wieder positionierten wir unsere Ellenbogen auf dem Ankerstock. Wir legten unsere Rechte ineinander. Dann drückte er unangekündigt los. Ich gab kurz nach und erwiderte dann den Druck. Mit der Zeit guckte er immer erstaunter.

»Du bist stärker, als ich dachte«, sagte er.

Ich ging nicht auf seine Bemerkung ein, drückte jedoch noch ein wenig kräftiger.

»Himmelherrgottsakrament«, stöhnte er.

Und dann spürte ich, wusste ich, dass ich ihn besiegen konnte, und weil ich es wusste, beließ ich es dabei. Meine Muskeln erschlafften. Er drückte meine Hand auf das Eisen und sagte: »Nicht schlecht.«

Cor kletterte auf die Spitze des Ankers, richtete sich auf und setzte einen Fuß auf eine der Flunken und sagte: »Sollen wir ihr eine Lektion erteilen?«

»Wem?«

»Dieser Kratzbürste.«

»Ach, wieso?«

»Weil sie ein Miststück ist. Sollen wir ihr eine kleine Lektion erteilen ... sollen wir ... Du bist fast genauso stark wie ich ... wenn wir jetzt einmal ... Wenn du sie eine Weile gut festhältst ... sie auf den Boden drückst ... dann kann ich sie mir vornehmen.«

»Vornehmen?«

»Ja«, sagte er heiser, »ja, das machen wir ... Du drückst sie zu Boden ... und wenn sie zu kreischen anfängt, habe ich bestimmt noch eine Hand frei, um ihr den elenden Mund zuzuhalten ...«

Er umarmte den Ankerstock und knurrte: »Oh wowowowowowow.«

Es hörte sich an, als wollte er die vielen Turteltauben nachahmen, die bereits in der Morgensonne saßen und eintönig gurrten.

»Bist du dabei?«, wollte er wissen.

»Aber was ... was willst du machen, wenn ich sie auf den Boden presse?«

»Was ich tun will, mein Gott, du Trottel, das kannst du dir doch vorstellen. Ich werde es ihr ordentlich besorgen, wenn du sie nur gut festhältst. Und wenn ich es ihr besorgt habe, halte ich sie fest, und du kannst es ihr besorgen.«

»Nein ... nein ...«, sagte ich.

»Wieso nein? Da kann doch gar nichts schiefgehen?«

»Bestimmt rennt sie sofort nach Hause und sagt allen, was wir gemacht haben.«

»Und selbst wenn? Wir sind zu zweit. Zwei gegen einen. Wir können einander doch auf jeden Fall decken. Da kann sie sagen, was sie will.«

Ich schüttelte den Kopf.

»Warum denn nicht?«, fragte er beleidigt.

Ich sagte nichts, dachte nichts. Ich hoffte nur, dass im Licht der tief stehenden Sonne plötzlich jemand auftauchte, der mit seinem Hund Gassi ging.

»Zuerst knöpfe ich sie mir vor«, sagte er, »und dann bist du dran. Mann, stell dir doch nur vor ... So ein Mädchen ... so ein hübsches Ding ... da will man doch ... oh, wie gern würde ich da mal drüber ... Na los, komm.«

Mein linker Fuß schaukelte über dem Ankerstock träge hin und her.

»Sie ist so ein gottverdammtes Miststück«, versuchte er es erneut. »Du hast vorhin selbst noch gesagt, dass sie alle Kratzbürsten sind, die ganze Mischpoke, na los, komm ...«

Er sah mich an und sagte: »Was bist du für ein Schlappschwanz, was bist du für ein Riesenschlappschwanz ... so eine Gelegenheit, und du lässt sie dir einfach entgehen ... keiner sieht oder hört etwas ... alle schlafen noch ... nur mal schnell drüber ... wir beide ... mein Gott, du verdammter Schlappschwanz.«

»Ich mach nicht mit, vergiss es. Ich mach nicht mit«, sagte ich.

»Ich mach nicht mit«, höhnte er. »Na gut, du Hosenscheißer, dann lässt du es halt bleiben, dann mach ich es eben allein, als wenn ich dich dazu bräuchte ... als wäre ich nicht Manns genug, sie allein ... so eine Schlampe ... so ein Miststück ...«

Er sprang vom Anker in das glitzernde Gras und machte sich auf den Weg zum Hintereingang der Bäckerei. Ich schaute ihm nach, lauschte dem beruhigenden Gurren der Tauben. Ich wusste nicht, was ich tun sollte, ich saß einfach nur da, auf dem schwarz geteerten und ziemlich merkwürdig riechenden Anker, ich schaute über das Wasser, welches das Kerkeiland umspülte, schaute zur Schiffswerft am gegenüberliegenden Ufer und hatte das Gefühl, schwerer zu sein als der Anker, auf dem ich saß. Cor erreichte die Bäckerei und betrat sie mit recht wüstem Schritt. Er traut sich nicht, dachte ich, das traut er sich bestimmt nicht.

Auf der Werft schlenderten ein paar Männer in blauen Overalls umher. Die sind viel zu weit weg, dachte ich, die hören nichts, wenn sie laut ruft.

Ich beobachtete die bläulich glitzernden Tautropfen, die unendlich langsam, aber gleichmäßig an den Grashalmen herunterliefen.

Ich spitzte die Ohren. Hörte ich bereits etwas? Dann dachte ich: Ich bin stärker als Cor. Er glaubt zwar, dem sei nicht so, doch er weiß nicht, dass ich ihn beim Armdrücken habe gewinnen lassen, ganz bestimmt, ich bin stärker. Dennoch rührte ich mich nicht. Dann knöpfte ich mich mir selbst vor: »Feigling«, murmelte ich, »Hosenscheißer, Angsthase«, und ich versuchte, mich zu erinnern, welche Ausdrücke es sonst noch mit dieser Bedeutung gab, und dabei wurde mir klar, dass ich das nur machte, um einen Vorwand zu haben, dort sitzen bleiben zu können. Erneut murmelte ich: »Feigling«, und während ich es murmelte, wurde mir bewusst, dass meine ganze Existenz auf dem Spiel stand, dass ich jede Selbstachtung für immer verlieren würde, wenn ich dort auf dem Anker sitzen blieb. Schweren Herzens glitt ich vom Anker herab, ging gemächlich in Richtung Bäckerei und dachte: Es wird schon nicht so schlimm sein, so etwas passiert doch nicht einfach so.

Als ich nach drinnen kam, sah ich Gezina mit irgendwie in die Luft ragenden Beinen auf einem Mehlsackstapel liegen. Cor hatte sich, weiß bestäubt, auf sie geworfen. Mit einer Hand versuchte er, sie auf die Säcke zu drücken, mit der anderen war er dabei, ihr Tulpenkleid hinaufzuschieben. Es sah so aus, als würde es dabei bleiben, denn sie wehrte sich heftig, und während sie sich wehrte, wirbelte immer mehr Mehlstaub auf, der anschließend auf die beiden herniedersank. Dadurch wurden sie immer weißer. Es war, als würden sie, in diesem seltsamen Zweikampf gefangen, für immer in einer Pattstellung verharren: Cor, der ständig eine Hand zu wenig hatte, um wirklich das tun zu können, was er vorhatte, und Gezina, die sich so lange wehren würde, bis sie unter einer Mehlschicht verschwunden war. Ich sah ihre weit aufgerissenen, leicht vorstehenden Augen. Es schien, als könnten sie vor lauter Panik einfach aus ihren Höhlen springen. Sie sah mich an, als wäre ich es, der sie bedrängte.

»Idiot, nun hilf mir doch ... ich ... ich ... los hilf mir«, rief Cor.

Ich stand da wie angewurzelt, sah ihre Augen, hörte sein Keuchen, mehr noch, sein Fluchen, sein Wüten, hörte, wie all die Wörter auf mich einprasselten: Feigling, Idiot, Arschloch, Trampel, und plötzlich sah ich, mit wie viel Kraft er seine Hand auf ihren Mund drückte und zugleich mit der anderen an ihrem Kleid zerrte, auf dem inzwischen eine so dicke Mehlschicht lag, dass man die Tulpe kaum noch sehen konnte. Ich hörte sie ächzen, und wieder musste ich den ganzen Zyklus durchlaufen, den ich zuvor schon, auf dem Anker balancierend, durchlaufen hatte. Erneut stand meine Selbstachtung auf dem Spiel, doch diesmal kam mir ein Bäckereiwerkzeug zu Hilfe. Ein Brotschießer stand in Reichweite. Ich griff nach dem Ende des Stiels. Weil dieser so unglaublich lang war, brauchte ich keinen Schritt zu machen. Mit dem recht schweren Löffel am anderen Ende, der üblicherweise dazu diente, die glühend heißen Brote aus dem Ofen zu holen, wollte ich drohend über seinem Kopf herumfuchteln.

Ich hob den Brotschießer hoch. Ich dachte nicht daran, ihn wirklich als Waffe zu gebrauchen. Es erschien mir ausreichend, ihn über Cors Kopf kreisen zu lassen. Doch als ich den Brotschießer hochhob, überschätzte ich, weil er so lang war, meine Kraft. Dadurch fiel das schwere Ende, der Löffel, plötzlich herab. Ich versuchte noch, ihn zu lenken, aber das gelang mir nur mäßig. Entgegen meiner Absicht landete der Brotschießer mit einem dumpfen Knall auf Cors wüster Haarpracht.

»Verdammter Mistkerl«, brüllte er.

Erschrocken stemmte ich mit beiden Händen den Stiel in die Höhe. Wieder konnte ich ihn nicht richtig halten, sodass er erneut mit einem dumpf dröhnenden Geräusch Cor traf, diesmal seitlich am Kopf. Der Löffel schrammte an seinem Ohr entlang und knallte dann auf seine rechte Schulter. Wieder hob ich den Brotschießer ein wenig an und bewegte ihn zur Seite, woraufhin der Löffel gegen Cors Ohrmuschel stieß.

»Saukerl«, brüllte er.

Cor sprang auf, packte den Löffel des Brotschießers, riss mir den Stiel aus den Händen und bohrte ihn mir in den Bauch. Ich stolperte nach hinten. Gezina rappelte sich währenddessen auf, stürmte an mir vorüber, sah mich dabei voller Todesangst an, als fürchtete sie, ich könnte sie aufhalten, und floh nach draußen. Ich hörte, wie sie über das Kopfsteinpflaster der Ankerstraat davonlief.

Cor warf den Brotschießer auf die Mehlsäcke, stürzte sich auf mich und deckte mich mit primitiven Boxhieben ein, von denen manche zwar im Nichts landeten, andere mich aber ziemlich hart trafen. Ich ließ ihn zunächst machen; ich war noch nicht wütend, ich war nur erleichtert darüber, dass Gezina, auch wenn sie mich angesehen hatte, als wäre ich der Leibhaftige, hatte weglaufen können. Außerdem ging mir durch den Kopf: Ich habe mich noch nie geschlagen, ich will mich nicht schlagen. Doch Cor rückte mir immer heftiger zu Leibe, seine Hiebe nahmen mit der Zeit auch an Wirkung zu, und einer seiner Schläge traf mich so heftig in der Magengegend, dass ich endlich wütend wurde. Mit aller Kraft verpasste ich ihm einen Hieb auf die Milz. Er krümmte sich, sah mich dann so fürchterlich drohend an, dass mich kurz Angst überkam, und wollte sich dann wieder auf mich stürzen. Da ertönte hinter uns eine Stimme.

»Na, Jungs, was wird das? Was soll das Ganze? Seid ihr noch dabei zu schneiden? Oder seid ihr schon fertig?«

Ich wandte mich um, sah in das erstaunlich freundliche Gesicht des niederländisch-reformierten Bäckers van Lenteren.

»Wir sind so gut wie fertig«, sagte ich, »Ihre Maschine hat uns sehr geholfen.«

»Na, fein«, sagte der Bäcker, »das höre ich gern. Und zwischendurch noch ein wenig miteinander balgen ... ach ja, das macht man, wenn man jung ist ... ach ja, da rennt man hin und wieder einem Mädchen um den Tisch hinterher.«

4

Als ich ein paar Wochen danach im goldenen Spätsommerlicht am Hafen spazieren ging, vernahm ich schnelle Schritte hinter mir. Ehe ich mich umsehen konnte, hatte Stoof mich bereits eingeholt.

»Wenn du auch vorhattest, eine Runde zum Hoofd zu machen«, sagte er, »dann können wir zusammen gehen.«

»Ich wollte nicht zum Hoofd«, erwiderte ich.

»Ach, tu mir den Gefallen, geh doch kurz mit, begleite mich eine Meile, um mit Prediger zu sprechen.«

»Das steht nicht in Prediger«, sagte ich entrüstet, »das sagt Jesus der Herr selbst: Wer irgend dich zwingen wird, eine Meile zu gehen, mit dem geh zwei. Matthäus 5.«

»Wenn du so genau weißt, wo es steht«, sagte Stoof, »dann hast du keine Entschuldigung mehr, mich nicht kurz zu begleiten. Nun ja, was spielt es für eine Rolle, wo es steht. Hauptsache, es wurde aufgeschrieben.«

»Bis zum Hoofd ist es keine Meile«, sagte ich, »und schon gar keine zwei.«

»Dann spazieren wir beide noch ein Meilchen am Waterweg entlang.«

Wir kamen an einem Schlepper von Smit & Co vorbei. Stoof schnupperte und sagte entrüstet: »Die backen da an Bord tatsächlich selbst Brot ... und das, obwohl wir Schelvischvangers wirklich Know-how haben. Außerdem erhalten Fischerboote Schelvischvangerrabatt ... das ist immer so gewesen, das hat mein Urgroßvater bereits eingeführt ... Und später hat ein anderer Großvater die Regel auf alle Schiffe ausgeweitet ... Tjaja, wir Schelvischvangers backen schon seit Marnix van Sint-Adlegondes Zeiten Brot ... Als die Wassergeusen vor Den Briel lagen, bekam man bei uns bereits ein halbes Vollkornbrot oder ein Roggenbrot ... tjaja ... ach, ich würde so gern erleben, dass das so bleibt ... Schelvischvanger, Bäcker und Konditor ... auch in hundert Jahren noch ... auch im kommenden Jahrhundert noch.«

Er schwieg, ergriff meinen Arm und kniff die Augen zu einem schmalen Spalt zusammen. Dann murmelte er: »Und du könntest mir dabei eine große Hilfe sein.«

»Ich?«, fragte ich verwundert.

»Ja, du«, sagte Stoof, »du müsstest nur kurz zu jemandem sagen: Es tut mir furchtbar leid. Das ist alles ... nun, das kann doch keine große Mühe sein, das kommt dir doch ganz einfach über die Lippen.«

»Es tut mir schrecklich leid?«, fragte ich verdutzt.

»Na, sieh mal einer an, die Worte purzeln dir von ganz allein über die Lippen. Nur der Ton müsste sich noch ändern. Sag es einmal langsam und feierlich: Es tut mir schrecklich leid.«

Er artikulierte die letzten fünf Worte mit großem Nachdruck und sah mich dann erwartungsvoll an. Ich sagte nichts, sondern starrte nur vollkommen konsterniert auf den rauchenden Schornstein des Schleppers.

»Nun«, sagte er, »wie stelle ich das nur an, wie kriege ich dieses Zwergkaninchen in seinen Stall ... Vielleicht sollte ich einfach am Anfang beginnen ... Schau, wenn ich selbst einen Sohn hätte ... ich habe eine Witwe geheiratet, wie du weißt ... ihr habt ja alles aus nächster Nähe mitbekommen ... deine Mutter hat mir sogar noch die Hosenträger zugeknöpft, stell dir mal vor ... Die Witwe hatte ausschließlich Töchter, und da sollte man doch denken: Wenn sie noch ein Kind bekommt, dann ist es bestimmt ein Junge ... aber von wegen ... Dina, Gezina, Stina, Lina und Ina ... da würde man doch meinen, das nächste Kind heißt ganz klar Rinus, aber Pustekuchen, es kamen noch eine Rina, eine Mina und eine Wina hinzu ... Ich hätte es wissen müssen: einmal Töchter, immer Töchter ... Nun ja, ich gebe es zu, ich hatte noch einen Hintergedanken dabei, ich habe auf zwei Pferde gesetzt und dachte: All die hübschen Mädchen ... wenn ich mir die ins Haus hole, dann wäre es doch verrückt, wenn mein Neffe Cor nicht auf eine davon ein Auge werfen würde, und hängt er dann einmal am Haken, dann folgt der Rest schon von ganz allein. Er ist ja eigentlich auch der rechtmäßige Nachfolger.«

»Wieso?«, fragte ich. »Warum er?«

»Na, das weißt du natürlich nicht, das ist eine Geschichte

von vor deiner Zeit. Sein Vater ... Nein, lass es mich anders erzählen ... Es herrscht Krieg, wir schreiben das Jahr 1944 ... Ich bin mit meinem Bruder, mit Cornelis, im Dijkpolder unterwegs. Plötzlich taucht ein englisches Jagdflugzeug auf, eine Spitfire. Die lechzt danach, die Bunker bei Poortershaven ordentlich unter Feuer zu nehmen, und daher fängt sie schon mal an, ihre Feuerspucker ein wenig warm zu schießen ... tja, wir springen also in einen Graben und gehen an der Uferböschung in Deckung, und mein Bruder Cornelis hielt es natürlich für ganz selbstverständlich, seinen kleinen Bruder fein säuberlich mit seinem großen, kräftigen Körper zu beschützen ... Ich hörte die Maschinengewehre der Spitfire rattern ... wenn ich nachts wach liege, höre ich sie noch immer rattern, ich habe sie mein ganzes Leben lang rattern hören, das Geräusch geht mir nie wieder aus dem Kopf ... Ich sehe noch ganz deutlich vor mir, wie wunderschön das Wasser im Graben aufspritzt ... die Kreise kamen immer näher, es schien, als kämen sie auf uns zu, und dann war der Jäger auch schon über uns hinweggeflogen, und ich sage zu Cor, Cor, sage ich, könntest du kurz von mir runtergehen. Aber das tat er nicht, er blieb einfach liegen, sodass mir nichts anderes übrig blieb, als unter ihm hervorzukriechen. Er blieb noch immer liegen ... tja, er hatte die Kugeln aufgefangen, die eigentlich für mich bestimmt waren ... und es war eigentlich nur verdammt schade, dass ihm die Kugeln so schlecht bekamen ... Mein Vater ist bis zum Befreiungstag mit roten Augen herumgelaufen ... Cor hatte sein Nachfolger werden sollen, Cor hatte das Geschäft, unser Geschäft, weiterführen sollen ... und er hatte das auch gewollt, während ich überhaupt nicht wollte, ich hatte keine Lust, Bäcker zu werden, ich wollte zur See fahren, tja, aber was hatte ich schon zu wollen, und hinzu kam: Cor hatte mir das Leben gerettet, und daher, was konnte ich anderes tun, als in seine Fußstapfen zu treten? So bin ich also Bäcker geworden, obwohl ich dazu nicht die geringste Lust hatte, und deshalb fügt sich jetzt alles wieder, wenn mein Neffe mir nachfolgt.«

»Er ist also der Sohn Ihres Bruders? Aber er ist genauso alt wie ich.«

»Ja, stimmt, er ist auch von vierundvierzig, genau wie du. Seine Mutter hatte ihn bereits im Bugraum, als sein Vater noch unbedingt mit mir durch den Dijkpolder stromern musste. Sie waren damals bereits verheiratet ... Das war übrigens eine ziemliche Aktion, denn seine Freundin war niederländisch-reformiert, und daher war mein Vater überhaupt nicht begeistert, als er mit ihr zu uns nach Hause kam ... du musst aber reformiert bleiben, sagte er zu Cor, sonst bist du alle Kunden los, und die Niederländisch-Reformierten kriegst du nicht als neue Kunden dazu, denn die haben schon ihren eigenen Bäcker ... nun ja, seine Freundin war bereit, sich der reformierten Kirche anzuschließen ... aber als Cor nicht mehr lebte, ist sie wieder zu ihrer alten Kirche zurück ... und darum haben wir jetzt das Problem, dass mein Neffe niederländisch-reformiert ist ... nun ja, da finden wir schon eine Lösung ... wo war ich stehen geblieben ... Cor war bereits im Geschäft, es war alles wunderbar geregelt, nur gab es während des Kriegs nicht mehr viel Brot zu verkaufen, aber das ist eine andere Geschichte ... ja, mein Neffe Cor ist ebenso alt wie du, und sein Vater war bereits tot, als er geboren wurde. Er wurde nach seinem Vater benannt, aber das hast du dir wahrscheinlich schon gedacht ... und er wurde, weil er keinen Vater mehr hatte, nicht gerade mit harter Hand erzogen, es fehlt ihm also ein wenig an Disziplin ... Er ist ein recht ungehobelter Bursche ... Aber gut, auch ungehobelte Burschen können gute Bäcker werden.«

Stoof ließ meinen Arm los, seufzte tief, machte ein paar große Schritte, weshalb er plötzlich vor mir herging, wartete dann auf mich und ergriff wieder meinen Arm.

»Das Kind, der Wicht ... mein Neffe Cor ... der war aber

nun überhaupt nicht daran interessiert, das Geschäft zu übernehmen. Was ich auch tat, ich bekam ihn nicht in die Bäckerei ... hin und wieder etwas Taschengeld, nichts half ... er wollte nicht, und ich kann ihn sogar verstehen, ich wollte ja auch nicht ... immer entsetzlich früh aufstehen, und dann die glühend heißen Brote ... feuerfeste Hände muss man haben, tja, die hatte ich auch nicht, als ich zwölf war und mit Tränen in den Augen am Grab meines Bruders stand ... aber mein Vater ließ mir keine Wahl ... ich war der einzige Schelvischvanger, ich musste das Geschäft weiterführen, schließlich buken wir schon seit den Wassergeusen ... tja, die will man nicht beenden, eine solche Tradition, aber Lust dazu, nein, nicht die allergeringste Lust hatte ich dazu ... ach, wenn ich zurückschaue, denke ich: Wie dämlich, was gibt es Schöneres, als Bäcker zu sein ... Brot, das ist doch das vornehmste Bedürfnis im Leben, alles andere ist Beiwerk, aber Brot ... niemand, wirklich niemand ist so wenig verzichtbar wie ein Bäcker.«

Wir erreichten das Ende der Hafenmole. Ich sog den Geruch des Salzwassers ein und schaute zu den umherfliegenden Lachmöwen. Stoof ließ meinen Arm los, stellte sich neben mich und sagte: »Siehst du die Möwen? Die würden einen Mord begehen für ein Stückchen Brot. Sogar Tiere finden Brot köstlich, da kannst du dir vorstellen, welche Bedeutung Brot hat. Es heißt nicht umsonst im Vaterunser: ›Unser tägliches Brot gib uns heute.‹ Sogar Blutegel und Bettwanzen beten dieses Gebet.«

Stoof faltete die Hände, als wollte er nun das Vaterunser sprechen, aber er sagte: »Mein Neffe Cor kommt sehr nach seinem Vater ... der hatte ständig was mit Frauen, der war ein richtiger Weiberheld, ganz anders als ich, ich wäre wirklich viel lieber Junggeselle geblieben, ich muss das eigentlich überhaupt nicht haben. Das ganze Gefummel, dieses Theater ... wie dem auch sei, was denke ich also: Ich denke, ich muss den Burschen mit einem ganzen Haufen hübscher reformierter Mädchen in die Bäckerei locken, und was passiert, eine gute Kundin mit einem ganzen Stall von Töchtern hat, wie sich zeigt, schon seit Jahren ein Auge auf mich geworfen ... Schade nur, dass sie mich nachts nicht in Ruhe lassen kann ... kaum liegt man in seinem Bett und schläft selig, da wird man geweckt: Stoof, roll dich mal in diese Richtung, Stoof, jetzt leg dich doch mal fein auf mich ... und meine Angestellten ... die Burschen lachen sich eins, wenn ich morgens in der Früh die Augen kaum aufhalten kann.«

Er hob die Hände, als wollte er Brot aus dem Ofen holen. Dann faltete er sie erneut, pustete zwischen seinen Fingern hindurch und sagte schicksalsergeben: »Wo war ich stehen geblieben? Oh ja, meine Augen ... Alles in allem wäre es mir die Sache wert gewesen, wenn sie mir einen Nachfolger geschenkt hätte ... aber von wegen, sie bäckt nur Mädchen in ihrem kleinen Backofen ... nun denn, mir war es egal, schließlich muss das Recht seinen Lauf nehmen, und rechtens ist, dass mein Neffe Cor das Geschäft übernimmt, das eigentlich für seinen Vater bestimmt war ... tja, ich kann dir sagen ... kaum hatte ich Lina und Dina und wie all die Prachtmädel sonst noch heißen mögen im Haus, da kam er bereits angelaufen ... das Problem war nur, und das fehlte gerade noch ... keines der Mädchen hat ihn beachtet. Es waren doch genug, würde man meinen, manchmal kommt man sogar beim Zählen durcheinander, also warum ist nicht eine darunter, die ... nun ja, ihre Mutter begreift es ... Sie weiß zum Glück verdammt gut, wie sie ihre Töchter anpacken muss, es wird sich also alles fügen, jedenfalls ... jedenfalls ...«

Er packte mich erneut beim Arm und sagte: »Und hier kommst du mit einem Mal ins Spiel.«

»Ich?«

»Ja, du, ich wünschte, ich könnte ebenso gut und geschliffen und schlau wie Pastor Mak sprechen, denn jetzt kommt es darauf an. Erzähl mir doch mal, was genau passiert ist, als Cor, Gezina und du bei van Lenteren Brot geschnitten habt.«

Ich wollte etwas sagen, aber er eilte ein paar Schritte voraus, blieb stehen, wippte ein paarmal wie ein Vögelchen auf den Fußballen und sagte: »Komm, leg mal einen Zahn zu.« Dann ging er weiter, und ich folgte ihm. Stoof schluckte und fuhr fort: »Gezina ... die Gute ... ist sowieso kein Mensch vieler Worte ... nun ja, plötzlich kam sie angerannt, stürzte durch den Laden und lief auf kürzestem Weg nach oben, in ihr Bett. Als sie nach einigen Stunden wieder aufstand, meinte sie nur, sie habe schlecht geträumt, mehr haben wir bisher nicht aus ihr herausbekommen ... vielleicht glaubt sie immer noch, dass alles nur ein Albtraum war ... wir sollten es dabei belassen, würde ich sagen, aber ihre Mutter ... Cor erzählt jedenfalls eine ganz andere Geschichte. Und du ... erzähl mal, was in Gottes Namen ist dort passiert?«

»Ich habe keine besonders große Lust, darüber zu reden ... Ich würde lieber ...«

»Du würdest lieber den Mund halten?«

»Ja«, sagte ich.

»Kann ich verstehen«, sagte er, »aber mein Neffe, dieser Kerl, das weißt du nicht, aber es ist besser, wenn du es weißt ... er sagt, du hättest, als ihr einen kurzen Spaziergang über das Kerkeiland gemacht habt, zu ihm gesagt: Sollen wir uns Gezina mal vornehmen? Wenn du sie festhältst ...«

»Das ist gelogen«, rief ich entrüstet, »das stimmt nicht, es war genau andersherum.«

Stoof Schelvischvanger sah mich kurz sehr gewieft an, lächelte dann und sagte: »Cor hat erzählt, du wärest, als er auf deinen Vorschlag nicht eingehen wollte, allein zurück in die Bäckerei marschiert, und als er kurze Zeit später hinzukam, da hättest du auf Gezina gelegen, und daraufhin hätte er dich ... mit einem Brotschießer ...«

Wieder wollte ich laut rufen: »Gelogen, das ist gelogen«, doch das Blut schoss mir so unaufhaltsam in die Wangen, dass mein Kopf beinahe platzte.

»Dein Gesicht steht regelrecht in Flammen«, meinte Stoof vergnügt.

»Das ist ... das ist ...«, stotterte ich.

»Ach, Junge, geht dir das so nahe? Aber das ist doch völlig unnötig. Kriegst du jetzt nicht einmal mehr ein Wort heraus? Komm, lass uns gemütlich weitergehen, und dann werde ich dir etwas sagen: Ich habe meinen Bruder gut gekannt ... das war einer, der jedem Rock hinterhergejagt ist, und sein Sohn, mein lieber Neffe ... der ist genauso, und dich kenne ich auch, dich kenne ich schon, da lagst du noch in den Windeln, ich brachte schon das Brot zu euch ins Haus, da konntest du gerade mal krabbeln, und deine Mutter hatte dich mit einem Seil am Tischbein festgebunden ... Ich erinnere mich noch daran, wie du einmal zu mir sagtest: ›Ich darf nicht um ein Stück Käse betteln‹, woraufhin ich erwiderte: ›Bei mir bist du an der falschen Adresse, ich mache nicht in Milchprodukten, aber ich werde dir ein gefülltes Teilchen geben‹, ein schlaues Bürschchen warst du, ich darf nicht um ein Stück Käse betteln ... ja, ja. Ich habe dich heranwachsen sehen, praktisch jeden Werktag sind wir uns kurz begegnet, und wenn es einen Pappenheimer gibt, den ich durch und durch kenne, dann bist du das doch wohl ...«

»Ich habe diesen Vorschlag nicht gemacht«, sagte ich.

»Sei unbesorgt«, sagte er, »es geht eigentlich auch gar nicht darum, dass ich erfahren will, was an diesem frühen Morgen tatsächlich passiert ist, ich habe kein Interesse daran, exakt vor Augen zu haben, was dem armen Kind widerfahren ist, schau, mir geht es darum: Wie kriege ich meinen Neffen so weit, dass er bei mir anfängt, zur reformierten Kirche wechselt und irgendwann das Geschäft übernimmt ... oder besser noch: Wie kriege ich das arme Kind so weit, dass es ihn ein wenig beachtet ... Wenn das gelingt, dann sorge ich dafür, dass er einwilligt, dann ist die Sache geritzt ... und darum würdest du mir einen großen Dienst erweisen, wenn du zu ihr sagen würdest: Es tut mir schrecklich leid.«

Ich wollte etwas rufen, doch Stoof legte seine Hand auf meinen Mund und sagte: »Nicht so schnell. Hör mir weiter zu. Es war sehr früh am Tag, hinten in der Bäckerei war es recht dunkel, Gezina hatte verschlafene Augen und war noch nicht so richtig wach, und Cor und du, ihr ähnelt einander, dieselbe Figur, gleich groß, nun, was will man mehr ... Und hinzu kommt: Ihr wart beide voller weißem Staub, all das Mehl, ich weiß, wovon ich rede ... und sie ist nach Hause gerannt, gleich in ihr Bett verschwunden und sofort eingeschlafen ... Sie glaubte hinterher, sie hätte ganz schrecklich von zwei Kerlen geträumt ... Wenn sie jetzt also von dir hört, es täte dir schrecklich leid, dann denkt sie, es stimmt, dass Cor dir einen Stoß mit dem Brotschießer verpasst hat, als du auf ihr lagst, und dann muss es doch mit dem Teufel zugehen, wenn sie Cor, ihren Retter, nicht plötzlich mit ganz anderen Augen betrachtet ... bestimmt, es ist nur ein kleiner Stoß, ein leichter Schubser, den sie braucht, und für dich ist es doch lediglich eine Kleinigkeit.«

»Nein«, sagte ich, »nein, nein und noch mal nein.«

»Ach, Junge, du würdest mir damit einen so großen Gefallen tun. Stell dir doch nur vor, vom Vater auf den Sohn haben wir Schelvischvangers schon Jahrhunderte lang ... seit 1776 dürfen wir sogar die Bezeichnung Hoflieferant führen ... Es wäre fantastisch, wenn das Geschäft einfach von einem echten Schelvischvanger weitergeführt würde, das wäre wirklich großartig. Dafür bedarf es nur eines winzigen Stoßes, eines kleinen Schubsers ... und du kannst diesen Schub geben.«

Er schüttelte meinen Arm, klopfte mir ein paarmal auf die Schulter und fuhr fort: »Du musst nichts anderes sagen als: Es tut mir schrecklich leid. Ist das denn so schwer?«

Er sah mich mit seinen wässrigen, blauen Augen an, knuffte mir ein paarmal freundschaftlich auf die Milz und sagte: »Es sind nur fünf Wörter, fünf einfache Wörter, es ist der Schubser, den die Angelegenheit braucht ... Wenn sie glaubt, er hätte sie gerettet ... bestimmt, dann ist die Sache vermutlich geritzt.«

Wir schlenderten am leise plätschernden Wasser entlang. Das Geräusch klang so beruhigend. Schon seit Millionen von Jahren hatte es so geplätschert, und es würde noch Millionen von Jahren so weiterplätschern. Was machte es da schon aus, wenn ich, um jemandem einen Gefallen zu tun, etwas sagte, das mir vollkommen gegen den Strich ging? Aber ich wusste, ich konnte es nicht, ich würde es nie können, ungeachtet des plätschernden Wassers.

»Wenn ich sage: Es tut mir schrecklich leid, dann wirft sie mir mein Leben lang vor ... ich hätte sie ... und sie erzählt es ihren Schwestern, und auch die machen mir dann Vorwürfe und erzählen es noch weiter ... nein, nein, nein, ich tue es nicht, ich kann nicht, wirklich nicht ...«

»Das Mädchen, Dina ... nein ... Gezina ist es, die sagt nie was, die ist keine Plaudertasche, die wird dich bestimmt nicht ... ach, und wenn schon ... Selbst wenn der ein oder andere denkt, du hättest ... Nicht mehr lange, und du verlässt die Stadt, du gehst studieren ... Und die Menschen vergessen so schnell.«

»Schon, aber ich habe diesen Vorschlag überhaupt nicht gemacht, Cor hat ...«

»Psst ... das will ich gar nicht hören, darum geht es mir nicht. Es geht mir darum, Cor dahin zu kriegen, dass er in das Geschäft eintritt. Dabei willst du mir doch bestimmt helfen, nicht wahr?«

»Ich habe Gezina nicht ...«

»Jetzt denk doch nur mal an unseren Herrn Jesus Christus«, sagte Stoof, »der hat die Sünden der ganzen Welt auf sich genommen, der hat die Schuld an allem bekommen, an allen Morden, allen Vergewaltigungen, allen Lügen und was es sonst noch so gibt. Ist es da so schlimm, kurz die Schuld einer einzigen kleinen Sünde auf sich zu nehmen? Mal eben Jesus Christus spielen, ist das denn so schlimm? Wir hören doch jeden Sonntag von der Kanzel, dass wir ihm unbedingt nachfolgen müssen? Jetzt bekommst du die Gelegenheit dazu. Ergreife sie!«

»Auch wenn er die Sünden der ganzen Welt auf sich genommen hat«, erwiderte ich, »so hat ihm doch niemand vorgeworfen, er wäre ein Mörder, Vergewaltiger und Lügner, niemand.«

»Worüber machst du dir Sorgen?«, sagte Stoof. »Glaubst du wirklich, die Leute würden dir vorwerfen, du hättest ...?«

»Ja«, sagte ich, »und das will ich nicht, ich will nicht, dass die Leute glauben, ich könnte so etwas getan haben. Ich habe es nicht getan, wirklich nicht, ich habe es nicht getan.«

»Tja, das sagst du jetzt, aber Gezina erinnert sich nicht mehr genau, sie glaubt, sie hätte einen schrecklichen Albtraum gehabt, und so steht also deine Aussage gegen die von Cor, und es ist überhaupt nicht in meinem Interesse, Cor nicht zu glauben. Wenn du es also nicht über die Lippen bekommst zu sagen: Es tut mir schrecklich leid, dann müssen wir vielleicht überall herumerzählen, du hättest das arme Kind morgens früh auf den Mehlsäcken ...«

Er schwieg, sah mich bestürzt an und sagte: »Allmächtiger, womöglich nimmst du dir das Ganze gar zu sehr zu Herzen, vielleicht belastet es dich zu sehr und bedrückt dich über die Maßen. Hast du etwa selbst ein Auge auf Gezina oder eines der anderen Mädchen geworfen?«

»Nein«, erwiderte ich, »aber ... aber ...«

Wir gingen eine Weile schweigend am leise plätschernden Wasser entlang. Auf den Querbalken der Duckdalben saßen Möwen aufgereiht, friedlich und stets im gleichen Abstand voneinander entfernt. Ein riesiges Binnenschiff mit kleinen, ermutigend flatternden Wimpeln an einer langen Leine, die zwischen den weit auseinanderstehenden Masten gespannt war, glitt geräuschlos durch das Wasser. Er nahm mich wieder beim Arm und sagte: »Lass es mich noch einmal mit anderen Worten ausdrücken. Ich würde es ungeheuer begrüßen, wenn mein Neffe das Geschäft fortsetzen würde. Schelvischvanger, Bäcker und Konditor, schon seit Marnix van Sint-Aldegonde, wo gibt es das noch in den Niederlanden? Wir sind die älteste Bäckerei im ganzen Land, das kann ich dir versichern. Nirgends wurde jahrhundertelang vom Vater auf den Sohn ... Nun ja, mein Neffe ist nicht mein Sohn, aber er ist der Sohn meines Bruders Cor, der das Geschäft weiterführen sollte ... Wenn du jetzt sagen würdest: Es tut mir schrecklich leid, dann ist mir das ...«

Er ging ein paar Schritte voraus, drehte sich um, setzte die Hände trichterförmig an den Mund und flüsterte: »... tausend Gulden wert, zweihundert Gulden pro Wort ... Nein, sag jetzt nichts, lass es eine Weile auf dich einwirken, schlaf erst einmal eine Nacht darüber ... tausend Gulden ... Komm, wir gehen zurück.«

5

Ich war überglücklich, dass ich zum Studium demnächst woanders hinziehen würde. Ich traute mich während der letzten Sommermonate kaum noch auf die Straße. Tagsüber wagte ich mich nur selten hinaus. Abends, wenn die Dämmerung einsetzte, schlich ich mich zum Hafen, um mir dort am abfallenden Basaltufer den Wind um die Nase wehen zu lassen. Es kam mir so vor, als würde unten am Deich und am Hoofd sowie in all den Gässchen an den Fleeten über mich geflüstert. »Hast du schon gehört ... er scheint ein sehr artiger und aufmerksamer Junge zu sein, aber wenn Cor Schelvischvanger ihm nicht mit einem Brotschießer zu Leibe gerückt wäre, hätte er im frühen Morgengrauen in aller Seelenruhe die hübsche Tochter von Marchand auf den Mehlsäcken in der Bäckerei van Lenteren vergewaltigt.«

Wie merkwürdig, wenn ich mich tagsüber aus dem Haus wagte, kam mir in der Stadt prompt Stoof entgegen. Der sah mich stets fröhlich an, mit einem beinahe schalkhaften Blick in den Augen. Jedes Mal spitzte er den Mund und flüsterte munter und so leise wie ein Rotkehlchen an einem Wintertag: »Tausend Gulden«, als handelte es sich um eine drollige Attraktion, ein Vergnügen, das mir bald zuteil werden würde.

An einem stillen Septemberabend stieß ich, als ich aus dem bereits stockdunklen Zure Vischsteeg in Richtung Hafen abbog, auf Dina Marchand.

»Lange nicht gesehen«, sagte sie. »Was für ein Glück, dass ich dich treffe. Meine Schwestern und ich haben neulich erst darüber gesprochen, dass wir unbedingt von dir hören müssen, was an jenem Morgen in der Bäckerei von van Lenteren passiert ist. Wie kriegen wir ihn wieder auf die Zwiebacktonne, habe ich dieser Tage noch zu Lina gesagt.«

Sie sah mich freundlicher an, als ich es von den Marchand-Mädchen gewohnt war, und sagte: »Komm, lass uns ein bisschen spazieren gehen, und dabei erzählst du mir dann ... komm ... erzähl mir mal ...«

»Wir haben um sechs Uhr die Arbeit kurz unterbrochen, weil die Glocke so laut schlug. Gezina wollte Brottüten suchen, und Cor und ich gingen hinaus zum Anker. Wir kletterten hinauf, und dann sagte er: ›Sollen wir Gezina eine Lektion erteilen? Du hältst sie gut fest, und dann erteile ich ihr ... dann kann ich sie ...‹«

»Grundgütiger, habt ihr das arme Kind ...?«

»Nein, nein«, sagte ich, »das ist nicht passiert, ich wollte das nicht und bin auf dem Anker sitzen geblieben. Er ging allein zurück. Als ich dann in die Bäckerei kam, lag er auf ihr und versuchte, ihr Kleid ... Aber sie hat sich gewehrt. Ihr Blick war voller Angst. Deshalb habe ich ihm dann mit dem Brotschießer eins übergezogen.«

Durch den Spalt zwischen ihren großen Schneidezähnen ertönte ein entrüstetes Zischen.

»Er erzählt die Geschichte immer genau andersherum«, sagte sie, »und wir denken die ganze Zeit ... Wir, Lina und ich, wir sind überhaupt nicht schlau aus der Sache geworden und haben immer zueinander gesagt, wie sehr man sich doch in den Menschen täuschen kann. Man sollte doch meinen, du wärst ein Bursche, den man selbst auf die Mehlsäcke hinunterziehen muss, wenn man auch nur einen dicken Schmatz von ihm bekommen will ... Junge, Junge ... tja, wir hätten es uns denken können ... aber Gezina, warum sagt Gezina denn nichts? Ob sie wirklich vollkommen vergessen hat, was passiert ist?«

Sie ging eine Weile schweigend neben mir her und sagte dann: »Ich war eigentlich auf dem Weg zu meiner besten Freundin in der Joubertstraat, aber das kann warten. Könntest du dir vorstellen, mit mir zurückzugehen? Es sind so ziemlich alle zu Hause, alle meine Schwestern, und ich wette zehn zu eins, dass der Nichtsnutz auch dort sitzt ... Wenn du nun also auf der Zwiebacktonne Platz nimmst und haarklein erzählst, was passiert ist, dann will ich mal sehen, was er dazu sagt und was Gezina meint. Komm, begleite mich nach Hause.«

»Ja, aber ... aber ... und was, wenn Stoof auch da ist?«

»Stoof? Na, und wenn schon. Soll er es doch ruhig hören, er sagt die ganze Zeit nur: Ach, das passiert doch jedem mal, dass man eine Gemeinheit begeht ... als hätte das Ganze keinerlei Bedeutung ... gleichzeitig kann er es aber auch nicht lassen, Cor in den Himmel zu loben. Das passt ihm sehr gut in den Kram, dass Cor sie angeblich gerettet hat ... meine Mutter und er wollen ihn mit Gezina verkuppeln, denn Cor muss, koste es, was es wolle, sein Nachfolger werden. Mit Gezina als Lockvogel hofft er, Cor in die Bäckerei zu lotsen. Aber was passiert, wenn Cor ihn dann ablöst? Werden wir, nachdem wir jahrelang im Laden standen, bis wir Plattfüße und Krampfadern bekommen haben, schlicht und einfach ausrangiert? Was damals vereinbart wurde, als meine Mutter und Stoof ganz unbedingt heiraten mussten, weiß ich nicht, aber ich weiß wohl, dass ein Notar vom hiesigen Hafen zurate gezogen wurde – Notar Joosse war das, dessen Tochter plötzlich Zwillinge bekam, obwohl sie noch zur Mädchenrealschule ging und steif und fest behauptete, noch nichts mit einem Mann gehabt zu haben, und wenn es nur ein Kind gewesen wäre, hätte man das vielleicht noch glauben können, aber bei zweien doch wohl eher nicht. Ganz gleich jedenfalls, was schwarz auf weiß festgehalten wurde, wir werden uns mit aller Macht dagegen wehren, dass sich dieser Grobian, diese Dumpfbacke, dieser Windbeutel bei uns breitmacht ... Es kann zwar durchaus sein, dass wir Marchands nichts in der Hand haben, während unsere Stiefschwestern hingegen ... aber warte, warte, wir haben zwei Trümpfe in der Hand, wir sind alle, von mir leider abgesehen, wunderschön und können daher eine ganze Armee mobilisieren. Tina flirtet bereits ein wenig mit einem Notarsgehilfen, und Lina ist schon eine Weile mit einem Juristen liiert, und Stina arbeitet als Schwester im Holy-Krankenhaus und hat bestimmt die Absicht, sich einen Arzt zu angeln ...«

»Einen Arzt?«, sagte ich erstaunt. »Ich kann mir vorstellen, dass man Spaß an einem Notar und einem Juristen hat, aber an einem Arzt ...«

»Den Arzt brauchen wir, um Stoof ordentlich Angst einzujagen. Er ist ein echter Mann, Väterchen Stoof, ein echter

Kerl, bei jedem Stich in der Brust, bei jedem Pickel auf dem Rücken, bei jedem Furz, der ihm quersitzt, beginnt er gleich zu grübeln und denkt, sein Ende sei nahe ... warte nur, den kriegen wir schon ... meinen armen, armen Vater. Und diesem Neffen, dem jagen wir ganz nebenbei auch einen gewaltigen Schrecken ein, komm, lass uns gehen.«

»Muss das wirklich sein?«

»Ist dir die Vorstellung unangenehm?«

»Ziemlich.«

»Aber wovor fürchtest du dich? Hat sich das Ganze vielleicht doch anders zugetragen, als du vorhin erzählt hast?«

»Nein, aber ...«

»Na, was jammerst du also? Komm mit, wir gehen zu mir nach Hause, dort setzen wir dich auf die Zwiebacktonne, und dann erzählst du mit deinen eigenen Worten, was damals in der Bäckerei von van Lenteren vorgefallen ist. All meine Schwestern werden bereitstehen, um dir die Hand zu halten und dich zu unterstützen, denn wir wollen nicht, dass Gezina und dieser Hanswurst ... das ist, worauf mein Stiefvater und meine Mutter hinauswollen ... dem müssen wir ganz bestimmt einen Riegel vorschieben.«

»Aber damit verhindert ihr doch nicht, dass Cor ins Geschäft eintritt. Wenn Stoof darauf besteht und es zudem noch irgendwie notariell festgelegt wurde ...«

»Ich wüsste nicht, wie das notariell festgelegt sein könnte, aber du hast natürlich recht: Die Sache ist noch nicht aus der Welt, wenn wir ihr einen Riegel vorschieben, es könnte immer noch passieren, dass sie Gezina mit Cor verkuppeln ... das weiß ich wohl, wir haben noch einen langen Weg vor uns, aber wenn wir zumindest ... weißt du, wenn nur einmal der erste Schritt getan ist.«

Sie nahm mich in den Arm, drückte mich kurz an sich und sagte: »Jetzt kriegst du schon mal einen dicken Schmatz von mir.« Sie küsste mich unversehens mitten auf den Mund, schob mich wieder von sich weg und sagte: »Ach, ist das schade, ich bin viel zu alt für dich«, packte mich wieder und zog mich die Kaimauer entlang in die andere Richtung.

»Auf zur Bäckerei«, sagte sie.

Ich seufzte und murmelte halblaut: »Aber findest du denn nicht auch ... Stoof ist so stolz darauf, dass die Bäckerei schon seit Marnix van Sint-Aldegonde vom Vater auf den Sohn übergegangen ist.«

»Was redest du da? Was für ein Unsinn, vom Vater auf den Sohn ... natürlich, das hat was, aber warum hört man nie, dass ein Geschäft seit Jahrhunderten von der Mutter auf die Tochter übergegangen ist ... warum hört man das nie? Ich seh nicht ein, warum ich nicht zusammen mit meinen Halbschwestern ... das sind doch auch echte Vollblut-Schellvischvanger ... warum ich nicht zusammen mit meinen Halbschwestern das Geschäft fortsetzen können sollte? Ja gut, meine Schwestern haben nicht sonderlich viel Lust, den Rest ihres Lebens Roggenmischbrot und Kekse mit Hagelzucker zu verkaufen, sie wollen das Geschäft gar nicht unbedingt weiterführen, aber diesen Windbeutel ... diese Dumpfbacke ... diesen Grobian ... verflixt noch mal, den wollen sie aus dem Geschäft raushalten, das Geschäft ist auch ihm keine Herzensangelegenheit, ich bin mir sicher, dass er, wenn sein Onkel das Zeitliche segnet, die Bäckerei noch am offenen Grab verkaufen wird ... nein, das lassen wir nicht zu ... er bekommt das Geschäft nicht ... aber zuerst müssen wir Gezina aus seinen Klauen erretten. Komm mit.«

Schweren Herzens ging ich neben ihr her, am Hafen entlang in Richtung der Bäckerei. Wenn ich, auf der Zwiebacktonne sitzend, erzählte, was passiert war, dann würde ich damit Stoof vor den Kopf stoßen, der mir immerhin tausend Gulden geboten hatte, wenn ich sagte, dass es mir leidtat. Und das wollte ich lieber nicht. Ich kannte ihn schon so lange und hatte ihn immer sehr gemocht. Und er hatte mich immer, schon seit meiner frühesten Jugend, so fröhlich angesehen. Als wäre er mir gewogen, als fände er mich nett, als betrachtete er mich mit dem Blick eines Mannes, der denkt: Ach, wie großartig wäre es, wenn ich einen solchen Sohn hätte. Ich holte tief Luft und sagte: »Glaubst du wirklich, deine Mutter und Stoof könnten, wenn Gezina glaubt, Cor sei mir mit dem Brotschießer zu Leibe gerückt, sie dahin kriegen, Cor zu heiraten?«

»Man weiß nie, sie tun jedenfalls alles dafür, und Gezina ist so ein folgsames Mädchen, sie ist die Schönste von uns allen, aber sie hat kein Rückgrat, sie ist ganz anders als Lina, Tina, Stina oder ich, sie ist so irrsinnig artig.«

»Meiner Meinung nach findet sie Cor schrecklich.«

»Wer tut das nicht?«

»Na, dann ...«

»Ich weiß nicht ... ich glaube, sie ist, nach dem, was passiert ist, immer noch ganz verwirrt ... sie kam nach Hause gerannt, ist in ihr Bett verschwunden, hat lange geschlafen und sagte dann, sie habe einen sehr schrecklichen Traum gehabt. Immer wieder hört sie, du hättest ... und Cor hätte daraufhin ... sie ist wie Brotteig, man kann sie nach Belieben kneten, nein, ich bin alles andere als unbesorgt ... ich wünschte, ich wäre damals mit euch beiden zum Brotschneiden gegangen ... Zu gern hätte ich gesehen, ob Cor es gewagt hätte, sich auf mich zu stürzen, und wenn du es getan hättest, dann hätte ich das überhaupt nicht schlimm gefunden, schade, dass wir so weit auseinander sind, dass ich zu alt für dich bin und zudem nicht hübsch genug, schade, wirklich schade.«

Schalkhaft sah sie mich mit ihren fröhlichen Augen von der Seite her an. Ich schlug die Augen nieder, woraufhin sie munter meinte: »Ich sehe schon, ich hole mir einen ziemlichen Korb, aber das wird dir später noch leidtun, irgendwann wirst du denken: Hätte ich sie damals doch nur in den Zure

Vischsteeg gezogen, um ein bisschen mit ihr rumzuknutschen.«

Ich bekam kein Wort heraus und ging schweigend neben ihr her. Sie sagte: »Meine Damen und Herren, schauen Sie doch nur, wie verlegen dieses liebe Bürschchen ist. Jetzt kann wirklich niemand mehr glauben, er wäre ein Vergewaltiger, niemand mehr.«

Wir gelangten zur Bäckerei. Sie ging vor mir her durch den Laden, öffnete die Tür zum Wohnzimmer und rief: »Schaut mal, wen ich mitgebracht habe.«

Sie zog mich am Arm ins rappelvolle Zimmer. Überall saßen Marchand-Mädchen. Zwei hockten auf dem Rand des Laufstalls, der leer war. Die jüngste Schelvischvanger war offensichtlich schon im Bett. Stoof saß unter dem Radio, das auf einem hoch an der Wand befestigten Brett stand. Gleich an der Küchentür thronte die Witwe im einzigen Lehnstuhl, den es in dem Raum gab. Cor stand lässig an einen Türrahmen gelehnt und rauchte eine Zigarette.

»Wo ist die Zwiebacktonne?«, wollte Dina wissen.

»Unten, in der Bäckerei, glaube ich«, erwiderte Tina.

»Holen«, befahl Dina, »er muss unbedingt auf der Zwiebacktonne sitzen. Er wird uns erzählen, was auf dem Kerkeiland tatsächlich passiert ist.«

»Muss das sein?«, fragte die Witwe scharf. »Denk doch um Himmels willen an das arme Kind.«

»Ja, es muss sein«, antwortete Dina, »denn er hat eine vollkommen andere Geschichte zu berichten als Cor.«

»Lügner«, zischte Cor präventiv.

»Los, her mit der Zwiebacktonne!«, rief Dina.

»Bin schon unterwegs«, sagte Tina und eilte zur Tür, wobei sie im Vorbeigehen kurz zu Gezina schaute, die mich, seit ich hereingekommen war, anstarrte. Tina hielt an und betrachtete ihre Schwester aufmerksam. In dem Moment, als Cor »Lügner« gezischt hatte, hatten sich ihre Augen mit Furcht und Unglauben gefüllt. Sie sah zu Cor hinüber, der mich mit einem unvorstellbar bösen Blick belauerte. Sie wurde zunächst feuerrot und dann leichenblass. Sie schaute erneut zu Cor, dann wieder zu mir. Ihre Augen traten jetzt ebenso unheimlich hervor wie damals bei van Lenteren. Auf ihrer Stirn erschienen große Schweißtropfen. Es schien, als sähe sie in mir ihren Bedränger. Sie murmelte etwas vor sich hin und schlug sich dann vor die Stirn, als wollte sie sich etwas ins Gedächtnis rufen. Ein paar unverständliche Worte kamen aus ihrem Mund.

»Was faselst du da?«, fragte die Ex-Witwe zornig.

»Ich gehe … ich will … ich …«, sagte Gezina. Sie rannte zum Zimmer hinaus, und wir hörten das Poltern ihrer Schritte auf der Holztreppe zum großen Dachboden.

»Da siehst du verflucht noch mal, was dieser Mistkerl angerichtet hat«, brüllte Cor.

»Bitte hier nicht fluchen«, sagte Stoof.

Cor sprang auf und verpasste mir einen ungeheuer kräftigen Schlag auf die Brust. Ich krümmte mich. Er wollte mir noch einen Hieb versetzen, doch Tina, Lina, Dina und Stina fielen ihm in den Arm. Und dann stand er da, keuchend und prustend. Er wand sich, um sich aus dem Griff der recht kräftigen Mädchen zu befreien.

»Du gehst jetzt besser nach Hause«, sagte Dina, und zusammen mit Tina, Lina und Stina schob sie ihn durch die Wohnzimmertür in den dunklen Laden. Kurze Zeit später hörten wir die Ladentürglocke klingeln, und dann erklang das Geräusch eines Schlüssels, der im Schloss gedreht wurde. Die vier Marchand-Mädchen kamen zurück. Dina sagte gereizt: »Wo bleibt denn nur die Zwiebacktonne? Jeder sieht doch, dass unser Nachbarsjunge sich nirgends hinsetzen kann.«

»Er braucht sich auch gar nicht zu setzen«, sagte die Ex-Witwe, »setzt ihn in Gottes Namen auch vor die Tür.«

»Kommt gar nicht infrage«, erwiderte Dina. »Ich möchte, dass er uns mit seinen eigenen Worten erzählt, was damals in der Bäckerei vorgefallen ist.«

»Wozu das Ganze?«, fragte die Ex-Witwe verärgert. »Du hast doch mit eigenen Augen gesehen, wie Gezina auf seinen Anblick reagiert hat.«

»Gezina weiß nicht mehr, was geschehen ist«, sagte Dina. »Sie erinnert sich lediglich daran, dass da zwei Burschen waren, aber welcher der beiden auf ihr lag und welcher zugeschlagen hat ... sie weiß es nicht mehr, oder vielleicht weiß sie es noch, aber die Schläge mit dem Brotschießer sind für sie ebenso beängstigend gewesen wie ... Was ich damit sagen will: Man stelle sich das einmal vor: Du liegst da im Dunkeln ... ein Kerl auf dir, der an deinem Kleid zerrt ... und dann kommt noch ein anderer Kerl rein und fängt an zu prügeln ... kein Wunder, wenn das nicht spurlos an einem vorbeigeht.«

»Ach, komm«, sagte Stoof.

»Ach, komm, ach, komm? Du weißt nicht, worum es hier geht, du denkst, es hätte sich nur um eine harmlose Balgerei gehandelt, du verharmlost die ganze Zeit, was Cor ausgefressen hat ... ich kann's ja verstehen, Cor ist dein leiblicher Neffe, und du hättest ihn gern im Geschäft ... aber unsere Gezina, unsere Gezina ... sie ist immer schon unser Sorgenkind gewesen ... und wenn wir nicht aufpassen, macht dieser Vorfall sie endgültig fertig.«

»Na, na, na«, sagte Stoof.

»Von wegen na, na, na«, sagte Dina. »Wenn Cor keinen Schlag mit dem Brotschießer bekommen hätte ...«

»Wer sagt, dass Cor ...«, warf Stoof ein.

»Hast du auch nur einen Augenblick lang geglaubt, unser ehemaliger Nachbarsjunge hätte Gezina ... sei ehrlich, hast du das auch nur einen einzigen Moment lang geglaubt? Ich meine, er ...«

Sie kam auf mich zu, legte einen Arm um mich und sagte: »Wir kennen ihn seit dem Kindergarten ... noch aus Sandkastenzeiten, und du doch auch, und sag jetzt ehrlich, hast du das auch nur einen einzigen Augenblick lang geglaubt?«

»Erzähl du mir was von lieben, sanften, freundlichen Jungen«, sagte die Ex-Witwe schnippisch.

»Lieb und sanft? Hat er nicht kräftig mit dem Brotschießer zugeschlagen?«, erwiderte Dina. »Aber ich habe dich was gefragt, Stoof, ich habe gefragt ...«

»Du hattest immer schon ein Auge auf ihn geworfen«, sagte die Ex-Witwe verbittert, »immer schon wolltest du mit ihm losziehen. ›Darf ich mit unserem kleinen Nachbarsjungen spazieren gehen?‹, hast du dann gesagt.«

»Mutter, ich habe Stoof was gefragt.«

Sie sah ihrem Stiefvater geradewegs in die Augen. Er senkte den Blick und murmelte: »Du darfst nicht glauben, ich wüsste nicht ...«

»Na also«, sagte Dina, »da haben wir's. Und trotzdem wolltest du unsere Gezina ...«

»Es geht ums Geschäft«, sagte er heiser, »Cor muss es weiterführen. Das bin ich dem Andenken seines Vaters schuldig ...«

»Ja, schön, diese Geschichte haben wir bereits hundertmal gehört. Das Geschäft ... Fein, meinetwegen holst du Cor in die Bäckerei, aber lass doch bitte unsere Gezina aus dem Spiel ... Lina, siehst du mal nach, wie es ihr geht, und wo bleibt denn die Zwiebacktonne ... Wo bleibt die Zwiebacktonne, verflixt, die hätte doch schon längst hier sein müssen.«

Die Knochengrube

Lydia sagte: »Ihr könnt in London bei unseren Freunden Geoff und Ann übernachten. Hier, die Adresse. Sie wohnen südlich der Themse. Man kommt bequem mit einem der Züge der South Western Railway hin, der Bahnhof liegt gleich um die Ecke von ihrem Haus.«

Nördlich der Themse kauften wir in der Waterloo Street Station zwei Fahrkarten zu dem genannten Bahnhof. Der Mann am Schalter sagte uns, wir müssten auf Gleis vier in den grünen Zug der South Western Railway steigen, aber, so fügte er hinzu, der Zug fahre nicht direkt zu diesem Bahnhof, wir müssten unterwegs umsteigen.

»Wo müssen wir umsteigen?«, wollten wir wissen.

»*I am not quite sure about that, but I guess at Clapham Junction.*«

Daher fragten wir, bevor wir einstiegen, einen schwarz gekleideten, krumm gewachsenen Eisenbahner: »Wo müssen wir umsteigen«, und ich zeigte ihm unsere Fahrkarten.

»Clapham Junction«, erwiderte der alte Mann.

Kaum hatten wir die Themse überquert, da hielt der Zug auch schon in Clapham Junction. Wir stiegen also aus und standen dann da. Der Lärm war ohrenbetäubend. Von allen Seiten donnerten die uralten, schmutzigen englischen Züge in den riesigen Bahnhof hinein und hielten dann an, und weil es sich noch um die bejahrten Waggons handelte, die an der Außenseite eines jeden Abteils eine Tür hatten, wurden diese eilig geöffnet, und die Insassen sprangen so schnell heraus, dass man hätte meinen können, sie seien auf der Flucht. Anschließend wurden die Türen blitzschnell wieder von den Fahrgästen geschlossen, die im Abteil sitzen geblieben waren. Die lauten, knallenden Geräusche hallten unter der hohen Bahnhofshalle wider, und überall blickte man auf eine schwindelerregende Zahl von Gleisen, Gleise, so weit das Auge reichte, Züge, die ankamen, und Züge, die wieder abfuhren, pausenlos begleitet vom peitschenden Knallen der auf- und zuschlagenden Türen. Passagiere rannten an uns vorüber und eilten zu den bereitstehenden Zügen, und diejenigen, die ausgestiegen waren, hasteten zu den rostigen Treppen. Es war, als versuchten alle, sich in Sicherheit zu bringen. Und wir standen nur da und wussten nicht, auf welchem Gleis unser Zug zu Ann und Geoff abfuhr, und es war auch niemand zu sehen, den wir hätten fragen können. Angesichts eines so überwältigenden Angebots an Bahnsteigen erschien es wenig sinnvoll, sich einfach auf die Suche nach dem richtigen zu begeben. Wie hätten wir ihn finden sollen? Ich konnte nirgendwo Schilder entdecken. Also standen wir dort vollkommen hilflos herum, inmitten von Zugfahrgästen, die im Laufschritt ihrem Ziel zueilten.

Mir kam es so vor, als sei dieser unfassbare Eisenbahnknotenpunkt der mythische Bahnhof Tenway Junction aus *Der Premierminister* von Anthony Trollope. Auf diesem Bahnhof wirft eine der Hauptfiguren des Romans sich vor einen Zug, und zwar auf exakt dieselbe Weise, wie auch Anna Karenina sich vor den Zug wirft. Da Tolstoi ein Bewunderer Trollopes war, ist es sehr wahrscheinlich, dass er das Buch gelesen hat (*Der Premierminister* ist vor *Anna Karenina* erschienen) und dann seelenruhig diese Szene abgeschrieben hat, mit Anna in der Rolle von Ferdinand Lopez.

Aber so verzweifelt und hilflos wir dort auch herumstanden, an Selbstmord dachten wir nicht, und wir schlenderten daher schließlich den Bahnsteig entlang zur Treppe. Ein älterer Mann, der sich offenbar über unsere gemächliche Gangart wunderte, fragte: »*Can I help you?*«

Ich zeigte ihm unsere Fahrkarten und fragte, ob er wisse, zu welchem Gleis wir gehen mussten, um unseren Zielort zu erreichen.

»*Sorry, I don't know*«, erwiderte er und machte sich schnell aus dem Staub.

Wir stiegen die rostige Treppe hinab in die Katakomben des Bahnhofs und hofften, dort Fahrpläne oder sogar einen besetzten Schalter zu finden. Doch in den engen unterirdischen Gängen war es dunkel, und wir kollidierten ständig mit den vorbeieilenden Reisenden. Fahrpläne waren nirgends zu entdecken, Schalter ebenso wenig. Fortwährend wurden wir unsanft zur Seite geschubst, und man warf uns Schimpfwörter an den Kopf, die wir kaum verstanden. Sehr bald gerieten wir in eine dichte Menschenmasse, die in Richtung einer hellen Kuppel eilte. Wir wurden von diesem Strom einfach mitgerissen. Unsere anfänglichen Versuche, uns dem zu widersetzen, brachten uns nur Schimpfwörter, Geschubse und Gezerre ein, woraufhin wir unsere Gegenwehr einstellten. Unter der hellen Kuppel angekommen, bemerkten wir eine breite Treppe, die offenbar zur Straßenebene hinaufführte. Die nahmen wir und standen dann plötzlich im Dunkeln auf einem nichtssagenden Platz. Gewiss, wir hätten wieder zurückgehen können, auf der anderen Seite der Treppe, denn dort stiegen die Gehetzten hinunter in die Katakomben, aber davor schreckten wir zurück. Was nun? Wie sollten wir jemals zu dem Bahnhof gelangen, den unsere Fahrkarten als Zielort auswiesen? Die naheliegendste und einfachste Lösung war, mit dem Taxi zu der uns genannten Adresse zu fahren. Allerdings hatte ich zwei Bahnfahrkarten bezahlt, mich gewissermaßen auf eine Fortbewegungsart festgelegt, und daher erforderte die Entscheidung, vom ursprünglichen Plan abzuweichen, eine geistige Flexibilität, die mir leider abgeht. Doch zurück konnten wir nicht mehr, und durch die Übernachtung bei Geoff und Ann sparten wir so viel Geld, dass ein Taxi – das in England zudem noch recht preiswert ist – durchaus drin war. Es dauerte trotzdem eine ganze Weile, bis wir so weit waren und Ausschau hielten. Zum Glück ist die Suche nach einem Taxi in England recht einfach. Auch dort auf dem Platz gab es Taxen, sodass ein freier Wagen bald gefunden war. Anschließend fuhren wir durch ein verwirrendes Labyrinth aus Straßen und Plätzen, das sich südlich der Themse so weit erstreckt, dass sprichwörtlich kein Ende in Sicht zu kommen scheint.

Man fragt sich, wie ein Taxifahrer darin den Weg findet. Kreuzungen, Plätze, Straßen, kleine Grünanlagen, düstere und enge Gassen, breitere Alleen, wieder Straßen und Kreuzungen, immer wieder Kreuzungen, schwindelerregend viele Kreuzungen. Dann hielt das Taxi auf einmal an, und es zeigte sich, dass wir tatsächlich bei der genannten Adresse angekommen waren. Dort öffnete sich, nachdem wir geklingelt hatten, in der Tat auch die Tür, und es erschien eine Frau, die wirklich Ann hieß.

»*Well, there you are*«, sagte sie und bat uns ins Haus.

Mit einem eigenartigen Schuldgefühl überschritt ich die Schwelle. Was für erstaunliche, gastfreundliche Menschen waren das, die wildfremden Leuten Obdach boten, einzig aus dem Grund, weil eine von ihnen die Schwester einer Freundin war? Es hatte den Anschein, als fänden sie das vollkommen normal, und nachdem wir unser Gepäck in einem großzügigen Gästezimmer abgestellt hatten, das Aussicht auf unglaublich viele Gärten bot, in denen kleine Feuer brannten, bekamen wir eine vortreffliche Mahlzeit serviert. Und auf die Mahlzeit folgte, als hätten wir uns seit Jahren gekannt, ein gemütliches Gespräch, in dem Geoff mich nach dem Beruf meines Vaters fragte. Ein wenig verschämt sagte ich: »*Grave digger.*«

»*Marvellous*«, rief Geoff zu meinem großen Erstaunen, und er fügte hinzu: »Das ist ein seltsames Zusammentreffen. Heute Abend muss ich zu einer Versammlung des Vereins *Funeral Revolution*. Es wäre schön, wenn du vor der Pause dort ein wenig über die Arbeit deines Vaters erzählen würdest. Kannst du dir das vorstellen?«

Der Schreck fuhr mir in die Glieder. Ich sollte in meinem gebrochenen Englisch einen, zudem noch unvorbereiteten Vortrag halten? Über die Arbeit meines Vaters? Was denn genau? Also fragte ich Geoff: »Worüber könnte ich denn berichten?«

»Du könntest davon erzählen, wie in Holland die Liegezeit geregelt ist. Man hört hier zum Beispiel die düstere Geschichte, dass in den Niederlanden die Gräber recht schnell geräumt werden. Das ist bei uns ganz anders.«

»Nach welcher Zeit ein Grab geräumt wird, hängt davon ab, in welcher Art von Grab man bestattet worden ist, erste Klasse, eigenes Grab, zweite Klasse, eigenes oder gepachtetes Grab, dritte Klasse, gepachtetes Grab, vierte Klasse, Armengrab.«

»Oh, unglaublich, wie interessant. Unterschiedliche Gräber! Verschiedene Klassen!«

Also stand ich anderthalb Stunden später, nach einem Gang um hundert Ecken, in der heruntergekommenen Aula einer Behelfsschule auf dem Podium, irgendwo in Süd-London. Der Saal war bis auf den letzten Platz gefüllt. Außer weiß gepuderten alten Damen saßen dort auch Herren in Maßanzügen sowie – vor allem weiter hinten – Lookalikes der Beatles, die in Begleitung von bizarr geschminkten Mädchen in durchbrochenen Minikleidern waren. Nie zuvor hatte ich vor einer so merkwürdigen, bunt gemischten Gesellschaft gestanden, und während ich mich noch fragte, was all die Menschen dort wollten, legte ich beherzt los.

»*My father was a grave digger.*«

Bereits nach diesen ersten Worten ertönte Applaus, und ich dachte: Prima, das ist schon mal nicht schlecht, dass die Leute offensichtlich verstehen, was ich sage. Ich berichtete, dass mein Vater zwanzig Jahre lang auf einem Friedhof beschäftigt gewesen sei und immer begeistert von seiner Arbeit gesprochen habe. Nur eines habe er nicht gern gemacht: räumen oder, um es mit meinen englischen Worten zu sagen: »*Clearing the graves*«. War das die richtige Übersetzung von »räumen«? Musste es nicht heißen: »*vacuation of the graves*«? Oder einfach nur: »*vacation of the graves*«?

Wie dem auch sein mochte, man verstand mich jedenfalls nicht. »*Clearing the graves? Why?*«, fragte eine wunderbar gepuderte uralte englische Dame. Um Platz für neue Verstorbene zu schaffen, erklärte ich. Im ganzen Saal wurde geflüstert. »*Clearing the graves? To bury new corpses there? How curious.*« Ich versuchte, das Ganze zu erklären, kam auf die unterschiedlichen Klassen zu sprechen, erste Klasse, eigenes Grab, in dem man mindestens neunundneunzig Jahre ruhte, zweite Klasse, eigenes Grab mit fünfundsiebzig Jahren Liegezeit, zweite Klasse, Pachtgrab, fünfzig Jahre Grabesruhe, dritte Klasse Pachtgrab, zumindest dreiunddreißig Jahre Liegezeit. Im Saal erhob sich ein Sturm der Entrüstung. Das war unerhört, unterschiedliche Klassen von Gräbern, in verschiedenen Preiskategorien, was war das für ein barbarisches Land? Und wie erschütternd, dass man, wenn man in einem billigen Pachtgrab dritter Klasse beerdigt worden war, bereits nach dreiunddreißig Jahren daraus wieder entfernt werden konnte, um Platz für einen anderen armen Schlucker zu machen, der dort auch nur dreiunddreißig Jahre würde liegen bleiben dürfen.

»*What happens with the remains after thirty-three years?*«, wollte ein schon etwas älterer Mann wissen.

»Die kommen in die Knochengrube«, erwiderte ich. Weil ich nicht wusste, wie der englische Ausdruck für Knochengrube lautete, verwendete ich einfach das Wort, das mein Vater immer benutzt hatte.

»*What's that*, ›Knochengrube‹?«, fragte ein anderer Zuhörer.

»*It's a deep pit*«, sagte ich, »wo die Knochen hineingeworfen werden. *Maybe it is just a bone pit in English.*«

Ob es diesen Ausdruck gab – ich wusste es nicht. Schaut man im zweisprachigen Wörterbuch nach, dann findet man dort das Wort »Knochengrube« nicht und folglich auch keine Übersetzung desselben. Dennoch verstand man im Saal, als ich den Ausdruck »*bone pit*« verwandte, offenbar sehr genau, was ich damit meinte, denn überall war wütendes Grummeln und Zischen zu hören.

Manche der Zuhörer erhoben sich sogar. Sie streckten die Arme nach mir aus und riefen Dinge, die ich nicht verstand. Die Stimmung war schlicht feindselig. Ich wusste nicht, wieso. Was war das Problem? Hilflos sah ich zu Geoff hinüber. Der saß vorn im Saal, stand auf, kam auf die Bühne und sagte, auf mich deutend, zum Publikum: »*Please*, lasst eure Wut nicht an ihm aus, *he can't help it, please, please.*«

Als dies nichts brachte, und alle zum Podium drängten, sagte er: »Ich denke, dies ist ein guter Zeitpunkt, um eine Pause zu machen.«

Er zog mich von der Bühne, führte mich nach hinten, öffnete eine Tür und dirigierte mich in eine kleine Küche. Vorsichtig schloss er hinter uns die Tür.

»Wir können besser hier eine Weile warten, bis der Saal sich wieder einigermaßen beruhigt hat«, sagte er.

»Warum waren die Leute so erbost?«, fragte ich.

»Ich denke, sie haben Anstoß daran genommen, wie wenig respektvoll man in Holland mit Pachtgräbern und den Überbleibseln der Verstorbenen umgeht. Das klingt für Engländer recht befremdlich, obwohl die Gräber hier, wie ich annehme, auch irgendwann geräumt werden.«

Wir saßen da, tranken eine Tasse Tee, und nach etwa zwanzig Minuten stand Geoff auf und sagte: »Ich werde mal nachsehen, ob sich die Gemüter inzwischen beruhigt haben.«

Er verließ den Raum, kam bald zurück und meinte: »Ich denke, wir können wieder hineingehen. Such dir irgendwo hinten einen Platz, wo dich nicht jeder sieht, dann wird es wohl gehen.«

In einer der hinteren Reihen sitzend, lauschte ich anschließend dem Vortrag eines beseelten Biochemikers, der umständlich darlegte, dass die Einäscherung eine groteske Vergeudung hochwertiger Eiweiße sei, die im Laufe eines langen Lebens im menschlichen Körper produziert und gesammelt und dann am Ende mit einem Schlag unerbittlich und vollständig durch die Hitze zerstört würden. Was für ein bizarrer Verlust von wertvollem Material. Sündhafte Verschwendung. Viel besser sei es, die sterblichen Überreste zu bestatten. Auf diese Weise gelangten die hochwertigen Eiweiße in den Boden und könnten dort, nach ihrer Zerlegung in Aminosäuren und Kohlenstoffketten, als Bausteine für die unterschiedlichsten Organismen dienen, für Pflanzen und ihre Wurzeln, für Moose und Bakterien, für Würmer und sogar für Viren. Schließlich gebe es keinen fruchtbareren Boden als einen Totenacker.

Nach seinem vortrefflichen Referat, gegen das meiner Ansicht nach kaum etwas einzuwenden war, blies ihm jedoch aus dem Saal ein heftiger Wind entgegen. Natürlich, Kremation sei vollständig ausgeschlossen, darüber waren sich alle einig, doch selbst wenn menschliche Körper aus hochwertigen Eiweißen bestanden, so sammelten sich doch im Laufe des Lebens auch erstaunlich viele Giftstoffe darin an, Giftstoffe infolge schlechter Ernährung, Quecksilber aus Makrelen zum Beispiel, und Giftstoffe aus Medikamenten, aus Drogen; was also da bestattet werde, sei *»a body full of bloody* *crap*« und daher schlimmste Umweltverschmutzung, zudem noch beerdigt in einer lackierten Holzkiste. Allein dieser Lack – eine Katastrophe für den Boden.

»Wir müssen also nach Alternativen suchen«, rief hinten im Saal ein junger Mann.

»*Yeah, yeah*«, riefen viele Anwesende.

Von hinten kam ein recht kräftiger Bursche nach vorn. Er sprang auf die Bühne und rief: »*Action, now*, wir müssen Aufmerksamkeit für unsere Sache generieren. Das geht nur mit spektakulären, gewagten Aktionen. Wir müssen uns auf die Straße legen, wenn ein Beerdigungszug vorbeikommt, wir müssen die Reifen des Leichenwagens zerstechen, wir müssen Bestattern ins Gesicht spucken.«

»*No, no*«, wurde gerufen.

Das Licht im Saal erlosch. Ein Dia wurde an eine weiße Wand geworfen, das offenbar schon die ganze Zeit in einem Projektor bereitgestanden hatte. Auf der Wand sahen wir einen grotesken Apparat, und aus dem Saal erklang eine tiefe, sonore Bassstimme.

»Das ist ein Schredder, und auf solche Schredder, allerdings auf noch größere und speziell für die Verarbeitung von Leichen gebaute Schredder, müssen wir setzen. Natürlich könnten wir unsere Leichen auch kompostieren, aber dabei gibt es noch technische Probleme. Wir sollten also besser große Schredder einsetzen, Körperschredder. Wenn ein Mensch gestorben ist, muss man ihm ein Mittel verabreichen, das das Blut gerinnen lässt. Wenn das geschehen ist, können wir die Leiche mit ähnlichen Geräten in kleine, feine Stücke hacken, wie man sie auch benutzt, um Äste und Zweige zu häckseln. Und so wie man dann diese kleinen Holzstücke auf dem Boden oder auf dem Komposthaufen verstreut, so könnte man auch die Leichenstücke auf dem Boden oder dem Komposthaufen verstreuen. Dann befinden sich natürlich noch immer die Giftstoffe in den Stücken, aber man verteilt sie doch über eine viel größere Fläche, als wenn man den Körper im Ganzen begräbt.«

Im Saal schien diese Methode allgemeine Zustimmung zu finden. Einer der Anwesenden erinnerte daran, dass in dem James-Bond-Film *Im Geheimdienst Ihrer Majestät* ein Mensch in eine Schneefräse gerate und daraus in »*pleasant pieces*« wieder zum Vorschein komme, was sozusagen einen Vorläufer der »*shredder solution*« darstelle. Zwar rief der kräftige Kerl, auf diesen Vorschlag reagierend: »*No shredder, action, we need action now*«, doch mit allerlei Zisch- und Urwaldlauten wurde ihm das Wort abgeschnitten, und der Mann mit dem sonoren Bass sagte: »*Keep it snappy*, wir können nur zu Aktionen übergehen, wenn wir annehmbare Alternativen zur Einäscherung und zur Bestattung zu bieten haben. Der Schredder ist sicherlich eine gute Alternative, aber bestimmt sind noch andere denkbar.«

Das Licht ging wieder an, und der Mann mit der tiefen Stimme stieg auf die Bühne, schaute in den Saal und sagte: »Ich habe Kontakte zu den Herstellern von großen Schreddern, die bei der Verarbeitung von Ästen und anderem Holzabfall eingesetzt werden. Sie sind bereit, einen Prototyp zu bauen, mit dem man menschliche Körper häckseln kann. Was ich suche, sind Freiwillige, die bereit sind, sich zerkleinern zu lassen, sobald der Schredder fertig ist.«

Es herrschte Schweigen im Saal.

»Ich hatte gedacht, dass sich jeder hier melden würde«, sagte der Mann. »Es wundert mich also, dass niemand die Hand hebt.«

»Man muss doch erst tot sein, ehe man gehäckselt werden kann«, sagte ein Herr in der zweiten Reihe, »und noch ist von uns hier keiner tot. Es kann sich also auch niemand melden.«

»Natürlich«, erwiderte der Mann mit der beruhigenden Bassstimme, »das versteht sich von selbst, man muss erst gestorben sein. Aber wenn sich viele schon jetzt in die Liste eintragen, dann ist im Laufe der Zeit, bis der Schredder fertig ist – und das wird auf jeden Fall noch eine Weile dauern –, bestimmt schon jemand gestorben, und wir können anfangen. Also los, meldet euch.«

»Die Bestattungsvorschriften verbieten zweifellos das Schreddern einer Leiche, auch wenn der Begriff selbst darin nicht vorkommt.«

»Das kümmert uns nicht«, sagte der Mann mit der tiefen Stimme, »wir werden nicht um eine Erlaubnis zum Schreddern bitten. Wir machen es einfach, und zwar in Anwesenheit von möglichst viel Presse, Radio und Fernsehen, damit jeder sich davon überzeugen kann, dass wir eine gute Alternative zur Erd- und Feuerbestattung bieten. Ganz sicher wird es helle Aufregung geben, links und rechts werden wir einige Prozesse führen müssen. Aber das ist genau das, was wir brauchen, großen Rummel, Aufmerksamkeit für unsere Sache. Los, wer ist bereit, sich schreddern zu lassen? Nicht alle gleichzeitig.«

Erneut blieb es ruhig im Saal.

Der Sprecher stieg vom Podium, ging zu einer steinalten, gepuderten Dame in der ersten Reihe und sagte: »Ich denke, dass Sie es nicht mehr lange machen werden. Darf ich Sie auf die Liste setzen?«

»*Oh, no, no, no, no, no, my poor hubby.*«

»Sie vielleicht?«, fragte er eine ausgezehrte Dame, die danebensaß.

»*No, no*, ich will nicht geschreddert werden.«

»Was wollen Sie denn?«

»Eine ordentliche Beerdigung.«

»Was machen Sie dann hier?«

»Ich bin nicht meinetwegen hier, ich begleite eine Freundin.«

»*Please*«, sagte der Mann, sich wieder dem Saal zuwendend, »*please, come on*, enttäuscht mich nicht, meldet euch für den Schredder.«

Es blieb beängstigend still. Der Mann sagte: »*This is ridiculous.*« Und fragte dann: »*Where is that bloke from Holland?*«

Ich erschrak. Was wollte er von mir? Mich auf die Liste setzen? Ich kauerte mich tiefer in meinen Stuhl. Es half nichts, der Mann rief: »*There you are*, was halten Sie von der Sache? So ein Schredder ist doch besser als die Knochengrube, oder?«

»Auf jeden Fall«, erwiderte ich, »und darum würde ich mich, wenn ich hier in England leben würde, sofort auf Ihre Liste setzen lassen.«

»*Thank you very much, Sir, why don't you emigrate?*«

Bevor ich darauf etwas erwidern konnte, ging mitten im Saal ein Finger in die Höhe.

»*Put me on your list.*«

»Vielen Dank, gnädige Frau, aber Sie sind noch recht jung, und wir können nicht so lange warten. *Please, please, come on*, stellen Sie sich fürs Schreddern zu Verfügung, jetzt, wo Sie noch nicht dement sind und Ihre Hinterbliebenen, die Sie natürlich bestatten oder einäschern wollen, vor vollendete Tatsachen stellen können.«

Doch niemand meldete sich mehr, und der Mann sagte: »Selbstverständlich, man muss sich an die Vorstellung erst gewöhnen, und ich verstehe gut, dass Sie zuerst eine Nacht darüber schlafen wollen. Bei der nächsten Versammlung komme ich wieder, dann weiß ich auch mehr über den Körperschredder, und dann können Sie sich immer noch auf die Liste setzen lassen.«

Auf dem Rückweg nach Hause fragte ich Geoff: »War das ernst gemeint? Sich schreddern lassen?«

»Das ist schon ein komischer Bursche, der Mann mit dem Schredder, ein echter Hans Dampf. Aber dieser Prototyp eines Schredders – ich denke, da könnte was dran sein.«

»Ich glaube, er hat uns alle zum Narren gehalten.«

»Nicht undenkbar, aber spielt das eine Rolle? Es geht um die Idee. Sowohl die Erd- als auch die Feuerbestattung sind extrem umweltschädlich, dein *bone pit*, das geht wirklich nicht mehr, und darum müssen wir uns nach möglichen und brauchbaren Alternativen umsehen. Ich denke, dass ich mich beim nächsten Mal auf die Liste setzen lassen werde. Das ist ein wenig verfrüht, hoffe ich zumindest, aber wer weiß – wenn ich es mache, folgen vielleicht ein paar Alte meinem Beispiel.«

Survival of the fittest

Hinter den vornehmen, hoch emporragenden Häusern an Plantsoen und Plantage erstreckt sich, umflossen von den Wassern der Zoeterwoudesingel und des Nieuwe Rijn, eine Halbinsel, die in Leiden pompös als Haver-en-Gort-Viertel bezeichnet wird. Das Viertel kann sich rühmen, über wundersam krumme Gassen zu verfügen, deren Ende man, wenn man denn die Unverschämtheit hat, sich hineinzubegeben, nicht sieht, so etwa im Wielmakerssteeg und im Spilsteeg.

Im Haver-en-Gort-Viertel gibt es sogar ein Eroscenter, das aussieht wie ein verdunkeltes Lagerhaus, in dem auf Rosten Chicorée gezüchtet wird. Außerdem kann man in der Gegend, wenn man weiß, wie man die Adressen im Internet findet, in einigen der ehemaligen Weberhäuschen für kleines Geld (große) Befriedigung finden. Ein wenig ansehnliches Haus in der Kraaierstraat soll angeblich das Heim eines unserer flamboyantesten heutigen Dichter sein, aber ich habe ihn dort noch nie auf der Straße getroffen.

Als ich 1962 nach Leiden kam, war das Haver-en-Gort-Viertel im Verfall begriffen. Manchmal spazierte ich von der Oranjeboomstraat aus die ganze Vierde Binnenvestgracht entlang bis zur Plantage, und dann ging ich über die Hogewoerd wieder zurück zum Watersteg, stets einigermaßen auf der Hut vor Belästigung und immer wieder schockiert angesichts der Baufälligkeit der kleinen Häuschen. In der Stadt, aus der ich kam, Maassluis, hätte man die Bruchbuden schon längst mit dem Schild *FÜR UNBEWOHNBAR ERKLÄRT* versehen, aber in Leiden sah man derartige Warnungen nirgends, obwohl die Häuschen im Haver-en-Gort-Viertel weitaus heruntergekommener waren als die in der Hoekerdwarsstraat in Maassluis.

Gut zehn Jahre später, ich arbeitete inzwischen als Dozent im Fachbereich Ethologie des Zoologischen Laboratoriums der Reichsuniversität Leiden, machte man sich daran, die hoffnungslos heruntergekommenen Häuschen in der Gortestraat und in der Haverstraat zu renovieren. Promovierende kauften eine Ruine und verwandelten sie in großzügige Einfamilienhäuser. Wenn die Arbeiten beendet und sie eingezogen waren, dann erfasste diese wissenschaftlichen Mitarbeiter oft eine gewisse Unruhe. Sie verkauften die renovierte Ruine und zogen nach Vreewijk oder ins sogenannte Professorenviertel.

Ich selbst wohnte damals an der Jan van Goyenkade, wo ich mir nachts, wenn ich nicht schlafen konnte, vor Augen führte, wie gut es mir ging. Jeden Tag ging ich zu Fuß durch die Hugo de Grootstraat zum Zoologischen Laboratorium in der Kaiserstraat und freute mich jedes Mal auf die Begegnung mit den Studenten, vor allem mit den Studentinnen.

Eine der Studentinnen hieß Letitia Mager. Eine äußerst lebhafte Persönlichkeit mit schönen dunklen Locken. Mit ihrem prächtigen Busen mochte sie vor allem die eifrigen Versuchsgerätebauer in der Werkstatt ganz wild. »Bei ihr«, so meinte einer der ältesten Versuchsgerätebauer, »wird einem schon von Peek ganz schwindelig, und dann bekommt man Cloppenburg noch dazu.« Letitia war eine Frau, die ganz selbstverständlich und ohne dass es ihr selbst bewusst war, allen den Kopf verdrehte. Sie lachte viel, sie hatte ausdrucksstarke, dunkle Augen, sie konnte hübsch kichern, sie war außergewöhnlich lebhaft und fröhlich. Und ungeachtet ihrer universellen Anziehungskraft auf Männer und auch auf Frauen war sie recht unverdorben und unglaublich herzlich.

Ich kam gut mit ihr aus und hütete mich davor, mich in sie zu verlieben.

Inzwischen ist sie Professorin an der Universität Wageningen, und bis vor nicht allzu langer Zeit trat sie regelmäßig im Fernsehen auf. In einem Wissenschaftsquiz erläuterte sie die richtigen Antworten auf oft schwierige Fragen. Auch wenn sie ein wenig älter geworden ist, ihren Charme hat sie nicht verloren.

Einen bedenklichen Charakterzug hatte sie allerdings. Sie stand auf Heimwerker, auf Kerle mit vagen Tätigkeitsfeldern aus der Arbeitslosenkneipe im Wolsteeg. Das waren keine Studenten, keine netten Buchhalter, Manager oder Bankangestellte, ganz zu schweigen von zukünftigen Biologen, nein, es waren Typen, die sich mit Dingen beschäftigten, angesichts derer der Gesetzgeber die Stirn runzelte. Letitia lud mich, als ich ihre Forschungsarbeit betreute, auf ein Bierchen in die Arbeitslosenkneipe im Wolsteeg ein, aber es muss schon einiges passieren, ehe ich einen Schankraum betrete. Auf die Einladung bin ich also nie eingegangen.

In der Zeit, als wir im Zusammenhang mit ihren Forschungen fast täglich miteinander zu tun hatten, kaufte sie ebenfalls eine Ruine am Anfang der Haverstraat. Sie erzählte mir, sie werde diesen baufälligen Schuppen renovieren. Ich war skeptisch. Wie sollte eine junge Frau, die so viele Freunde hatte und in zwielichtigen Kneipen herumhing und die zudem noch unter meiner Anleitung eine Doktorarbeit schreiben musste, Zeit finden, ein Haus wieder aufzubauen, dessen Ziegelsteine man mit dem kleinen Finger aus der Mauer schieben konnte und dessen Stromleitungen bereits zu brutzeln begannen und einen Kurzschluss bekamen, wenn man nur mit dem Schraubenzieher auf sie zeigte?

Doch in diesem Punkt hatte ich sie, wie sich herausstellte, fürchterlich unterschätzt. Sie gab mir eine erste Version ihrer Doktorarbeit. Nachdem ich sie gelesen hatte, sagte ich:

»Nicht schlecht, aber hier und da gibt es was zu verbessern, und darüber müssen wir reden. Wann passt es dir?«

»Komm doch heute Abend in mein neues Haus. Dann kannst du auch gleich sehen, wie weit ich mit dem Renovieren bin. Wir können uns hinten auf dem Hof in die untergehende Sonne setzen und dort meine Arbeit besprechen.«

Noch am selben Abend, am Ende eines wunderschönen Frühlingstags im Mai, spazierte ich zu der angegebenen Adresse in der Haverstraat. Als ich noch in der Kraaierstraat war, hörte ich bereits aus der Ferne lautes Hämmern und Sägen. Als ich bei Letitias Haus ankam, sah ich, dass mindestens ein halbes Dutzend Kerle auf, in, hinter und vor dem Haus mit den Renovierungsarbeiten beschäftigt waren. Vielleicht waren es sogar mehr, denn auch aus dem Obergeschoss drangen Geräusche herab. Gezählt habe ich die Männer ehrlich gesagt nicht, und das wäre auch schwierig gewesen, denn es wimmelte nur so vor Handwerkern, immer wieder sah ich neue Gesichter. Mir erschien ein so großes Angebot an Do-it-yourself-Arbeitern ein wenig unpraktisch. Wie sollte man in dieser Situation die anliegenden Aufgaben gleichmäßig auf alle Anwesenden verteilen? Außerdem stehen so viele Leute sich nur gegenseitig im Weg, vor allem in einem so kleinen Haus. Das Werkzeug gerät durcheinander, und man muss sehr genau verabreden, wer was macht, wenn es nicht drunter und drüber gehen soll.

Jedenfalls, die Männer arbeiteten, mehr noch: Sie arbeiteten fanatisch. Als ich bei meiner Ankunft fragte, wo Letitia sei, bekam ich schlichtweg keine Antwort. Man warf mir böse Blicke zu. Vorsichtig begab ich mich unter die Arbeiter, die in dem Häuschen zimmerten und verputzten. Eine Ladung Gips rieselte auf mich herab. War es ein Versehen? Ich wurde von den bösartigen Zähnen einer Säge attackiert. Irgendwo schoss eine Hand hervor, die mich zur Seite zog, sodass ich gegen einen Bretterstapel stieß, der gefährlich ins

Wanken geriet. Ein magerer Bursche rammte mir plötzlich, bei einem unglücklichen Manöver, das Rad einer Schubkarre zwischen die Beine.

Das alles kam mir immer seltsamer vor, doch ich ließ mich nicht einschüchtern. Schließlich gelangte ich nach hinten auf den Hof und fand dort meine Studentin, auf einem Liegestuhl und lediglich mit einem verführerischen Bikini bekleidet.

»Oh, da bist du ja schon«, sagte sie. »Ich ziehe mir rasch eine Hose und eine Bluse über.«

»Meinetwegen musst du das nicht, wir können deine Arbeit auch so besprechen.«

»Nein, es wird sowieso schon kühler, du, ich ziehe schnell ein paar Sachen an. Willst du etwas trinken? Ein Bier?«

»Gern«, erwiderte ich, »wenn es nicht zu viel Mühe macht.«

»Nein, kein Problem, hier stehen überall Bierkästen herum. Setz dich doch schon mal.«

Kurze Zeit später kam sie wieder, mit einer karierten Bluse und einer kurzen Kakihose bekleidet. Sie sah bezaubernd aus. Sogar mich, der ich der Ansicht bin, dass im Vergleich zu den Menschenaffen die Milchdrüsen bei Frauen überproportional groß sind, rührte der Anblick ihres wogenden Busens in der Bluse.

Wir besprachen ihre Arbeit, wir tranken zwei Flaschen Bier, und währenddessen ging hinter uns die Renovierung weiter. Ich fragte: »Ist das nicht ein wenig unpraktisch? So viele Männer? Die stehen sich doch gegenseitig nur im Weg.«

»Ich habe in der Arbeitslosenkneipe gefragt, wer mir helfen will«, sagte Letitia, »und da haben sich alle gemeldet. Ich konnte schlecht sagen: nur du und du, und die andern nicht. Das ist der Grund, warum jetzt so viele hier sind.«

»Mir kommt es vor wie der Turmbau zu Babel. Nicht mehr

lange, und sie gehen mit den Fäusten aufeinander los. Bei meiner Ankunft haben sie mich angesehen, als wollten sie mir mit Sägen, Hämmern und Kneifzangen zu Leibe rücken.«

»Ach was, das sind lauter nette Burschen. Sie arbeiten nur konzentriert, und dann guckt man schon mal ein bisschen böse.«

»Aber wenn so viele Männer zugleich beschäftigt sind, kann man unmöglich effizient arbeiten. Und das bedeutet, dass mehr Stunden anfallen, als wenn zwei den Job erledigen. Und all die Stunden müssen doch bezahlt werden. Für dich wird es also nur teurer.«

»Aber nein, die Jungs helfen mir, die muss ich nicht bezahlen, die bekommen ein Bier extra. Mehr wollen die nicht haben.«

Obwohl Letitia gemeint hatte, die Männer schauten streng, weil sie so konzentriert waren, fiel es mir doch auf, dass ich, als ich nach Hause ging, mit ganz anderen Blicken betrachtet wurde als bei meiner Ankunft. Es schien, als wären die Arbeiter angesichts meines Weggangs erleichtert.

Zu Hause angekommen, gingen mir all die schreinernden, sägenden, verputzenden, schraubenden, mauernden Burschen nicht aus dem Kopf. Was verbarg sich hinter so viel Fanatismus? Und warum hatten sie mich so böse angesehen, als ich kam, und erleichtert geschaut, als ich wieder wegging? Betrachteten sie mich etwa als einen Konkurrenten im Kampf um Letitias Gunst?

Später am Abend, es war inzwischen dunkel geworden, konnte ich der Versuchung nicht widerstehen, noch kurz mit dem Fahrrad an dem Haus vorbeizufahren. Ich war neugierig. Wurde dort noch immer gearbeitet?

Das war tatsächlich der Fall. Überall verbreiteten echte, professionell wirkende Baustellenlampen helles Licht. Ein schöner Vers des Dichters Martinus Nijhoff lautet: »Das alte Haus summt vor Musik und Sang.« Hier summte das alte

Haus vor Pochen, Hämmern und Bohren. Und ein Schwingschleifer übertönte alles. Das Haus war so lichtdurchflutet, dass man hätte meinen können, dort würden Filmaufnahmen gemacht. Ich musste nicht befürchten, dass mich dort in der dunklen Haverstraat jemand vorbeifahren sah. Ich lehnte mein Fahrrad an ein anderes Haus, aus dem prompt ein Stein herausfiel. Dann ging ich zurück und schlenderte an Letitias Haus vorüber. Wie Robert Forester in *Der Schrei der Eule* von Patricia Highsmith spähte ich hinein. Ich zählte. Noch vier Burschen arbeiteten verbissen. Letitia sah ich nicht.

Ob ich damals bereits die Arbeitshypothese formuliert habe, die ich in den darauffolgenden Tagen, meine Nachtruhe opfernd, zu verifizieren versuchte, indem ich nach Mitternacht noch an dem Haus vorbeifuhr, weiß ich nicht mehr. Aber jetzt, da ich an die Geschichte zurückdenke, kommt es mir so vor, als wäre mir sofort klar gewesen, was dort vor sich ging. Aber ist das tatsächlich möglich? So schlau bin ich doch gar nicht?

Wie dem auch sein mag, meine Arbeitshypothese lautete wie folgt: Jeder der Burschen nahm sich allabendlich vor, eifrig weiterzuarbeiten, in der Hoffnung, dass er am Ende – zur Not mitten in der Nacht – als Letzter übrig blieb und dann für seine Ausdauer mit einem Aufenthalt in Letitias Bett belohnt wurde. In der Praxis lief es jedoch darauf hinaus, dass einer nach dem anderen erschöpft aufgab und nach Hause ging. Man konnte daher von einer Art Ausscheidungsrennen sprechen. Letztendlich gab es dann im Morgengrauen einen einzigen Gewinner, den Kerl, der am längsten ausgehalten hatte.

Es war nicht leicht, diese Hypothese zu überprüfen. Ich musste dazu immer wieder mitten in der Nacht an dem Haus vorüberfahren. Ziemlich mühsam, denn ich bin so strukturiert, dass ich nachts am liebsten schlafe. Recht bald stellte sich jedoch heraus, dass ich, wenn ich sehr früh zu Bett ging und sehr früh wieder aufstand, die letzten Hobbyhandwerker noch bei der Arbeit beobachten konnte. Wenn ich nachts um drei vorbeifuhr, schufteten immer noch mindestens drei Burschen eifrig. Sogar um vier brannte stets noch Licht, und es wurde gearbeitet. Meine ohnehin bereits große Bewunderung, die ich für Letitia empfand, nahm gigantische Ausmaße an. Dass sie es als Frau verstand, ihre Attraktivität so meisterlich auszunutzen, dass sie Männer dazu brachte, ganz umsonst nächtelang für sie zu arbeiten, erschien mir beispiellos. Denn angesichts eines derart großen Angebots von Bauarbeitern war die Chance, in der Morgendämmerung als Einziger übrig zu bleiben und zu Letitia ins Bett steigen zu dürfen, natürlich äußerst klein. Welcher Mann, gleich wo auf der Welt und wie schön auch immer, würde es schaffen, Frauen dazu zu bringen, tage- und nächtelang ohne finanzielle Belohnung verbissen ein Haus zu renovieren?

In der Literatur ist ein Happy End gegenwärtig tabu. Dieser Geschichte könnte ich eine echt literarische Wendung geben, indem ich zum Beispiel berichtete, dass die fleißigen Arbeiter am Ende mit Hämmern, Sägen und Kneifzangen aufeinander losgingen und ganz nebenbei das halb renovierte Häuschen wieder verwüsteten. Aber das geschah nicht, dort in der Haverstraat. Im Gegenteil, bereits nach wenigen Wochen konnte meine Studentin in ihrem wunderbar renovierten Haus die Einweihungsparty feiern. Letitia hatte, wie sich auf der Party zeigte, tatsächlich einen Freund, einen echten Freund, jemanden, mit dem sie eine Beziehung führte. Leider war es einer von den Do-it-yourself-Typen aus der Arbeitslosenkneipe, aber immerhin, sie hatte jemanden. Und dieser Freund, der Sieger, war niemand anderes als der Bursche, der gegen fünf Uhr morgens stets als Letzter von all den verputzenden, hämmernden, sägenden, anstreichenden, tapezierenden Kerlen übrig geblieben war, die, mit Ausnahme von ihm und, wie ich denke, schwer verbittert, im Laufe der

Nacht der Reihe nach aufgegeben hatten, um ihr eigenes, einsames Lager aufzusuchen.

Letitia hat nicht lange in der Haverstraat gewohnt. Ihr hübsches Haus verkaufte sie recht bald. Niemand weiß mehr, auf welche Weise die Lust hier Arbeit generierte. Aber ich denke immer daran, wenn ich an dem Haus vorbeifahre oder Letitia auf dem Bildschirm sehe, und hin und wieder ertappe ich mich bei dem ebenso über- wie hochmütigen Gedanken: Warum habe ich mich damals nicht zu den Bauarbeitern gesellt? Seinerzeit war ich schließlich noch recht vital, ich hätte doch mit Leichtigkeit all die Schluckspechte bis zum Morgengrauen wegtapezieren oder -schmirgeln können.

Der Kompass

An einem grauen Freitagmorgen im Januar kam der Makler vorbei, um ein Zu-Verkaufen-Schild aufzuhängen. Als er die Gardinen ein wenig beiseitegeschoben hatte und Anstalten machte, das Ding mit Klebestreifen am Fenster des nach vorn gelegenen Wohnzimmers zu befestigen, klingelte es an der Tür. Ich machte auf. Ein fröhlich lächelnder junger Mann fragte mich: »Sehe ich das richtig, steht dieses Haus zum Verkauf?«

»Ja«, sagte ich spröde, denn obwohl ich ein Haus auf dem Land erworben hatte, schmerzte es mich, dass ich dadurch gezwungen war, mein Grachtenhaus zu verkaufen. Ich mochte das Haus, den geräumigen Dachboden und mein Mansardenzimmer, ich mochte das große Zimmer im ersten Stock zur Straße hin. Das dunkle, nach hinten gelegene Zimmer unten mochte ich weniger, und die Küche fand ich zu klein, und das ebenfalls große, nach hinten gelegene Schlafzimmer hatte leider einen schräg abfallenden Fußboden, aber, ach, der tiefe Garten mit der prachtvollen Goldrenette ganz am Ende ...

Der junge Mann fragte: »Darf ich mir das Haus kurz ansehen?«

»Treten Sie ein«, erwiderte ich.

Der junge Mann streckte die Hand aus und stellte sich vor. »Henk van D.«, sagte er.

Ich war verwundert, dass er seinen Nachnamen nicht preisgeben wollte. Warum stellt er sich als Henk van D. vor, fragte ich mich misstrauisch. Ist er möglicherweise ein Verbrecher auf der Flucht?

Ich führte Henk van D. ins vordere Wohnzimmer, wo der Makler an dem Verkaufsschild herumfröbelte.

»Dieser Herr möchte sich das Haus kurz ansehen«, sagte ich.

Sehr erstaunt unterbrach der Makler seine Tätigkeit. »Schon jetzt eine Besichtigung?«, grummelte er mit offensichtlichem Widerwillen.

»Nun ja, Besichtigung«, sagte Henk van D., »nein, nein, ich möchte mir das Haus nur kurz ansehen. Meine Freundin und ich sind schon eine Weile auf der Suche nach einem Haus, das wir kaufen können. Ich bin demnächst mit meinem Medizinstudium fertig ...«

»Dies ist kein Haus, in dem man eine Hausarztpraxis betreiben kann«, sagte der Makler mürrisch. »Dafür ist es zu klein.«

»Ich habe auch nicht vor, mich als Hausarzt niederzulassen«, erwiderte Henk van D., »das reizt mich nicht. Sprechstunden gleich nach Sonnenaufgang und im Winter noch davor, ich darf nicht dran denken. Knarzende Kindfrauen mit Altersbeschwerden, Kinder mit Aftermaden, grippale Infekte, Schnodder- und Triefnasen, Splitter, Verstauchungen, dazu Hals- und Rückenschmerzen *all over the place*, von der Schulter bis zum Steißbein, nein, nein, das ist nichts für mich, ich möchte Facharzt für Arbeitsmedizin werden.«

Er ging im Wohnzimmer umher.

»Ein Zimmer en suite«, sagte er, »aber wo sind die Schiebetüren geblieben?«

»Die habe ich abmontiert«, erklärte ich.

»Und dann zum Sperrmüll gegeben?«

»Nein, nein«, versicherte ich, »die stehen hinten im Schuppen und können im Handumdrehen wieder eingebaut werden.«

»Oh ja? Und wo ist die Schiene, in der sie laufen müssen?«

»Die befindet sich unter dem Teppichboden, falls gewünscht, kann man die Türen in Nullkommanichts wieder einbauen.«

»Zwischentüren«, sagte der junge Mann, »ohne geht es nicht. Wenn die Frauen im hinteren Zimmer sitzen und plappern, dann schiebt man die Türen zu und setzt sich ins vordere oder umgekehrt, wenn sie im vorderen plappern.«

Er ging ins hintere Zimmer. Sogleich fiel sein Blick auf die Heizungsrohre, die vor der zweiflügeligen Tür zum Garten hin verliefen. Ich hatte im Haus eine Zentralheizung einbauen lassen, und weil das hintere Zimmer über einen Betonfußboden verfügte, sah der Monteur keine Möglichkeit, die Rohre verdeckt zu verlegen.

»Was für eine Katastrophe«, sagte Henk van D., »endlich ist schönes Wetter, man will in den Garten, öffnet die Türen und geht hinaus. Weil man so lange nicht draußen war, hat man vergessen, dass direkt über dem Fußboden Rohre verlaufen, also stolpert man darüber und bricht sich den Hals.«

»Ein Arzt ist nicht weit«, meinte der Makler trocken.

»Es sei denn, er liegt selbst auf der Nase.«

Henk van D. deutete auf die Gastherme, die in den Kamin eingebaut worden war.

»Was ist das?«, fragte er misstrauisch.

»Der Brenner samt Warmwasserkessel«, sagte der Makler.

»Brenner samt Warmwasserkessel? Im Wohnzimmer? Das kann doch nicht sein, das ist lebensgefährlich. Wenn der explodiert ...«

»Der explodiert nicht«, entgegnete der Makler, »das ist ein revolutionäres Produkt der Firma De Nie. Überall in Leiden findet man, in bereits existierende Kamine eingebaut, diese Art von Gasthermen. Damit ist noch nie etwas passiert.«

»Ich bin verblüfft«, sagte Henk van D., »dies scheint mir die mit Abstand schlechteste Lösung für den Einbau einer

Gastherme zu sein. So ein Kessel gehört auf den Dachboden oder zur Not in den Keller, aber ein Keller, hier ...«

»Es gibt einen großen Vorratsschrank«, warf ich ein.

»Der zu klein für eine Gastherme ist«, sagte der Makler, »und wenn man die Gastherme auf dem Dachboden montiert hätte, würden durch das ganze Haus Rohre verlaufen. Das hier ist die günstigste Lösung.«

»Unverzeihlich«, sagte Henk van D., »die Gastherme im Wohnzimmer, wie kommt man darauf? Wer denkt sich so was aus? Was für ein Missgriff.« Er ging zu der zweiflügeligen Tür und schaute hinaus.

»Der Garten geht nach Norden, da hat man kein bisschen Sonne«, bemerkte er kritisch.

»So schlimm ist es nicht«, widersprach ich, »nachmittags hat man dort Sonne, wenn sie denn scheint.«

»Das glaube ich nicht«, sagte Henk entschieden.

»Ich kann Ihnen Fotos zeigen, auf denen zu sehen ist, wie Hanneke in der Sonne sitzt«, sagte ich.

»Haben Sie die Fotos hier?«

»Sie sind oben, wenn wir gleich raufgehen, suche ich sie für Sie heraus.«

Raschen Schritts ging Henk van D. zur Zimmertür, öffnete sie, betrat den Flur und öffnete dann die Küchentür. Er warf einen Blick in die Küche, wich zurück und sagte entrüstet: »Soll das eine Küche sein?«

»Ja«, sagte ich, »das ist die Küche.«

»Was für ein Schuhkarton«, sagte er, »die meisten Marderbaue sind komfortabler, nicht mal ein Zwerg kann sich hier bewegen. Große Mahlzeiten, unmöglich, nur kleine Imbisse. Und noch so eine alte Terrazzo-Anrichte mit einem verschlissenen Spülbecken.«

»Den Gasherd haben wir vor Kurzem erst gekauft«, sagte ich. »Den lassen wir hier, drüben in Warmond haben wir kein Gas.«

»Eine klare Verbesserung«, höhnte Henk van D. »In der Kombüse ein Herd mit Butandüsen, und die Feuerwehr lässt schon mal grüßen.«

»Man kann die Küche leicht vergrößern, indem man zum Garten hin ein Stück anbaut«, sagte der Makler. »Ich kann Ihnen aus dem Stand fünf, sechs Häuser hier an der Gracht nennen, wo man das gemacht hat. Eine verhältnismäßig kleine Maßnahme.«

»Das geht hier nicht«, warf Henk van D. ein. »Der Schuppen steht im Weg.«

»Ach, den versetzt man kurzerhand ein Stück nach hinten.«

»Ich will hier wohnen«, sagte Henk van D., »nicht umbauen.«

»Ich nehme an«, sagte der Makler, »Sie haben inzwischen genug gesehen. Das erspart uns den Weg ins obere Stockwerk.«

»Ich würde gern die sonnigen Gartenfotos sehen«, entgegnete Henk van D.

Wir stiegen die Treppe hinauf ins erste Stockwerk.

»Knarren die Stufen immer so?«, fragte der junge Mann.

»Hängt davon ab, wer hinaufgeht.«

Wir betraten das vordere Zimmer.

»Das ist jetzt endlich mal ein schöner Raum«, sagte Henk van D. »Aber warum steht hier ein Gasofen? Schaffen es die Heizkörper nicht, den Raum zu erwärmen?«

»Das schaffen sie schon« entgegnete ich, »aber es ist angenehm, die Möglichkeit zu haben, dieses Zimmer heizen zu können, ohne dafür die Zentralheizung einschalten zu müssen. Hinzu kommt: Das hier ist Hannekes Zimmer, und der fröstelt leicht, und darum ist der Ofen eine gute Lösung.«

»Und der Ofen bleibt also hier, weil ihr drüben in Warmond kein Gas habt?«, erkundigte sich Henk van D., auf das in den Niederlanden übliche Du wechselnd.

»Ja, der Ofen bleibt hier.«

Ich nahm ein Foto vom Kaminsims.

»Schau«, sagte ich, »der Garten im Sommer, mit Hanneke in der Sonne.«

Henk van D. nahm mir das Foto aus der Hand, betrachtete es eine Weile, drehte es auf den Kopf, schaute auf die Rückseite, als wäre er ein Schimpanse, und betrachtete dann wieder Hanneke in der Sonne. Ein breites Grinsen erschien auf seinem jungenhaften Gesicht.

»Ich dachte es mir schon. Ihr habt im Garten eine Baustellenlampe aufgestellt, oder vielleicht war es so ein Scheinwerfer, wie sie beim Film benutzt werden. Ja, klar, das ist doch naheliegend, im Garten wurden natürlich Filmaufnahmen gemacht ... *Ein Schwarm Regenbrachvögel*, bekannter Autor, Fernsehen, und jetzt wolltest du mich mit diesem Foto aufs Kreuz legen. Schau dir die Schatten an, das sind keine fließenden Schatten wie bei Sonnenlicht, dafür sind sie viel zu scharf, das sind knallharte Scheinwerferschatten.«

»Was du auf dem Foto siehst«, entgegnete ich ruhig, »ist Hanneke, die in der Sonne sitzt und liest.«

»Ich glaube dir kein Wort«, sagte Henk van D.

Wir gingen in den kleinen Vorraum nebenan.

»Schon wieder so ein Schuhkarton«, sagte der junge Mann. »Ein Zimmer, so klein, dass nicht mal ein Kinderbett hineinpasst.«

»Wenn man die Zwischenwand herausbricht, hat man ein großes Zimmer mit nicht weniger als drei Fernstern zur Straße hin«, sagte der Makler.

»Sie immer mit Ihren Umbaumaßnahmen«, beschwerte sich Henk van D. »Sind Sie vielleicht Teilhaber bei einem Leidener Bauunternehmer?«

Wir gingen ins Schlafzimmer. Als ich es vor Jahren zum ersten Mal betreten hatte, war ich sehr erstaunt gewesen. Das Zimmer fiel nämlich zu einer Seite hin erheblich ab. Die

Fenster hingen schief in den Rahmen, was eigentlich darauf hindeutete, dass das Haus auf einer Seite absackte. Aber wenn dem so war, warum sah man dann nirgendwo sonst im Haus Spuren dieses Versackens?

Auch Henk van D. starrte sprachlos auf die Fenster, nachdem er das Zimmer in Augenschein genommen hatte. Kräftig auftretend stiefelte er umher.

»Man könnte meinen, dies sei der Mont Ventoux«, sagte er. »Wenn man von der einen Seite des Zimmers zur anderen will, muss man auf Händen und Füßen kriechen. Dreißig Prozent Steigung. Mein Gott, das Haus hat schlechte Fundamente, es versinkt im Schlamm. Wenn man es heute kaufen würde und die Übergabe erst in drei Monaten ist, weil man noch darauf wartet, dass die Stadt eine Bürgschaft für die Hypothek übernimmt, dann sieht man, wenn man endlich den Schlüssel hat und seinen bescheidenen Hausrat hereintragen will, nur noch die Luftblasen aus dem Morast aufsteigen.«

Ich konnte nichts dagegen tun, ich lachte laut los. Der Makler sah mich strafend an. Also erwiderte ich: »Merkwürdig ist nur, dass sonst nichts im Haus auf ein Absacken hindeutet. Über uns, auf dem Dachboden, ist alles wieder vollkommen gerade, wie du gleich sehen wirst.«

»Ich denke«, meinte der Makler, »dass dieses Zimmer bereits beim Bau abgesackt ist und dass man das nicht mehr hat ausgleichen können.«

»Dieses Zimmer fällt ab wie ein Deichhang«, sagte Henk van D. »Und hier schlaft ihr? Ihr liegt also Nacht für Nacht schräg im Bett. Ein Hoch auf eure Gesundheit.«

»Nein, nein«, sagte ich, »wir liegen nicht schräg, die Betten stehen waagerecht, weil ich ein dickes Brett unter die Füße am Kopfende geschoben habe.«

Henk van D. schaute sogleich unter unser Bett.

»Unglaublich«, sagte er, als er wieder zum Vorschein kam.

»Und so ein Haus wollt ihr verkaufen. Da gehört Mut zu. Schau dir die Fenster an, die kann man natürlich nicht öffnen.«

»Halb so wild«, entgegnete ich, trat an eines der Fenster und schob es in die Höhe. Natürlich hatte ich das schon öfter gemacht und wusste daher genau, wie man das Fenster behandeln musste. Ich verschwieg allerdings, dass es dafür jener *Riesenkräfte* bedurfte, von denen Papageno in der *Zauberflöte* spricht.

»Wir gehen ins Badezimmer«, sagte der Makler. »Ich warne schon mal vorab, dort gibt es einen gewissen Renovierungsbedarf.«

»Oh«, meinte Henk van D. ironisch, »nur dort?«

Er schaute hinein. »Eine Dusche, eine Toilette und ein Waschbecken, was will der Mensch noch mehr?«

Wir stiegen die Treppe zum Dachboden hinauf. Auf diesem von mir heiß und innig geliebten Dachboden hatte ich, bei offenem Dachfenster und mit Morgensonne auf dem Schreibtisch, in den vergangenen Jahren die ersten Versionen all meiner Bücher mit Füller geschrieben. Daher wappnete ich mich, denn es erschien mir wenig wahrscheinlich, dass der Dachboden vor Henk van D. Gnade finden würde.

»Der Fußboden ist offenbar tatsächlich waagerecht«, sagte Henk van D. erstaunt, »aber die Balken unter den Dachrinnen hängen ziemlich schief. Die müssten gestützt werden.«

»Da haben Sie recht«, sagte der Makler lakonisch.

»Ansonsten ist es aber ein schöner, angenehmer Raum«, sagte Henk van D.

»Wenn morgens die Sonne aufgeht, scheint sie hier herein«, sagte ich, »und dann kann man bei offenem Gaubenfenster im Licht sitzen. Sogar jetzt im Januar schon.«

»Aber das Mansardenzimmer nebenan liegt genau nach Norden«, meinte Henk van D. und öffnete die Tür desselben. »Hier ist es im Winter bestimmt kalt.«

»Gewiss, aber dafür ist es im Sommer herrlich kühl«, erwiderte ich, »und dann kann man darin gut arbeiten.«

»Dort sind also all die Meisterwerke entstanden?«, fragte der Besucher.

»Dort tippe ich immer alles in die Maschine«, antwortete ich. »Das eigentliche Schreiben geschieht auf dem Dachboden.«

»Ich geh dann mal«, sagte Henk van D., »vielen Dank, dass ich mir das baufällige Haus ansehen durfte. Ich hoffe, ich schaffe es noch bis unten, bevor sich diese heruntergekommene Baracke in eine Ruine verwandelt. Wie hoch ist denn, wenn ich fragen darf, der Preis?«

»Hundertfünfundsiebzigtausend Gulden«, sagte der Makler.

Henk van D. lachte fröhlich. »Nur zu«, sagte er, »aber ich finde: etwas gewagt. Bereits die Hälfte wäre zu viel! Auf Wiedersehen, ich finde schon hinaus.«

Und er stürmte beispiellos schnell die Treppe hinunter; unten hörten wir die Haustür aufgehen und wieder ins Schloss fallen.

»So was habe ich noch nicht erlebt«, sagte der Makler. »Was für ein Miesmacher. Der ist nur reingekommen, um dieses schöne Haus nach Strich und Faden runterzumachen. Ich bin überzeugt, das mit dem Medizinstudium war gelogen. Bestimmt ist er ein Spion der Konkurrenz, dieser Mistkerl hatte ein durchaus scharfes Auge für vermeintliche Mängel. Hat er sich vorgestellt? Und wenn ja, wie heißt er?«

»Henk van D.«, erwiderte ich.

»Wie jetzt? Van D.? Wofür steht das D?«

»Keine Ahnung«, sagte ich matt.

»Kopf hoch«, ermunterte mich der Makler, »es ist ein gefragtes Grachtenhaus. Okay, am Markt herrscht jetzt gerade ein wenig Flaute, aber das Haus bekommen Sie bestimmt verkauft. Vor zwei Jahren gingen solche Objekte wie geschnitten Brot für dreihunderttausend über die Theke. Hundertfünfundsiebzigtausend ist also bestimmt nicht zu viel, auch wenn einige Renovierungsarbeiten fällig werden.«

Was er sagte, munterte mich kurz auf, aber nachdem der Makler gegangen war, verfiel ich in trübsinniges Grübeln. Mein Haus würde sich als unverkäuflich erweisen. Und wenn man dann noch hinzunahm, dass Henk van D. es auf dem Dachboden versäumt hatte, das Fenster zu öffnen und nach dem Schornstein zu sehen ... Da wäre ihm der Schreck erst so richtig in die Glieder gefahren. Der Schornstein war drauf und dran einzustürzen. Weil ich die Mühe scheute, ihn instand setzen zu lassen, hatten wir uns entschieden, ein anderes Haus zu kaufen. Und das bedauerte ich jetzt, denn dank der Kritik von Henk van D. war mir erst so richtig bewusst geworden, wie sehr ich das Haus mochte. Jede hässliche Bemerkung hatte mir wehgetan, gerade auch deshalb, weil ich, im Gegensatz zum Makler, fand, dass Henk van D. ein witziger, netter junger Mann war, jemand, dem ich mein fantastisches Haus durchaus anvertraut hätte.

Ich ging hinaus auf die Straße. Ja, es stand wirklich da, im Fenster, mit großen Buchstaben: *ZU VERKAUFEN*. Und das, obwohl die Gracht, selbst in diesem grauen Januarnebel, so liebreizend aussah. Ein sehr stilles Wasser, wie in Psalm 23, Bäume, Gras, wenig Verkehr. Was wollte ein Mensch mehr? Wozu ein größeres Haus? Dieses war doch groß genug für zwei Personen? Wozu einen größeren Garten? Schon diesen konnten wir kaum in Ordnung halten. Und, ach, der vom Einsturz bedrohte Schornstein, war der denn so schlimm? Kurz abbrechen und wieder neu aufmauern lassen, das war alles.

Wenn man niedergeschlagen ist, muss man sich bewegen. Sobald man sich hinsetzt oder gar hinlegt, wird es nur schlimmer. Ich ging also wieder ins Haus, rannte die Treppe hinauf in den ersten Stock und durchsuchte Schränke und Schubladen nach Gartenfotos. Wenn unverhofft noch jemand kam, der das Haus besichtigen wollte, könnte ich ihm stolz Fotos von sonnenüberfluteten Gartenszenen zeigen. Ich fand genug Aufnahmen für ein ganzes Album. »Kommt nur, Besichtiger«, rief ich, »und hört gut zu: Lärm von nebenan gibt es nicht, denn dieses Haus steht frei zwischen den Nachbarhäusern. Selbst wenn in beiden Studentenhäusern bis tief in die Nacht gefeiert wird, man hört nicht einmal die wummernden Bässe der Musikanlagen.«

Erst nach dem mittäglichen Butterbrot überwand ich meine Niedergeschlagenheit einigermaßen. Sie kehrte jedoch gleich wieder, als es an der Tür klingelte. Noch jemand, der sich das Haus ansehen wollte? Wieder so ein erniedrigender Gang durch alle Räume? Nein, sagte ich zu mir selbst, wenn es jemand ist, der das Haus besichtigen will, soll er den Makler anrufen und um einen Termin bitten. Fest entschlossen öffnete ich die Haustür.

Auf der Straße stand, fröhlich grinsend, Henk van D.

»Ich habe Kompass und Wasserwaage dabei«, sagte er. »Darf ich noch einen Augenblick reinkommen? Ich verstehe einfach nicht, warum das eine Zimmer abschüssig ist wie eine Rutschbahn, das übrige Haus aber nicht. Ich würde gern nachsehen, ob in den anderen Zimmern der Boden wirklich waagerecht ist. Und wenn du erlaubst, möchte ich auch mit dem Kompass in den Garten. Denn in welche Himmelsrichtung liegt der Garten denn nun? Genau in Richtung Norden, wie ich glaube?«

»Ich habe noch ein paar Fotos gefunden, auf denen man sehen kann, wie sonnig es ...«

»Zeig«, fiel er mir ins Wort.

Aufmerksam betrachtete er die Fotos, dabei unaufhörlich den Kopf schüttelnd.

»Das kann nicht sein«, meinte er, »der Garten liegt genau nach Norden.«

»Die Sonne geht an der Vorderseite des Hauses auf«, sagte ich, »und wandert dann langsam nach Westen. Nachmittags steht sie seitlich des Hauses noch hoch am Himmel und scheint dann direkt in den Garten.«

»Auf in den Garten«, sagte Henk van D., ging in die Küche, öffnete die Tür und eilte hinaus. Ach, hätte ich doch damals schon eine Videokamera gehabt! Dann hätte ich dokumentieren können, wie Henk van D. auf seine Knie fiel und durch den Garten kroch, wie ein Kind, das Krabbeln lernt, dabei den Kompass geschickt vor sich herschiebend. Zwischendurch schaute er mehrmals andächtig auf den Kompass. Immer wieder klopfte er darauf. Er schnüffelte daran. Und so wie ein Arzt mit den Knöcheln auf den Brustkasten trommelt, wenn er mithilfe des Stethoskops horcht, was in deiner Brust so alles los ist, so trommelte er zudem hier und da mit seinen Knöcheln auf die Erde. Mit der Zeit immer energischer, als übte er sich im Anschleichen, bewegte er sich auf dem kahlen, kalten Boden vorwärts, stets aufs Neue innehaltend, um auf die Erde zu klopfen und den Kompass zu kontrollieren. Dafür musste man doch nicht wie eine senile Weinbergschnecke durch den Garten kriechen? Oder sollte für jeden Quadratdezimeter bestimmt werden, wie seine Lage im Hinblick auf den magnetischen Nordpol war?

Wie dem auch sein mochte, die medizinisch wirkende, fachmännische Untersuchung erbrachte das erwartete Ergebnis, denn Henk van D. sah mich triumphierend an, als er wieder in die Küche kam.

»Der Garten liegt genau, aber auch wirklich haargenau nach Norden. Wenn man mitten durch den Garten eine Linie zieht und diese Linie um einige Tausend Kilometer verlängert, dann landet man auf den Millimeter genau am Nordpol. Folglich bekommt der Garten kein bisschen Sonne ab.«

»Der Garten ist im Sommer sonnenüberflutet«, widersprach ich. »Wenn die Sonne nachmittags nach Westen wandert, steht sie noch hoch genug am Himmel, um über die Dächer und Zäune hinwegzuscheinen.«

»Das funktioniert höchstens eine knappe Stunde am längsten Tag des Jahres«, entgegnete Henk van D., »und an diesem Tag wurden all die Schummelfotos gemacht.«

»Legst du solchen Wert aufs Sonnenbaden?«, fragte ich.

»Ich setze mich nie in die Sonne, davon bekommt man Hautkrebs.«

»Wo ist dann das Problem?«

»Ich möchte einen sonnigen, nach Süden hin gelegenen Garten«, sagte Henk van D.

»Warum?«

»Falls ich das Haus wieder verkaufen will.«

»Ah, ich sehe schon, du willst kaufen, um zu verkaufen, du Spekulant.«

»Der Garten liegt geradewegs nach Norden«, beharrte Henk stur. »Und jetzt die Fußböden.«

Henk van D. hob stolz ein winziges Werkzeug in die Höhe.

»Willst du dafür wirklich diese mickrige Wasserwaage verwenden? Ich habe eine viel bessere, viel größere Wasserwaage. Warte, ich hole sie kurz.«

»Nein, lass mal, ich will deine Wasserwaage nicht. Daran könntest du herumgebastelt haben, sodass sie eine Waagerechte anzeigt, wo es schief ist.«

»Was für ein Misstrauen! Als könnte man eine Wasserwaage manipulieren. Ich hole sie trotzdem und begleite dich. Du allein in unseren Zimmern? Nachher ist unser Gold samt Silber und Porzellan verschwunden.«

Henks fröhliches Lachen schallte durch die Küche.

»Als wenn es hier auch nur eine Tafel Schokolade gäbe, die man klauen wollte«, rief er.

Dennoch holte ich meine Wasserwaage aus dem Schuppen, und zusammen gingen wir von Zimmer zu Zimmer, beide darüber erstaunt, dass die Böden überall waagerecht waren, außer hinten im Schlafzimmer. Dort war der Fußboden entsetzlich schief. Dieser Umstand hatte mich nie beunruhigt, nie hatte ich mir deswegen Gedanken gemacht, aber jetzt schien es, als müsste ich zunächst das Rätsel des abfallenden Fußbodens lösen, ehe ich das Haus verkaufen konnte.

Als wir wieder in der Diele standen und ich die Haustür öffnete, um Henk van D. hinauszulassen, sagte er: »Lass es dir gesagt sein, dieses Haus ist vollkommen unverkäuflich. Kein Mensch auf der ganzen Welt steckt Geld in eine Ruine, die einem dann nichts als Kopfzerbrechen bereitet. Denn was ist der Grund dafür, dass der Boden so schief ist?«

»Uns hat der abfallende Boden damals nicht davon abgehalten, das Haus zu kaufen, so schlimm ist es ja schließlich nicht.«

»Darf ich fragen, wie viel ihr seinerzeit bezahlt habt?«

»Es steht dir frei zu fragen, und mir steht es ebenso frei, darauf nicht zu antworten.«

»Darf ich denn erfahren, wann ihr gekauft habt?«

»1971.«

»Aha, dann schätze ich, ihr habt damals rund sechzigtausend Gulden bezahlt, und jetzt wollt ihr fast dreimal so viel haben. Junge, Junge, was für ein Wucher. Und das für ein Haus mit schrägen Fußböden, herabhängenden Dachrinnen, einem nach Norden gelegenen Garten und einem solchen Renovierungsbedarf. Das Objekt ist in einem schlechteren Zustand als ein Krebspatient. Die Tage dieses Hauses sind gezählt.«

Und weg war er, auf einem klapprigen Fahrrad, von dem er bereits nach wenigen Metern wieder abstieg. Er stellte es am Fuß der Brücke ab, lief geschwind auf die Brücke und betrachtete von dort aufmerksam unser Haus.

Jetzt sieht er, in was für einem schlechten Zustand der Schornstein ist, dachte ich betrübt und wunderte mich darüber, dass es so wehtat, wenn das eigene Haus so unbarmherzig niedergemacht wurde.

Ich verkaufe es nicht, schoss es mir durch den Kopf. Ich behalte es, damit ich wiederkommen kann, falls es mir in Warmond nicht gefällt.

Je weiter der Nachmittag fortschritt, umso deutlicher wurde mir, dass dies unmöglich sein würde. Und dadurch kam es mir so vor, als müsste ich mich von den schönsten Momenten der vergangenen Jahre trennen. Ich erinnerte mich daran, wie ich einmal an einem späten Dezembernachmittag nach Hause kam. Die Sonne brach plötzlich durch die Wolken und tauchte die Gracht in eine so seltsame Glut, dass ich gleich dachte: Jetzt ist es so weit, es scheint, als würde die Abenddämmerung einsetzen, aber in Wirklichkeit bricht der Jüngste Tag an. Ich hatte es an jenem Tag nicht über mich bringen können, ins Haus zu gehen. Ich war auf der Straße stehen geblieben und hatte das bezaubernde, betäubende Sonnenlicht betrachtet. Ich erinnerte mich daran, wie dunkel es auf einmal war, als der letzte winzige Rest Sonnenlicht von einer Wolke verschluckt wurde.

Und eine andere, mir beinahe noch teurere Erinnerung kam mir in den Sinn. An jenem Tag hatte es geschneit. Am frühen Abend waren die letzten Flocken gefallen. Absolute Stille. Ein weißer Garten. Dann, allmählich, blinzelte Mondlicht durch die träg dahintreibenden Wolken. Und dieses silbrige Mondlicht verlieh dem Schnee einen bläulichen Schimmer. Es war, als würde der Garten in das wie Sperma riechende Wäscheblau getaucht, mit dem meine Mutter die weiße Wäsche immer noch weißer machen wollte.

Am späten Nachmittag – Hanneke war inzwischen nach Hause gekommen – klingelte es erneut an der Tür. Mein erster Gedanke war, den Besucher zu ignorieren, doch Hanneke rief von oben: »Warum machst du nicht auf?« Gemächlich schlurfte ich durch den Flur, noch gemächlicher öffnete ich die Tür, und da stand er wieder, Henk van D., diesmal in Begleitung einer schlanken Blondine. Er sagte: »Ich habe meine Freundin Maudie mitgebracht und wollte fragen, ob wir uns noch einmal kurz das Haus ansehen dürfen.«

»Wozu?«, erwiderte ich. »Es ist doch nur eine Ruine, die einem nichts als Kopfzerbrechen bereitet.«

»Wir suchen bereits eine Weile«, sagte er, »und es ist lehrreich, verschiedene Häuser zu besichtigen. Man versteht immer besser, was man auf keinen Fall haben will.«

»Und weil du dieses Haus auf keinen Fall haben willst, möchtest du deiner Freundin zeigen, warum nicht?«

»So ungefähr«, sagte er fröhlich und lächelte dabei so einnehmend, dass ich es nicht über mich brachte, ihm den Zugang zu unserem Haus zu verwehren.

Dies bedauerte ich jedoch sogleich wieder, als seine Freundin meinte: »Hier im Flur riecht es ein wenig nach Abfluss.«

»Ja, genau«, stimmte Henk ihr zu. »Ich meinte heute Morgen bereits, einen Geruch wahrgenommen zu haben. Aber Frauen können nun mal besser riechen als Männer, außer wenn sie ihre Tage haben. In meinem Beruf ist das praktisch. Wenn jemand krank ist, riecht eine Ärztin das. Was meinst du, ist dieses Haus krank?«

»Es riecht, als hätte es die Ulmenkrankheit«, sagte die Freundin.

Mit hoch erhobener Nase ging sie durch den Flur in Richtung Küche.

»Ich rieche noch etwas«, sagte sie.

»Was denn?«, fragte Henk.

»Mäuse. Das hier ist ein regelrechtes Mäusenest.«

Weil eh schon alles egal war, fügte ich noch fröhlich hinzu: »Und ein Spinnen- und Asselnest zudem. Im Sommer marschieren ganze Ameisenregimenter durch die Küche, und weil das Haus an einem stehenden Gewässer liegt, macht man von Mai bis September nachts kein Auge zu, wegen der

Mücken, Dutzende, Hunderte von Mücken. Und warnen muss ich auch vor dem Waldkauz. Der lässt sich nachts im Apfelbaum nieder und fängt dann leise an zu jammern.«

Ich ahmte das Geräusch eines Waldkauzes nach. Das Jammern ist fester Bestandteil eines jeden Gruselfilms.

Die junge Frau erschrak, hielt sich kurz an ihrem Henk fest und sah mich missbilligend an.

»Wir machen nur eine schnelle Runde durchs Haus«, sagte Henk zu mir, »du musst nicht mitgehen.«

Er verschwand mit seiner Maudie in der Küche, wo ich ihn sagen hörte: »Die Küche ist so klein, dass man darin nicht einmal Pfannkuchen backen kann, höchstens *Poffertjes*.«

Wie ein Wirbelwind fegten sie durchs Haus, kaum waren sie oben, kamen sie auch schon wieder nach unten, und trotzdem hatte Henk Zeit gehabt, auf dem Dachboden das Fenster zu öffnen und den Schornstein zu inspizieren.

Als sie wieder in der Diele standen und ich bereits die Tür für die beiden geöffnet hatte, meinte er: »Es ist ein Wunder, dass der Schornstein noch steht. Der ist nämlich total baufällig. Und überall auf dem Dach liegen kaputte Ziegel.«

»Nistgelegenheiten für Spatzen«, sagte ich.

»Meinetwegen, aber dicht kann das Dach unmöglich sein.«

»Ja und?«, entgegnete ich. »Du wusstest doch, dass dieses Grachtenhaus eine Ruine ist, die einem nichts als Kopfzerbrechen bereitet. Ich hoffe von Herzen, du findest etwas Besseres.«

»Trotzdem gut«, meinte Henk, »dass wir uns, um unsere Vorstellung zu schärfen, diese Bruchbude angesehen haben. Waren denn schon andere Interessenten da?«

»Wie denn? Das Haus steht gerade einmal acht Stunden zum Verkauf.«

»Ach, jemand der vorbeikommt und das Schild sieht, der könnte doch ...«

»Ach was, so jemand weiß, was sich gehört. Der klingelt nicht, der ruft beim Makler an.«

Henk lachte fröhlich, und die junge Frau rang sich tatsächlich so etwas wie ein Grinsen ab. Und weg waren sie.

Während des Essens erzählte ich Hanneke ziemlich gekränkt, dass Henk nicht weniger als dreimal da gewesen war und immer nur Kritik geäußert hatte.

»Das ist bedauerlich«, fuhr ich fort, »denn er ist schlagfertig, geistreich, und es war sehr lustig zuzusehen, wie er, immer den Kompass vor sich herschiebend, durch den Garten gekrabbelt ist. Wenn wir das Haus schon verkaufen, dann am liebsten diesem Henk van D. Schade nur, dass er nicht interessiert ist.«

Etwas später klingelte das Telefon. Ich ging ran.

»Hier Henk van D.«

An seinen Namen schloss er eine Mitteilung an, die ich überhaupt nicht erwartet hatte und die ich deshalb vollkommen falsch verstand, weshalb ich erwiderte: »Nein, es hat noch niemand ein Angebot gemacht.«

Diese Bemerkung verstand wiederum er nicht, und daher herrschte einen Moment lang Stille am anderen Ende der Leitung. Deshalb wiederholte ich ein wenig ungeduldig: »Nein, es hat noch niemand ein Angebot gemacht.«

»Ich wollte nicht wissen, ob jemand ein Angebot gemacht hat«, sagte Henk, »sondern sagen, dass ich ein Angebot machen möchte. Oder muss ich noch deutlicher werden: Ich möchte gern ein Angebot für das Haus machen.«

»Du willst ein Angebot machen?«, wiederholte ich dümmlich und ungläubig. »Aber wieso? Das Haus hat nichts als Mängel, und darum ...«

»Ja, schon, das stimmt, aber es liegt sehr schön an einer stillen Gracht, es ist groß, und wenn man es renoviert ...«

»Du bist dreimal hier gewesen«, sagte ich beleidigt, »und jedes Mal hattest du etwas anderes auszusetzen. Und außerdem liegt der Garten nach Norden, wie du mit deinem Kompass zweifelsfrei festgestellt hast. Zudem ist der Schornstein baufällig, und einer der Fußböden ist abschüssig wie ein Deichhang, und ...«

»Willst du es mir nicht verkaufen? Willst du mein Angebot nicht hören?«

»Nun denn, sag schon.«

»Hundertvierzigtausend Gulden und keinen Cent mehr.«

»Das ist nicht dein Ernst«, erwiderte ich. »Der geforderte Preis beträgt hundertfünfundsiebzigtausend Gulden. Glaubst du wirklich, ich würde für hundertvierzigtausend verkaufen? Und wenn du ein Angebot abgeben willst, musst du nicht mich anrufen, sondern den Makler.«

»Ach, komm, der Makler. Was haben wir mit dem Makler zu schaffen? Warum sollten wir uns nicht auch so einig werden können? Der Makler will doch nur an dir und mir verdienen. Du bleibst also bei hundertfünfundsiebzigtausend?«

»Ich kann mit dem Preis ein wenig runtergehen, hundertsiebzigtausend wären auch noch denkbar.«

»Gut, du fünftausend runter, ich fünftausend rauf, aber auch keinen Cent mehr. Ich brauche eine städtische Bürgschaft für die Hypothek, und die bekomme ich nicht, wenn das Haus teurer ist. Außerdem muss es gründlich renoviert werden, und auch dafür brauche ich Geld. Also, hundertfünfundvierzigtausend sind mein letztes Angebot.«

»Hundertsiebenundsechzigtausendfünfhundert Gulden.«

»Hundertsiebenundvierzigtausendfünfhundert Gulden.«

»Hundertfünfundsechzigtausend Gulden.«

»Hundertfünfzigtausend Gulden.«

»Hundertfünfundsechzigtausend Gulden.«

»Moment, den Betrag hast du doch gerade schon genannt. Nun gut, dann bleibe ich bei hundertfünfzigtausend Gulden.«

»Hundertvierundsechzigtausend Gulden.«

»Hundertfünfzigtausend Gulden, dabei bleibe ich.«

»Dann unterbrechen wir die Verhandlungen und schlafen beide eine Nacht darüber«, schlug ich vor.

»Eine Nacht darüber schlafen? Und währenddessen verkaufst du das Haus an jemand anderen.«

»Na und, es stürzt sowieso bald ein, denn es ist doch eine Ruine, die einem nichts als Kopfzerbrechen bereitet, oder? Außerdem ist keine einzige Dachpfanne mehr heil.«

»Hunderteinundfünfzigtausend Gulden.«

»Hundertdreiundsechzigtausend Gulden und fünfzig Cent.«

»Und fünfzig Cent? Was soll der Quatsch?«

»Einverstanden, die fünfzig Cent ziehe ich wieder ab, vorausgesetzt, wir beenden jetzt die Verhandlungen. Ich verspreche dir, dass ich das Haus vorerst keinem anderen verkaufen werde, und morgen früh unterhalten wir uns weiter. Die Differenz zwischen deinem Angebot und meiner Forderung beträgt zwölftausend Gulden. Da werden wir uns schon noch einig werden.«

»Wie früh kann ich anrufen?«

»So früh du willst. Um fünf stehe ich auf, aber meistens bin ich schon um vier wach.«

Aber er rief nicht um vier an, er meldete sich mitten in der Nacht, um halb drei.

»Ich glaube, es rappelt«, sagte ich, »welcher Mensch ruft um diese Zeit an!«

»Ich kann nicht schlafen«, sagte Henk, »und ich denke, du auch nicht.«

»Ich habe tief und fest geschlafen«, log ich, »und ich habe geträumt, wir würden miteinander verhandeln und zu einem Ergebnis kommen. Hundertsechzigtausend Gulden.«

»Nein«, sagte er, »das ist zu viel.«

»Wie wäre es, wenn wir es wie folgt machen«, schlug ich vor. »Du bezahlst offiziell einhundertfünfzigtausend Gulden, und unter der Hand gibst du mir weitere fünftausend Gulden für die neue Gastherme, ein paar Schränke, den Teppichboden, die Vorhänge und ein paar andere Dinge.«

»Als wenn das Zeug fünftausend wert wäre. Aber gut, ich bin einverstanden. Morgen früh setzen wir einen vorläufigen Kaufvertrag auf.«

Die Zeit schreitet fort, sagt Willem Gerrit van der Hulst in seinem Buch *Peerke und seine Kameraden*. Das stimmt, die Zeit ist fortgeschritten. Inzwischen sind dreißig Jahre vergangen. Auf dem Weg zum Schwimmbad fahre ich jeden Werktag um Viertel vor sieben an meinem alten Haus vorüber und stelle zufrieden fest, dass Henk van Dee noch immer dort wohnt. Allzu schlecht hat sie ihm also doch nicht gefallen, die Ruine, die einem nichts als Kopfzerbrechen bereitet. Vielleicht gilt das nicht für seine Frau Maudie, denn die beiden sind inzwischen geschieden. Oder hat sie ihn möglicherweise verlassen, weil er den Schornstein immer noch nicht hat reparieren lassen?

Hundemusik

Im Jahr 1963 trafen sich an einem Abend einige Mitglieder der Leidener Studentenverbindung Catena, um gemeinsam Schallplatten mit den Werken weniger bekannter Komponisten zu hören. 2013 feierten wir das fünfzigjährige Bestehen unseres Plattenklubs. Ein halbes Jahrhundert lang hatten wir füreinander Rätselplatten aufgelegt. Denn das Ritual war wie folgt: Eines der Mitglieder legte eine Platte auf, und die anderen mussten raten, wer der Komponist war, und am besten nannte man auch noch das Werk. Um jedem die Möglichkeit zur richtigen Antwort zu geben, schrieb jedes Mitglied, das zu wissen glaubte, welches Werk auf dem Plattenteller rotierte, den Namen des Komponisten auf einen Zettel und überreichte ihn zusammengefaltet demjenigen, der die Platte mitgebracht hatte. Der Betreffende faltete den Zettel auf, nickte, wenn die Antwort richtig war, und erging sich in Spott und Beleidigungen, wenn sie falsch war.

Jan van der Craats, der ein aufsehenerregendes Buch über Harmonielehre geschrieben hat, *Eulers fis*, lud mich, obwohl ich nicht Mitglied von Catena war, 1964 ein, an einem solchen Plattenklubabend in seinem Mansardenzimmer in Leiden teilzunehmen. Als Erstes wurden die *Kaukasischen Skizzen* von Ippolitow-Iwanow gespielt. Ich fand die Musik fantastisch, hatte aber nicht den blassesten Schimmer, was ich da hörte. Dass das Stück aus Russland stammen musste, war offensichtlich, aber wer hatte es komponiert? Schließlich schrieb ich den Namen Glasunow auf einen Zettel. Hohngelächter wurde mir zuteil. Trotzdem entwickelte ich mich zu einem treuen Mitglied. Während der ersten Jahre erriet ich praktisch nichts. Wenn wieder ein Zettel aufgefaltet wurde, auf den ich einen falschen Namen kalligrafiert hatte, machte man mich zur Schnecke. Nun sollte man aber nicht denken, dass bekannte Werke aufgelegt worden wären, oh nein, wir hörten die Erste Symphonie von Franz Schmidt oder das zweite Klavierkonzert von Giuseppe Martucci oder eines der Streichquartette von Ernst von Dohnányi.

Recht bald entdeckten einige Klubmitglieder, dass eine Reihe von Botschaften bereitwillig und kostenlos Platten von renommierten Komponisten aus ihren Ländern verlieh, und so fuhr Jan van de Craats mit seinem Motorroller zur russischen, finnischen und ungarischen Botschaft und besorgte dort die herrlichsten Rätselplatten wie zum Beispiel die Symphonien von Kalinnikow und Madetoja sowie die Violinkonzerte von Jenő Hubay. Vor allem die russische Botschaft besuchte Jan oft, und gelegentlich stieg ich hinten zu ihm auf den Roller und fuhr mit zur sowjetischen Villa in Den Haag. Als ich als zukünftiger Angehöriger des Militärs dahingehend überprüft wurde, ob ich, ein einfacher Wehrdienstleistender, möglicherweise für wissenschaftliche Forschungen im Biologisch-Technischen Labor infrage käme, wurde ich eines Nachmittags in ein Büro vorgeladen, das sich in einem Gebäude neben dem Bahnhof Laan van Nieuw Oost-Indië befand und in dem der Inlandsgeheimdienst residierte. Ein ziemlich barscher Geheimdienstler öffnete eine Mappe, auf der mein Name prangte.

»Ihre Ehefrau hat die Wochenzeitung *Vrij Nederland* abonniert. Lesen Sie die auch manchmal?«, wollte er wissen. »Ich löse das Kryptogramm«, erwiderte ich, »und lese immer die Kolumnen von Piet Grijs sowie Renate Rubinstein, denn die sind durchweg spektakulär.« »Ihre Frau«, fuhr der Mann fort, »hat eine Tante, Brecht van den Muyzenberg, die Mitglied der Kommunistischen Partei der Niederlande ist. Haben Sie viel Kontakt zu dieser Person?« »Ehrlich gesagt«, antwortete ich, »habe ich von dieser Frau noch nie etwas gehört.« »Sie war früher«, fuhr der Beamte fort, »lange mit Leendert van den Muyzenberg verheiratet, und das ist ein Onkel Ihrer Frau.« »Den Onkel kenne ich, aber dieser Brecht bin ich nie begegnet.« »Wir haben auch den Onkel im Verdacht, mit dem Kommunismus zu sympathisieren. Hüten Sie sich also vor dieser Person. Und dann noch etwas. Sie sind, in Begleitung von Jan van de Craats, wiederholt in der russischen Botschaft gewesen. Was haben Sie dort gemacht?« »Wir leihen uns dort Schallplatten mit Werken russischer Komponisten aus, die wir uns dann während unserer Plattenklubabende anhören.« Und ich erzählte ihm, wie ein solcher Abend aussah. »Wenn Sie möglicherweise Ihren Militärdienst im Biologisch-Technischen Labor ableisten«, sagte der Beamte, »ist es Ihnen strengstens verboten, die russische Botschaft zu besuchen, so wie es Ihnen ebenfalls strengstens verboten ist, in Länder jenseits des Eisernen Vorhangs zu reisen.«

Offenbar fand der Geheimdienst es so verdächtig, dass wir Botschaften von Ländern hinter dem Eisernen Vorhang frequentierten, dass er es für nötig hielt, einen Maulwurf bei uns einzuschleusen. Eines unserer Mitglieder traf auf der Straße einen Bekannten aus Catena-Zeiten und plauderte kurz mit ihm. Dabei kamen sie auch auf unseren Plattenklub zu sprechen, und der Bekannte fragte, ob er, als leidenschaftlicher Liebhaber klassischer Musik, auch hin und wieder mitraten dürfe. So bekamen wir ein neues Mitglied, einen brillanten Altsprachler. Aber von Musik hatte er keine Ahnung, er erriet nie etwas, kam aber dennoch stets zu unseren Treffen und lud uns auch bereitwillig zu sich nach Hause ein. Sehr bald schon hegten wir den (möglicherweise vollkommen unbegründeten) Verdacht, ausspioniert zu werden. Aber wir hatten nichts zu verbergen, und außerdem servierte der

Maulwurf, wenn sich der Plattenklub bei ihm zu Hause traf, einen wunderbaren, möglicherweise sogar auf Kosten des Geheimdienstes beschafften chilenischen Rotwein. Ob er Bericht über unsere Aktivitäten erstattete und was, wenn er es tat, in diesen Berichten stand, werden wir wohl nie erfahren. Aber hat er wirklich den Schlapphüten mitgeteilt, dass sich sieben schon nicht mehr ganz junge Männer vierzehntäglich abends trafen, um weniger bekannte Werke – wie die wunderschöne Theatermusik zu *The Tempest* von Sibelius oder die unzureichend gewürdigten *Canzoni dei Ricordi* von Martucci – zu hören? Den Maulwurf haben wir also gutmütig geduldet, und seinen Wein haben wir genossen. Vor rund zwanzig Jahren ist er geräuschlos aus unserem Kreis verschwunden.

Mitte der Neunzigerjahre brachte eines der Mitglieder jemand Neuen mit, einen jungen Mann namens Brummo Kruts, der aber, wie sich rasch zeigte, auch nicht sonderlich bewandert in der klassischen Musik war. Weil er aber sein Unwissen nicht allzu sehr zur Schau stellte und sich als ein ebenso fröhlicher wie gutmütiger Kerl entpuppte, den wir nach Herzenslust verhöhnen konnten, wurde er geduldet. Er war einer jener Liebhaber klassischer Musik, die nur einen einzigen Gott verehren, in seinem Fall Richard Wagner. Alle anderen Komponisten waren in seinen Augen zweitrangig. Seine Verehrung Wagners ging so weit, dass er sich, nachdem er ein halbes Jahr lang unsere Klubabende besucht hatte, einen ebensolchen Neufundländer zulegte, wie ihn der Meister während seiner Jahre in Riga und Paris besessen hatte, und natürlich nannte er den Hund ebenfalls Robber. Diesen Robber brachte er dann immer mit zu unseren Treffen. Es war ein riesiges Tier, mancher Eisbär ist kleiner. Als er mich das erste Mal sah, fraß er gleich einen Narren an mir. Er legte seine gewaltigen Pranken auf meine Schultern und leckte mit seiner großen, tiefroten Zunge meine Wangen und meine verschwitzte Stirn ab. Es war, als führe mir jemand mit einer Käsereibe über die Haut.

Während der ersten Treffen mit Brummo Kruts und Robber ging alles gut. Der Hund ließ sich in den verschiedenen Zimmern, in denen die Treffen stattfanden, jedes Mal kurzatmig auf den Teppichboden nieder. Manchmal, wenn wir uns aufregten, weil eine Komposition gespielt wurde, die niemand erraten konnte, das symphonische Gedicht *Penthesilea* von Hugo Wolff zum Beispiel, dann richtete er sich auf und fügte der Aufregung nicht nur ein einmaliges heiseres Bellen hinzu, sondern schlug auch wiederholt mit dem Schwanz gegen einen Heizungskörper und trug so mit seinem einzigartigen Getrommel zur Komposition bei, wodurch die Musik nicht selten besser wurde. Ach, es war so schön, wie er das symphonische Gedicht *Der Sturm* (ebenfalls nach *The Tempest* von Shakespeare) von Zdeněk Fibich mit seinen Schwanzschlägen bereicherte! Und während der Ersten Symphonie desselben Komponisten wirbelte er beim »Finale« behutsam mit dem Schwanz auf den Heizungsrohren. Als ein Werk von Charles Ives erklang, ließ er betrübt die Ohren hängen. Ein wahrhaft musikalischer Hund!

Beim vierten Klubabend in Begleitung von Robber legte Jacob Kort die *Florida Suite* des von ihm so bewunderten Komponisten Frederick Delius auf. Während wir beim Klang der ersten wunderbaren Takte noch über die Identität des Komponisten rätselten, griff Brummo Kruts nach einem der Zettel auf dem Couchtisch und notierte darauf einen Namen. Der Zettel wurde an Jacob weitergereicht, dieser faltete ihn auf und rief erbost: »Rachmaninow? Bist du komplett bescheuert? Das ist absoluter Blödsinn, verlang dein Schulgeld zurück, Trottel, Idiot, Dummkopf.«

»Na, na«, sagte Brummo Kruts, »entschuldige, ich meinte die ersten Takte des symphonischen Gedichts *Die Toteninsel* gehört zu haben.«

»Das klingt vollkommen anders«, sagte Jacob barsch. Jacob (inzwischen leider verstorben) war ein großer Mann, der durchaus bedrohlich wirken konnte. Schon als er Brummo als Trottel und Idiot beschimpfte, hatte Robber sich erhoben. Es war Jacob offenbar entgangen, dass das Monster ein schaudererregendes Knurren von sich gab. Es passte recht gut zur Morgenmusik von Delius, daher hörte Jacob es nicht. Hunde wurden vom Schöpfer recht einfach konstruiert. Sie sind in erster Linie hungrige Mägen auf Pfoten, und daher sollte man immer etwas Futter bei der Hand haben, um sie friedlich zu stimmen. Bösartig sind sie selten, und außerdem knurren sie stets, ehe sie sich auf jemanden stürzen, sodass ein jeder, der Ohren hat, gewarnt sein kann. Vor einem Hund, der nicht knurrt, braucht man sich nicht zu fürchten, es sei denn, es handelt sich um einen Rottweiler, denn das sind unheimliche, unberechenbare Organismen. Wenn ein Hund jedoch knurrt, dann muss man auf der Hut sein. An Jacob war das warnende Knurren leider verschwendet, er schimpfte immer weiter auf den gutmütig lachenden Brummo ein. Plötzlich stürzte sich der Hund auf ihn. Mit Stuhl und allem fiel Jacob zu Boden. Ich hatte es kommen sehen und zog den Hund an den Beinen zurück und verhinderte so, dass Jacob in seiner eigenen Wohnung abgeschlachtet wurde. Ich ging davon aus, dass der Hund, verliebt wie er in mich war, seine Wut nicht an mir auslassen würde. Das war zum Glück auch der Fall, obwohl er immer noch leise knurrte. »Lass es gut sein«, sagte ich, »Jacob meint es nicht böse, er neigt dazu, Leute zu verhöhnen, aber letztendlich hat das kaum etwas zu bedeuten.« Robber ließ sich, auch weil ich ihm einen Keks gab, der zum Tee gereicht worden war, vorerst beruhigen, doch er hatte sich nach dem Vorfall gemerkt, dass sein Herrchen regelmäßig von uns ausgeschimpft und ausgelacht wurde. Jedes Mal nämlich, wenn sich an diesem Abend auch nur eines der Klubmitglieder nach einem weiteren Patzer Brummos etwas herablassend über dessen Ratefähigkeiten ausließ, erhob sich Robber leise knurrend vom Teppichboden. Und weil er mich liebte, durften die anderen auch nichts Boshaftes mehr über mich sagen. Zwar knurrte er nicht, wenn ich ausgescholten wurde, aber er erhob sich drohend.

Am Ende jenes denkwürdigen Abends, an dem er beinahe von Robber umgebracht worden wäre, sagte unser Gastgeber zu Brummo: »Lass den Hund in Zukunft lieber zu Hause.«

»Das geht nicht«, sagte Brummo, »er dreht durch, wenn er den ganzen Abend allein ist. Dann bricht er mir die Bude ab und bellt die Nachbarn zusammen.«

»Besorg dir einen Hundesitter«, sagte Jacob.

»Ich sehe nicht ein, warum ich meinen Hund nicht mitbringen sollte«, protestierte Brummo. »Er ist ein liebes, ruhiges Tier, und Wagner hat seinen Robber auch überall hin mitgenommen.«

»Er hätte mich fast totgebissen.«

»So schlimm war es bei Weitem nicht, und es wird auch nicht mehr passieren, wenn du und die anderen mich ein wenig freundlicher darüber informier, dass ich mich mal wieder vertan habe.«

Dies erwies sich jedoch bereits beim folgenden Treffen des Plattenklubs als Irrtum. Der Hund hatte sich offenbar vorgenommen, ein wenig aktiver am Plattenklubgeschehen teilzunehmen. Wer schimpfte oder sich herablassend äußerte, musste sich auf drohendes Knurren gefasst machen, auch wenn ein anderes Mitglied als Brummo das Opfer der herabsetzenden Bemerkungen war. Uns wurde genommen, was stets eines unserer größten Vergnügen am Plattenklub gewesen war, nämlich das Beschimpfen, Triezen, Piesacken, Ärgern, Verhöhnen eines danebentippenden Raters. Wenn einer einen Bock geschossen hatte, konnte man dem irrenden Mitglied keine Lektion mehr erteilen. Robber stellte sich schützend vor jeden, der verächtlich gemacht wurde. Offenbar hatte er sich vorgenommen, jeden schärferen Ton im Keim zu ersticken, denn dann musste er nicht mehr darauf achten, ob es vielleicht sein Herrchen war, das zum Ziel des Gespötts wurde. Wohl aber genoss sein Herrchen einen besonderen Schutz. Denn immer, wenn nach einem erneuten Fehlgriff Brummos auch nur das geringste Missfallen in unseren Stimmen mitschwang, ertönte laut das wagnerianische Knurren. Unser Mitglied Bert Kuipers ging, wenn Brummo wieder einmal falsch geraten hatte, dazu über, so herzlich wie möglich zu ihm zu sagen: »Fast richtig, Amigo.«

Durch dieses »Amigo«, so freundlich, ja fast zärtlich es auch ausgesprochen sein mochte, ließ Robber sich jedoch nicht hinters Licht führen. Bei diesem Wort spitzte er die Ohren und reckte sich noch ein wenig weiter in die Höhe.

So erging es uns einige Monate, wir erhielten Plattenklubabend für Plattenklubabend Knurrunterricht, alle Abstufungen kamen vor. Im Nachhinein wundert es mich, dass wir diesen Neufundländer so lange toleriert haben. Vielleicht würde er unsere Treffen noch immer schmücken, wenn sein Herrchen nicht einen Fehler begangen hätte. Bei einem unserer Treffen legte er nämlich die CD auf, die für ihn fatal wurde. Es war an einem Septemberabend. Noch heute erinnere ich mich an das dahinsiechende Licht der Abenddämmerung. Der Plattenklub – auch nach Anbruch des CD-Zeitalters blieben wir bei diesem Namen – traf sich an jenem Abend bei mir zu Hause. Selbst hatte ich bereits eine CD bereitgelegt, an die ich die höchsten Erwartungen knüpfte. Sehr bald schon bekam ich die Gelegenheit, sie in den CD-Spieler zu legen. Voller Verwunderung lauschten die Herren einem Werk, das sie nicht kannten und auch nicht einordnen konnten. Eine Serenade für Streicher. Aufregung erfasste die Männer. Von wem könnte das unbekannte Meisterwerk stammen? Robber teilte die Aufregung und trommelte mit dem Schwanz gegen einen Heizkörper. Das gefiel uns nicht, denn bei einem großen Orchesterwerk ist ein zusätzlicher Trommelwirbel nicht unbedingt störend, aber eine funkelnde Serenade möchte man ebenso ungern mit Trommeln bereichert hören wie ein Streichquartett. Niemand wagte es, Robber zur Ordnung zu rufen. Trotzdem, und ungeachtet des rhythmischen Klopfens: Was für eine Musik! Die Herren waren wirklich angetan, vor allem von dem ergreifenden, an Mahler erinnernden Adagio.

»Na los, heraus damit«, sagte Jacob nach dem letzten Ton, »von wem ist dieses wunderbare Stück, und warum kennen wir es nicht?«

»Das war«, sagte ich feierlich, »die *Symphonische Serenade für Streicher*, Opus 39, das Werk eines Komponisten, der in Brno geboren wurde.«

»Was? Ein Tscheche? Janáček?«

»Janáček wurde in der Nähe von Brno geboren, in Hukvaldy, also nicht in Brno selbst, nein, dieser Mann ist dreiundvierzig Jahre jünger als Janáček.«

»Im Jahr 1897 also«, sagte Bert Kuipers, der von allen Komponisten das Geburts- und das Todesjahr wusste, »Janáček kam 1854 zur Welt. Wer wurde denn gleich wieder im Jahr 1897 geboren? Moment, Korngold natürlich.«

»Korngold? Das soll ein Werk von Korngold sein?«

»Ja«, sagte ich, »und es stammt aus dem Jahr 1947. Korngold hat es im Alter von fünfzig Jahren komponiert, als er sich von einem schweren Herzinfarkt erholte.«

Nachdem wir alle Korngold reihum und um die Wette bewundert hatten, legte Brummo Kruts seine CD in den Spieler. Wenig später erklang Klaviermusik. Die Herren erstarrten. Man konnte sehen, dass es in ihnen kochte, sie aber bemüht waren, sich wegen Robber nichts anmerken zu lassen. Wäre der Hund nicht da gewesen, dann hätten sie bereits nach den ersten Takten gerufen: Weg mit diesem Kitsch, verhunze den CD-Spieler nicht mit solchem Dreck.

»Na, was ist das?«, fragte Brummo. »Wer es weiß, der schreibe es auf.«

Aber die Herren schrieben nicht, die Herren saßen versteinert auf ihren Stühlen, die Herren hatten das Werk längst erkannt und verachteten es so abgrundtief, dass sie es noch zu viel der Ehre fanden, den Namen des Komponisten auf einen Zettel zu schreiben. Mir gefällt das berühmte Stück auch überhaupt nicht, aber zu Beginn der zweiten CD (denn das gesamte Werk steht auf nicht weniger als drei CDs) blüht im zweiten Stück kurz eine wunderschöne Melodie auf, die jedoch leider sehr bald wieder verwelkt.

»Amigo«, sagte Bert Kuipers, »wir wissen alle, was das ist, aber uns ist es lieber, wenn wir nicht mit derartigem Megakitsch konfrontiert werden.«

Erschreckt sah ich zu Robber hinüber, der jedoch in Trance war. Die Augen geschlossen, leicht mit dem kräftigen Schwanz wedelnd und den großen Körper im straffen Rhythmus der Minimal Music sanft hin- und herwiegend, lauschte er andächtig den Akkorden. Offenbar genoss er zutiefst die ostinaten Figuren, die permanent zu hören waren.

»Jetzt schaut euch doch mal den Hund an«, sagte ich. »Der findet das ganz wunderbar.«

Alle betrachteten den Hund, und die Herren tauten auf.

»Hab mir schon immer gedacht, dass diese Scheiße eigentlich Hundemusik ist«, knurrte Jacob Kort.

»Vorsicht«, mahnte ich, aber meine Bemerkung war überflüssig. Der Hund war hin und weg, man hätte fast meinen können, er wäre stoned. Die Zunge hing ihm halb aus dem Maul, und links und rechts davon trieften dünne Sabberfäden hinunter, weshalb ich es für ratsam hielt, rasch ein paar Zeitungen auf die Stellen zu legen, wo der Speichel auf den Boden tropfte.

»Ich verstehe nicht«, meinte Klubmitglied Gerard Scheltens, »dass dieses Stück so populär geworden ist. Es gibt so viel Minimal Music, die haargenau so klingt. Allerlei Kompositionen für Klavier, die noch aus der Zeit vor der Minimal Music stammen, von Finnen wie Erik Tawaststjerna und Dänen wie Henning Christiansen, ähneln diesem ordinären Gestampfe auf trügerische Weise, aber sie sind nicht nur viel besser, sondern zum Glück auch kürzer. Nehmen wir zum Beispiel einmal *Springen* von diesem Henning …«

»Blödsinn«, rief Brummo Kruts. »Dieses Stück hier ist schlichtweg genial. Selbst Wagner würde sich dafür nicht schämen.«

»Nein, das stimmt«, sagte Jacob, »die viel zu lange Schmiedeszene aus *Siegfried* und die eintönige Schuhmachermusik aus den *Meistersingern* sind bereits regelrechte Vorläufer dieser trostlosen Hundemusik.«

»Uns bleibt gern gestohlen dies ständ'ge Wiederholen«, sang Bert Kuipers.

»Darf ich ausmachen?«, fragte Gerard.

»Auf gar keinen Fall«, sagte Brummo Kruts, »wir hören die CD bis zum Ende. Endlich einmal ein Meisterwerk nach all eurem russischen Mistzeug, und jetzt soll es ausgeschaltet werden?«

»Dann gehe ich lieber kurz zur Toilette«, sagte Gerard.

Ich ging zu meinem CD-Spieler und drückte auf die Stopptaste. Und das hatte unerwartete Folgen. Robber erwachte aus seiner Trance, knurrte furchterregend und warf sich auf mich.

»Nichts tun«, sagte ich ruhig, obwohl seine Zähne beängstigend nah an meinem Hals blitzten. Es verwunderte mich sehr, dass ein Hund, im Allgemeinen nicht unbedingt das allermusikalischste Wesen, offenbar wirklich Simeon ten Holt lieben konnte, jedenfalls dessen *Canto Ostinato*, und wütend wurde, wenn die Musik plötzlich ausgeschaltet wurde. Oder spürte er, dass sein Herrchen diesen Kitsch über die Maßen liebte, und war deshalb entrüstet, weil ich dem Ganzen eigenmächtig ein Ende bereitet hatte? Schlug er sich deshalb auf seine Seite? Die Sache wäre eine genauere Untersuchung wert gewesen, aber zunächst kam es für mich darauf an, den Hund wieder mit allen vier Pfoten auf den Boden zu bekommen. Also redete ich beruhigend auf ihn ein und streichelte dabei seinen großen Kopf, während ich gleichzeitig dachte: Damit muss jetzt Schluss sein. In Zukunft finden die Plattenklubabende wieder ohne Hund statt und wahrscheinlich also auch ohne Brummo.

Am Tag nach unserem Treffen telefonierten die Klubmitglieder miteinander. Es herrschte Einstimmigkeit. Alle waren der Ansicht, dass es nun reichte.

»Aber«, sagte Jacob Kort am Telefon zu mir, »so feige es auch sein mag, wir können ihm leider nicht bei unserem nächsten Treffen direkt ins Gesicht sagen, dass er fortan nicht mehr willkommen ist, denn dann bekommen wir es gleich wieder mit dem Hund zu tun.«

»Wie gehen wir dann vor?«, fragte ich. »Soll einer von uns ihn anrufen und ihm sagen: Du darfst in Zukunft nicht mehr kommen?«

»Das ginge«, erwiderte Jacob, »aber ich dachte eher an einen von uns allen unterschriebenen Brief, in dem wir ihm sagen, wir seien tolerant genug, um hinzunehmen, dass jemand Musik auflegt, die jenseits aller Grenzen des guten Geschmacks ist. Das komme schließlich immer wieder mal vor, obwohl es selten den Fall gebe, dass derjenige, der die Musik mitgebracht hat, auf seiner Meinung beharrt, uns ein Meisterwerk präsentiert zu haben. Aber die Kombination aus knurrendem Hund und offenkundigem Mangel an Geschmack, das sei uns ein bisschen zu viel des Guten. Ich werde einen Brief formulieren und ihn allen zuschicken. Dann kann jeder bei Bedarf noch etwas hinzufügen oder daran herumfeilen, und anschließend, wenn alle den Brief gesehen haben, schicken wir ihn diesem Idioten.«

Brummo Kruts bekam den Brief, antwortete nicht darauf und besuchte auch nicht mehr unsere Treffen. Ab und zu erinnerten wir uns bei unseren Plattenabenden wieder an die Robber-Episode, zum Beispiel als einer von uns das Buch *Ruhig die Zeit* mitbrachte und daraus den letzten Satz über die Kompositionen von Simeon ten Holt vorlas. Laut Joke Hermsen, so unser Klubmitglied, habe ten Holt es geschafft, die Uhr zu vergessen, und das, so Hermsen, »hat meiner Ansicht nach zu den überzeugendsten und faszinierendsten Kompositionen der tonalen Musik am Ende des zwanzigsten Jahrhunderts geführt.« Was danach von einigen Teilnehmern mit einem roten Schleier vor den Augen über Joke Hermsen gesagt wurde, erscheint mir für eine Veröffentlichung wenig geeignet.

Wie Gott erschien in Warmond

Auf dem Nachhauseweg fuhr ich am Warmonder Zolltor vorbei, schon seit Jahrhunderten der Eingang zum Dorf. Dort war viel los. Radfahrer, die an der Ampel warteten, blockierten den Radweg. Ich war gezwungen anzuhalten. Wenige Sekunden später tauchte ein etwa zehnjähriger Junge neben mir im Fahrradstau auf.

»Entschuldigen Sie«, sagte er, »darf ich Sie, wenn alle weitergefahren sind, etwas fragen?«

»Frag jetzt nur«, erwiderte ich.

»Lieber nicht«, antwortete der Junge, »ich möchte nicht gern, dass die anderen hören, was ich Sie frage.«

»Und wieso darf ich erfahren, was du wissen möchtest?«

»Sie sind schon sehr alt«, sagte der Junge voller Überzeugung, »Sie wissen bestimmt eine Antwort.«

Die letzten fünf Worte gefielen mir besser als die ersten fünf.

»Ich hoffe, ich kann dir weiterhelfen.«

Die Ampel sprang auf Grün. Fast alle Radfahrer überquerten die Straße, nur einige fuhren geradeaus über die Brücke und durch das Tor nach Warmond hinein. Wir standen allein da, der Junge und ich, und ich sagte: »Willst du deine Frage hier stellen, oder musst du wie ich nach Warmond? Dann fahren wir in den Ort hinein, und du stellst mir dort deine Frage.«

Der Junge erinnerte mich sehr an mich selbst, als ich im gleichen Alter gewesen war. Leicht gelocktes Haar, rote Wangen, blaue Augen und eine sonderbare Mischung aus Verlegenheit und Eifer.

»Also«, flüsterte der Junge, »ich habe gehört, dass Gott hier in Warmond wohnt. Stimmt das?«

»Von wem hast du das gehört?«

»Das wurde in der Schule erzählt.«

»Wo gehst du zur Schule?«

»In Voorschoten.«

»Und dort hat jemand gesagt, dass Gott in Warmond wohnt?«

»Ja, ein Junge aus meiner Klasse, und der hatte es von einem Cousin, der hier in Warmond lebt. Dieser Cousin hat zusammen mit einem Freund an der Haustür von Gott geklingelt, und da haben sie ihn gesehen. Gott ist schrecklich groß, er hat einen mächtigen weißen Bart und weiße Locken auf dem Kopf.«

»Und jetzt willst du auch an Gottes Haustür klingeln und ihn sehen?«

»Ich will Gott um etwas bitten.«

»Um was denn?«

»Meine Mutter ist sehr krank. Ich will Gott bitten, sie wieder gesund zu machen.«

»Was hat deine Mutter?«

»Krebs.«

»Was für eine Art von Krebs?«

»Sie hat Krebs an der ... an der ... wie heißt das Ding doch gleich, es ist ein so merkwürdiges Wort, ich kann es mir einfach nicht merken, Krebs an einer Drüse ... an der ...«

»Bauchspeicheldrüse?«

»Ja, genau, die ist es.«

Es lag mir auf der Zunge zu sagen, dass Bauchspeicheldrüsenkrebs fast immer mit dem Tod endet, vor allem wenn der Kopf des Pankreas betroffen ist, behielt es aber für mich. Ich musste jedoch an Jenny Strijland denken, die an Bauchspeicheldrüsenkrebs gestorben war. Jenny habe ich in meinem Leben nur zwölfmal getroffen, und dennoch – es ist jetzt Juli 2013 – betrauere ich nun schon ein halbes Jahr ihren Tod. Manchmal weiß ich erst, wenn jemand gestorben ist, wie sehr ich ihn mochte.

»Du kannst doch zu Gott beten und ihn bitten, deine Mutter gesund werden zu lassen?«

»Entsetzlich viele Menschen beten den ganzen Tag zu Gott, die Kirchen sind gerappelt voll«, sagte der Junge. »Davon wird er ganz wirr im Kopf, das funktioniert so nicht. Ich will ihn selbst sprechen.«

»Vielleicht kann ich dir helfen«, sagte ich. »Allerdings müsste ich dazu ungefähr wissen, wo in Warmond Gott wohnt. Hast du eine Adresse?«

»Er wohnt auf einer Weide.«

Einen Moment lang war ich verdutzt. Gott wohnte auf einer Weide? Dann fiel mir ein, dass es in Warmond Straßen gab, in deren Namen das niederländische Wort für »Weide« vorkommt: Ganzenwei und Kloosterwei.

»Ganzenwei?«, fragte ich.

»Keine Ahnung«, erwiderte der Junge.

»Oder Kloosterwei?«

»Ich weiß es nicht.«

»Komm, wir fahren jetzt erst mal durch die Oranje Nassaulaan«, schlug ich vor, »und dann zeige ich dir, wo du die Ganzenwei und die Kloosterwei finden kannst. Fahr am besten hinter mir her, denn obwohl die Straße hier erstaunlich schön aussieht, ist es zu gefährlich, nebeneinander herzufahren. Man würde doch meinen: Wenn Gott schon in Warmond wohnt, dann würde man ihn eher in der Oranje Nassaulaan oder in einer der Villen entlang der Leede vermuten, an der Goldküste sozusagen, und nicht auf einer der beiden Weiden. Obwohl, nun ja ... Gott wohnt natürlich wie der geringste der Menschen in einem unansehnlichen Reihenhaus. Aber so unansehnlich sind die Häuser in der Ganzen- und Kloosterwei nun auch wieder nicht. Dann müsste er doch eher in der Bijleveldlaan wohnen.«

Hintereinander fuhren wir an all der grünen Pracht und den herrlichen Häusern in der Oranje Nassaulaan entlang. Natürlich überholen uns Busse, Lastwagen, Autos, und sogar ein paar Radfahrer, die schneller als wir unterwegs waren, fuhren an uns vorüber. Ich hatte Zeit zum Nachdenken.

Wenn Gott auf einer der beiden Weiden wohnte, groß war und mit einem weißen Bart sowie einem weißen Schopf ausgestattet – wer konnte dann gemeint sein? Wer wohnte dort, der dieser Beschreibung entsprach? Ich finde es heute noch sonderbar, dass ich, als ich von einem großen Mann mit weißem Bart hörte, nicht sofort an Fokke Zielstra gedacht habe. Das kommt daher, denke ich, weil der stattliche ehemalige Soldat ganz anders aussieht als der Gott Abrahams, Isaaks und Jakobs, von dem ich mir als Kind immer wieder ein Bild zu machen versuchte. Zwar stand in der Bibel (Johannes 1, Vers 18), dass niemand Gott je gesehen hatte, aber schon als Kind war mir aufgefallen, dass diese Aussage nicht zu einer Reihe von Geschichten aus dem Alten Testament passte. Henoch ging mit Gott, steht ganz deutlich im Buch Genesis, und wie kann man mit jemandem gehen, ohne ihn zu sehen? Abraham bekommt Besuch von Gott und backt Pfannkuchen für ihn. Also hat auch Abraham Gott gesehen. Und als Jakob in Pniel mit Gott rang, hat er ihn da etwa nicht gesehen? Er selbst sagt darüber: »Ich habe Gott von Angesicht gesehen.« Und Moses? Sollte Moses, als ihm die beiden steinernen Tafeln überreicht wurden, Gott nicht gesehen haben? Ziemlich undenkbar, auch wenn die Pastoren und Presbyter in meiner Jugend behaupteten, Moses habe Gott nur von hinten gesehen. Als wenn man jemanden, von dem man nur die Rückseite gesehen hat, nicht gesehen hätte. Wie dem auch sei, dass niemand je Gott gesehen hat, wird in der Bibel jedenfalls selbst widerlegt.

Was mich, aufgrund der Vorstellung, die ich mir als Kind von Gott gemacht hatte, daran hinderte, in Fokke Zielstra tatsächlich den gesuchten Gott zu erblicken, war weniger seine stattliche Erscheinung, sondern viel mehr die Tatsache, dass er majestätisch aufrecht ging und nie einen Hut trug. Stellte ich mir als Kind Gott vor, dann sah ich eine gebeugte Gestalt. Warum gebeugt? Weil Gott steinalt war, und wenn man steinalt war, dann stand oder ging man nicht mehr kerzengerade, sondern schlurfte so wie mein Großvater – ein wenig gebeugt, auf einen Stock gestützt und mit einem schwarzen Hut auf dem Kopf. Dort auf der Oranje Nassaulaan kam ich zu der überraschenden Erkenntnis, dass Gott, wie ich ihn mir als Kind vorgestellt hatte, wie ein Ei dem anderen meinem Großvater glich – dem alten Maarten 't Hart mit seinem riesigen Bart, dem großen schwarzen Hut und dem Bambusstock, der ihm augenscheinlich als Stütze diente, den er aber jederzeit unerwartet dazu verwenden konnte, ein attraktives Mädchen zu kapern.

Mattes, goldfarbenes Septemberlicht lag wie ein Schleier über der Welt. Die besten Witterungsbedingungen also, um Gott einen Besuch abzustatten. Und ich kam, obwohl es doch so naheliegend war, immer noch nicht darauf, dass der Junge Fokke Zielstra suchte. Ende 1982 sind wir nach Warmond gezogen. Wir hatten noch nicht alle Umzugskartons ausgepackt, als es klingelte. Ich öffnete die Haustür. Eine riesige, kräftige Gestalt stand, ein wenig gebückt, um sich nicht den Kopf zu stoßen, unter dem Vordach.

»Guten Abend«, ertönte aus der Höhe eine kräftige, melodiöse Bassstimme. »Guten Abend, ich möchte Sie um etwas bitten. In einigen Tagen ist Totengedenken. Vor der Kranzniederlegung an der Säule für die Gefallenen an der Ecke der Laan van Oostergeest findet eine Gedenkveranstaltung in der protestantischen Kirche am Herenweg statt. Wir würden uns sehr geehrt fühlen, wenn Sie dort eine kurze Rede halten würden.«

Ich starrte den Riesen an. Was für ein imposanter Mann. Was für ein eindrucksvolles Haupt, was für ein prächtiger, voller, überaus gepflegter schneeweißer Bart – vollkommen anders als der meines Großvaters, in dem immer, wenn er Suppe aß, ein paar Nudeln landeten, die dann allmählich darin verschrumpelten, bis sie sehr bald nicht mehr von den Barthaaren zu unterscheiden waren.

Und auf dem mächtigen Haupt ein gewaltiger schneeweißer Schopf, ebenso sorgfältig gepflegt, frisiert, in Form gebracht oder von allein perfekt sitzend – wer könnte das sagen?

Ich wollte die Bitte abschlägig beantworten, aber das gelang mir nicht. Die Worte: »Nein, nein, das kann ich nicht«, wollten mir nicht über die Lippen kommen, ebenso wenig wie die Ausrede: »Am Abend des 4. Mai habe ich bereits einen Termin.« Ich vermochte nur zu stottern: »Ja, in Ordnung, das will ich gern machen.«

In den Jahren danach hatte er viele Male unerwartet vor unserer Tür gestanden, um eine Bitte zu äußern. »Würden Sie bei der Trauerfeier für Vorstenbos die Orgel spielen, unsere festen Organisten sind tagsüber alle beschäftigt. Ich habe hier eine Liste der Kompositionen, die Vorstenbos bei seinem Begräbnis gern hören möchte.« »Würden Sie am Tag des offenen Denkmals ein Orgelkonzert geben?« »Würden Sie bei der Hochzeit des Ehepaars Leemans spielen?« Und immer so weiter und immer wieder aufs Neue die Bitte, bei Trauer- und Hochzeitsfeiern Orgel zu spielen, am Tag des offenen Denkmals Konzerte zu geben. Und kein einziges Mal war es mir gelungen, Nein zu sagen, obwohl ich während all der Jahre nicht in Erfahrung hatte bringen können, in welcher Eigenschaft er diese Bitten an mich richtete. War er

Presbyter? Sprach er im Namen des Pastors? War er ein Abgesandter des Kirchenrats? Ich habe es nie herausfinden können. Aber mich weigern, das war einfach nicht möglich, außer als er mich aufforderte, bei einem Begräbnis »Dieu parmi nous« von Olivier Messiaen zu spielen.

»Das ist zu schwierig«, hatte ich erwidert.

»Kann etwas für Sie zu schwierig sein?«, hatte er gefragt.

»Durchaus«, antwortete ich, »dieses Stück ist entsetzlich schwer, und außerdem kann man es nicht auf der Lohman-Orgel spielen, die ist dafür vollkommen ungeeignet.«

»Aber der Verstorbene möchte es hören, sein letzter Wille sollte respektiert werden.«

»Ich kann das nicht, und wenn das Stück gespielt werden soll, müssen Sie jemand anderen kommen lassen. Kees van Eersel, der Organist der Maria Magdalenkirche in Goes, der könnte es spielen.«

»Nein«, sagte Fokke Zielstra, »der hat hier ein Konzert gegeben. Das ist ein unmöglicher Mensch, der darf nie wieder kommen. Sie müssen ›Dieu parmi nous‹ spielen.«

Ich wollte erneut sagen: Das kann ich nicht, aber dann kam mir der Gedanke, dass, abgesehen von dem Verstorbenen, wahrscheinlich niemand sonst das Stück kannte und ich daher ungestraft etwas anderes würde spielen können. Also sagte ich: »Ich schau es mir an.«

»Sehr gut«, freute sich Fokke Zielstra, »ich habe nichts anderes erwartet.«

Auch damals sah es also so aus, als hätte ich Ja gesagt. Aber während der Trauerfeier habe ich dann die wunderschöne zweite Meditation aus den zwölf Meditationen für Orgel von Josef Rheinberger gespielt, und es hat sich niemand beschwert, obwohl im Programm stand, es würde »Dieu parmi nous« dargeboten werden. Ich weiß übrigens nicht, ob ich das Nein nicht über die Lippen bekam, weil ich mich fürchtete oder weil ich so beeindruckt war oder vielleicht auch weil ich mich geschmeichelt fühlte, dass ein Mann, dessen Schultern kräftiger waren als die aller anderen Leute in Warmond, mich um Hilfe bat.

Einmal überreichte er mir einen Zettel mit Kompositionen für ein Begräbnis, auf dem lediglich der riesige Großbuchstabe R stand.

»Das möchte der Verstorbene gern während der Kollekte hören«, sagte Fokke Zielstra.

»R?«, fragte ich erstaunt. »Das soll ich spielen? Was soll das sein?«

»Der Verstorbene möchte gern das R von Bach hören«, sagte er.

»Ja, gut, aber was ist das, das R von Bach?«

»Das weiß ich nicht«, erwiderte er, »das müssen Sie doch wissen, Sie haben ein Buch über Bach geschrieben, Sie kennen alle Werke Bachs.«

»Das R von Bach, was soll das sein? Das R von Bach?«

»Ja«, sagte er mit einem rollenden R, »das RRR von Bach.«

»Ah, Moment«, sagte ich, »mir geht ein Licht auf, das ›Air‹ von Bach aus der dritten Suite. Aber das ist nicht für Orgel geschrieben.«

»Dann arrangieren Sie es«, meinte er, als wäre das die einfachste Sache der Welt. Und er fügte hinzu: »Neulich, den Kanon, den haben Sie doch auch selbst arrangiert?«

»Nein, nein, vom Kanon von Pachelbel gibt es Orgelarrangements.«

Ich habe also ein Arrangement des R gespielt, aus einer Komposition, bei der ich mich immer wieder frage, wie Bach selbst es wohl empfunden hat, dass er dergleichen schreiben konnte. Ob er, aus seinem Komponierstübchen kommend und mit Tränen in den Augen, zu seiner Frau Maria Barbara oder, wenn das »Air« nach 1720 komponiert wurde, zu Anna Magdalena gesagt hat: »Gerade habe ich etwas vollkommen Unglaubliches komponiert«? Oder hat er das »Air« als ganz normal empfunden? Als ganz selbstverständlich? Als soundsovielten Beweis seines schwindelerregenden Könnens?

Doch all dies ging mir nicht durch den Kopf, als ich mit dem etwa zehnjährigen Jungen im Kielwasser über die Oranje Nassaulaan fuhr. Bei der Eisenbahnunterführung angekommen, drehte ich mich um und sagte: »Es kommt gerade kein Auto, wir überqueren hier die Straße und fahren auf der anderen Seite weiter. Bleib hinter mir.«

Wir wechselten die Straßenseite und fuhren ins Spoorviertel, in dem die Ganzenwei und die Kloosterwei sich befinden. Ich sagte zu dem Jungen: »Merk dir, wie wir fahren, damit du nachher den Rückweg findest.«

Ganzenwei und Kloosterwei bilden zusammen ein kleines Viertel für sich, mit diversen Parallelstraßen. Als wir dort hindurchfuhren, geriet ich leicht in Verwirrung, denn als besonders übersichtlich kann man die Gegend nicht bezeichnen.

»Das ist die Ganzenwei«, sagte ich zu dem Jungen, »und ein Stück weiter, da ist die Kloosterwei. Ich habe keine Ahnung, in welchem Haus Gott wohnt. Also, was nun?«

»Fragen«, sagte er, stieg von seinem Rad und fragte einen Altersgenossen, der auf Inlinern vorbeikam: »Weißt du, wo Gott wohnt?«

»Kloosterwei 333«, rief der Bursche auf den Inlinern.

Ich musste, nach dieser beiläufig genannten Adresse, an zwei Dinge zugleich denken. Zum einen, dass Gott, wenn er denn irgendwo auf der Erde lebte, natürlich in einem Haus mit der Nummer 333 wohnen musste, denn diese Zahl symbolisierte auf wunderbare Weise die heilige Dreieinigkeit. Und zum anderen: Dort wohnt der Allmächtige nicht, dort wohnt doch Fokke Zielstra. Schon bildeten meine Lippen die Worte: Gott wohnt da nicht, dort wohnt Zielstra, als mir mit einem Mal deutlich wurde: Aber natürlich, klar, Fokke Zielstra, er ist Gott. Wieso war ich nicht schon früher darauf gekommen! Wenn es jemanden gibt, der so atemberaubend eindrucksvoll aussieht, dass einen sofort das Gefühl überkommt, für das die Engländer das schlichte Wort »awe« erfunden haben – dann Fokke Zielstra. Obwohl wir Altersgenossen waren und er unzählige Male vor meiner Tür gestanden hatte, war es mir tatsächlich nie in den Sinn gekommen, ihn zu duzen. Nach zwanzig Jahren hatte er im Konsistorialzimmer der Kirche zu mir gesagt: »Sie sind ein halbes Jahr älter als ich, und darum steht es mir eigentlich nicht zu, aber darf ich vorschlagen, einander von nun an mit dem Vornamen anzusprechen?« »Einverstanden«, erwiderte ich mit pochendem Herzen. Und feierlich, als enthülle er ein wohlgehütetes Geheimnis, sagte er: »Ich heiße Fokke.« Dabei streckte er mir seine formidable Hand entgegen. »Ich heiße Maarten«, sprach ich ihm so feierlich wie möglich nach, und wir gaben einander die Hand.

»Wo ist die Kloosterwei 333?«, fragte der Junge.

»Ein Stück weiter um die Ecke«, sagte ich. »Die Kloosterwei sind lauter parallel verlaufende Straßen, in der ersten sind die Häuser von der eins an aufwärts nummeriert, in der zweiten ab einhundert, in der dritten ab zweihundert und in der vierten ab dreihundert, sodass man anhand der Hausnummer sehen kann, in welcher der vier Straßen man sein muss. Gott wohnt am Ende der Dreihundertstraße.«

Wir stiegen wieder auf, bogen entsprechend ab, und vor der Nummer 333 sagte ich: »Hier ist es. Tja, ich fahre weiter, aber ich bin doch neugierig, was jetzt passiert. Wie wäre es, wenn ich dort hinten unter den Bäumen auf dich warte, und du erzählst mir hinterher, wie dein Besuch bei Gott verlaufen ist? Anschließend bringe ich dich wieder zum Herenweg, und von dort kannst du geradewegs wieder aus dem Dorf hinausfahren.«

Der Junge sagte nichts, stieg vom Fahrrad, stand da im goldfarbenen Septembersonnenlicht, schaute sich um, sah zur Nummer 333 hinüber, wandte den Blick wieder ab und sah mich hilfesuchend an.

»Traust du dich nicht? Fürchtest du dich vor Gott?«, fragte ich freundlich.

Der Junge nickte.

»Du musst keine Angst haben«, ermutigte ich ihn, »ich kenne Gott recht gut, er ist sehr nett, er wird dich bestimmt nicht wegschicken.«

»Würden Sie ... könnten Sie nicht ...«

»Soll ich für dich klingeln?«

»Wenn Sie das ...« Der Junge schluckte und brachte kein Wort mehr über die Lippen.

»Einverstanden«, sagte ich, »das mache ich. Warte hier kurz, ich werde ihn fragen, ob er mit dir sprechen will.«

Ich lehnte mein Rad an den Zaun. Merkwürdigerweise klopfte mir das Herz im Hals, obwohl ich Fokke seit gut dreißig Jahren kannte.

Durch das große Wohnzimmerfenster sah Fokke mich bereits kommen und öffnete die Tür, ehe ich auch nur durch die Vorgartenpforte gegangen war. Die Rollen waren verkehrt, stets hatte Gott an meiner Tür geklingelt, ich nie bei ihm. Erstaunt sah er mich an, und ich sagte: »Beim Warmonder Zolltor habe ich einen Jungen aus Voorschoten getroffen, der in der Schule gehört hat, dass bei uns im Ort Gott wohnt. Er möchte Gott um etwas bitten. Bist du bereit, mit ihm zu reden?«

»Oh, gütiger Himmel, hört das denn niemals auf. Ständig klingeln Schulkinder an meiner Tür, die meinen, hier wohne Gott. Wie kommen sie darauf?«

»Betrachte dich doch mal ganz genau im Spiegel«, erwiderte ich, »dann geht dir sofort ein Licht auf, warum die armen Wichte denken, du wärst Gott.«

»Dass sie das denken, ist schon schlimm genug, doch ganz gleich, was ich sage, ich kann sie nicht vom Gegenteil überzeugen.«

»Tja«, meinte ich, »das ist nun einmal der Glaube, der Berge versetzt, der Glaube, der als Senfkorn beginnt. Als treues Mitglied der reformierten Kirche müsstest du dafür doch Verständnis haben.«

»Ich glaube an Gott, das ist etwas vollkommen anderes.«

»Bist du dir da so sicher? Wo ist der Unterschied zu jemandem, der glaubt, dass irgendwo weit weg, innerhalb oder außerhalb des Universums, an einem äußerst dubiosen Ort, den wir als Himmel bezeichnen, irgendein geheimnisvolles Wesen existiert, das alles in dem überwältigenden Weltall, in dem wir leben, lenkt und zu dessen Rechten schon seit zweitausend Jahren, wie das apostolische Glaubensbekenntnis behauptet, sein eingeborener Sohn sitzt? In Anbetracht deines majestätischen Aussehens finde ich es, ehrlich gesagt, zehntausendmal verrückter, an all das zu glauben als daran, dass du Gott bist.«

»Na, darüber sollten wir uns bei anderer Gelegenheit mal ernsthaft unterhalten. Weißt du, worum der Junge mich bitten möchte?«

»Ob du seine Mutter heilen kannst.«

»Oh nein, nicht schon wieder«, stöhnte Fokke Zielstra. »Was soll ich einem solchen Kind denn sagen? Wenn ich ihm versichere, dass ich nicht Gott bin, schaut es mich mit einem Blick an, der sagt: Willst du mich veräppeln? Sie lassen es sich einfach nicht ausreden ...«

»Ja, das hast du bereits erwähnt, also solltest du es auch nicht versuchen. Glauben ist so etwas wie Keuchhusten, nichts hilft dagegen. Aber wenn ich an deiner Stelle wäre, würde ich ihnen immer dasselbe predigen: Mein lieber Junge, würde ich sagen, alle Menschen sind sterblich, daran ist leider nichts zu ändern, und daher kann leider auch nicht jeder wieder gesund werden, denn dann würde ja niemand mehr sterben. Aber, wer weiß, vielleicht geschieht ein Wunder, und deine Mutter wird wieder gesund.«

»Was für eine erbärmliche Plattitüde. Willst du wirklich, dass ich den bedauernswerten Wicht mit einer so unverbindlichen Aussage abspeise?«

»Ich wüsste nicht, was du sonst sagen könntest, ohne dich zu weit aus dem Fenster zu lehnen oder dich zu kompromittieren.«

»Ich möchte den Jungen nicht mit irgendeiner schwiemeligen Geschichte heimschicken.«

»Als würde man in der Kirche etwas anderes zu hören bekommen.«

»Ich bitte dich ... die Bibel ...«

»Oh Mann, die Bibel, im Alten Testament gibt es sprechende Schlangen, redende Esel, schwimmende Beile sowie jede Menge agrarische Berichte, und im Neuen Testament wird die baldige Ankunft des Königreichs Gottes angekündigt. Inzwischen sind zweitausend Jahre vergangen, und noch ist kein Königreich zu sehen.«

»Wir haben einen neuen Pastor, wie du weißt, komm ihn dir mal anhören, dann redest du bestimmt anders.«

»Ein neuer Pastor? Diese bezaubernde Blondine in ihrer Minitoga? Glaubst du, man ist, wenn sie beim Besteigen der Kanzel ihre Toga schürzt und dir einen Blick auf ihre sinnenbetörenden Stiefel gestattet, noch in der Stimmung für Wort und Gebet?«

»Ach, ach, ach, weißt du was, sag dem Jungen, ich sei bereit, mit ihm zu sprechen.«

Das Fahrrad mit der Hand führend, begab ich mich zu dem Jungen.

»Geh ruhig hin«, sagte ich, »er will mit dir reden. Und komm dann wieder her, denn ich würde gern wissen, was ihr besprochen habt. Danach bringe ich dich zum Herenweg.«

Der Junge nickte und schlurfte wie eine Kreuzkröte in Richtung Fokke Zielstra. Diskret zog ich mich unter die Bäume am Ende der Kloosterwei zurück.

Nach wenigen Minuten kam der Junge ebenso mühsam zurückgeschlurft. Obwohl es unter den hochgewachsenen Bäumen recht dunkel war, sah ich Tränen in seinen Augenwinkeln glitzern.

»Was hat er gesagt?«, fragte ich ihn.

Der Junge erwiderte nichts, zuckte nur mit den Achseln und wischte sich mit einem Jackenärmel über die Augen. Ich gab ihm einen sanften Klaps auf den Rücken und sagte: »Komm, lass uns losfahren, Gott steht noch in der geöffneten Haustür und schaut uns hinterher.«

»Das ist gar nicht Gott«, sagte der Junge heiser.

»Hat er dir das gesagt?«

»Nein, aber das ist nicht Gott.«

»Wieso bist du plötzlich davon überzeugt, dass er nicht Gott ist?«

»Er hat mich gefragt, wie ich heiße, und ich habe Obe Plat geantwortet, woraufhin er sagte: ›Ach, Obe, ein schöner friesischer Name. Kommst du aus Friesland, oder stammen deine Eltern von dort?‹

›Mein Vater und meine Mutter sind Friesen.‹.

›Ich komme auch aus Friesland‹, meinte er, ›ich bin sogar dort geboren.‹«

Erneut wischte sich der Junge mit dem Jackenärmel über die Augen.

»Warum weinst du?«, fragte ich ihn.

Der Junge sah mich mit tränennassen Augen wütend an.

»Das ist nicht Gott«, sagte er zornig, »die andern haben eiskalt gelogen, das ist nicht Gott, Gott kommt aus dem Himmel, Gott kommt nicht aus Friesland.«

Nur mühsam konnte ich das schallende Lachen, das in mir aufkam, in ein merkwürdiges Husten verwandeln. Als ich das falsche Husten wieder einigermaßen unterdrückt hatte, sagte ich: »Aber seinerzeit kam Gott aus Nazareth, warum also sollte Gott heute nicht aus Friesland kommen können?«

»Gott kam nicht aus Nazareth«, widersprach der Junge, »Jesus kam aus Nazareth. Jesus ist nicht Gott, Jesus ist Gottes Sohn.«

»Stimmt«, sagte ich und freute mich darüber, dass es offensichtlich noch Kinder mit einer gewissen Bibelkenntnis gab, »der Punkt geht an dich, aber man hat auch über Jesus gesagt: Kann aus Nazareth etwas Gutes kommen? Das entspricht doch in etwa dem, was du jetzt sagst: Kann aus Friesland etwas Gutes kommen?«

»Natürlich kann von dort etwas Gutes kommen«, sagte der Junge, »aber Gott kommt nicht aus Friesland. Er, also dieser Mann, hat gesagt, er werde für meine Mutter beten. Wenn er Gott wäre, bräuchte er nicht zu beten. Nein, das ist nicht Gott, das weiß ich ganz genau.« Er brach in hemmungsloses Weinen aus.

So viele Tränen, ich wusste nicht, was ich dagegen machen sollte. Dem Jungen tröstend über den Rücken streicheln? Ich tat es, dachte jedoch: In Anbetracht der gegenwärtigen Jagd auf Pädophile werde ich nachher noch mit heulenden Sirenen abtransportiert und in der Polizeiwache von Teylingen eingesperrt. Dennoch streichelte ich den Jungen weiter, klopfte ihm auf den Rücken und sagte: »Na komm, nicht weinen, manchmal geschehen Wunder, ich kenne eine Reihe von Leuten, die man bereits aufgegeben hatte und die immer noch am Leben sind.«

»Meine Mutter ist wirklich sehr, sehr krank«, sagte der Junge.

»Dann fahr am besten schnell nach Hause«, schlug ich vor. »Ich zeige dir den Weg.«

Wir stiegen auf unsere Räder und fuhren am katholischen Friedhof vorüber. Dort lagen auch Hunderte von Menschen, die einmal sehr krank gewesen waren und die sowohl während ihrer Krankheit als auch nach ihrem Tod von ihren Angehörigen betrauert wurden. So und nicht anders war nun einmal der Lauf der Welt, und es war wohl am besten, sich damit abzufinden oder, wenn man sich damit nicht abfinden wollte, davon abzusehen, Nachkommen in die Welt zu setzen. Nicht dass dadurch ein Vorteil entstand, wenn man selbst sehr krank wurde, aber immerhin verbuchte man auf zwei Feldern einen Gewinn. Wenn man keine Nachkommen hatte, gab es keine Kinder, die um einen trauerten, und man verhinderte, dass die Kinder selbst sehr krank wurden und starben. Das größte Rätsel des Lebens ist doch: Obwohl ein jeder mit eigenen Augen sehen kann, dass wir in einer Welt leben, in der Elend, Krieg, Krankheit und Tod herrschen, zieht fast niemand daraus den Schluss, sich lieber nicht fortzupflanzen. Selbst Darwin, der einmal vollkommen zu Recht gesagt hat: »*There seems to me too much misery in the world*«, hat dennoch eine ganze Schar von Kindern gezeugt. Das habe ich nie verstehen können.

Die Mutter Ikabods

In den Niederlanden kommt der Wind, wie bereits der niederländische Schriftsteller Multatuli bemerkt hat, fast immer aus dem Südwesten. In dem Jahr, in dem sich dieses bemerkenswerte Ereignis zutrug, wehte er jedoch an dreihundert Tagen von Nordost. Dadurch war der Frühling ungewohnt kalt und der Sommer ungewohnt sonnig und warm. Allerdings vollzog sich sogar in diesem Sommer in den Monaten Juli und August die merkwürdige Völkerwanderung, die sich jedes Jahr wieder beobachten lässt. Während es sonniger war als in den zehn Jahren davor und Pfeilkraut und Igelkolben in den Wassergräben üppiger denn je blühten, machten sich alle auf den Weg nach Frankreich, in die Türkei, nach Italien, an ferne Strände, in echte Wälder, ins Hochgebirge, weshalb man in den großen Städten unseres Landes plötzlich in aller Ruhe durch die Straßen schlendern und in den öffentlichen Bibliotheken in den Regalen stöbern konnte, ohne zur Seite geschubst zu werden. Im Schwimmbad konnte man ungehindert seine Bahnen ziehen, in den Wartezimmern der Ärzte traf man höchstens einzelne verstockte Stubenhocker, und in den wenigen Parks konnte man umherwandeln, ohne auch nur einem Menschen zu begegnen.

An einem dieser totenstillen Tage im August jenes Jahres rief mich aus Voorhout der Mann an, der koordiniert, in welcher Kirche die verfügbaren Organisten der Region ihren Sonntagsdienst auf der Orgelbank absolvieren.

»Ich hab ein Problem«, sagte er. »Mir ist bekannt, dass du

lieber nicht beim Gottesdienst spielst, weil du mit Hochzeiten und Trauerfeiern schon genug zu tun hast, und darum behellige ich dich, wenn es eben geht, nicht. Aber jetzt ist Not am Mann. Am kommenden Sonntag habe ich – es ist nun einmal Ferienzeit, und eine Reihe von Kollegen sind in Urlaub – keinen Organisten für die protestantische Kirche in Warmond. Könntest du einspringen?«

»Predigt unser eigener Pastor?«, fragte ich.

»Nein, es kommt eine Vertreterin, eine liebenswürdige, gut aussehende Dame, wie ich gehört habe. Ilonka de Priester.«

»Ein Priester als Prediger. Das nenne ich Ökumene! Was für ein lustiger Zufall! Könnte sie mich möglichst bald darüber informieren, welche Lieder gesungen werden sollen? Bei unseren Pastoren kann ich selbst nachfragen, aber die auswärtigen Hansel sagen mir oft erst am Samstagabend Bescheid, und dann habe ich, wenn Lieder aus dem Gesangbuch dabei sind, die ich noch nie begleitet habe, keine Zeit mehr, sie vorher zu üben.«

»Ich habe die E-Mail-Adresse dieser Ilonka. Schick ihr eine Nachricht und bitte sie, dir so schnell wie möglich das Programm für den Gottesdienst zu übermitteln.«

»Nun denn«, sagte ich, »ich werde am Sonntag spielen, aber ich wünschte, es würden weniger Lieder und mehr Psalmen gesungen. Fast alle Psalmmelodien kann ich auswendig, und deshalb kann ich gut darüber improvisieren. Aber die ganzen neuen Lieder, Menschenskind, wie schrecklich.«

»Dann mach dich auf etwas gefasst, es ist bereits wieder ein neues Gesangbuch in Arbeit.«

»Ja, und wegen dem neuen Gesangbuch, das habe ich in der Zeitung gelesen, schlagen sich die Gläubigen natürlich den Schädel ein.«

»Halb so wild, es gibt Proteste, aber was soll's, die gibt es immer.«

Ilonka de Priester mailte ich, dass ich bei ihrem Gottesdienst als Organist einspringen würde und gern erführe, welche Lieder sie ausgewählt habe.

So eine Mail ist gar nicht so leicht zu schreiben, denn wie fängt man an? Liebe Ilonka? Aber das geht doch nicht, wenn man den andern nicht kennt? Die freundlichen Pastoren ihrerseits schicken mir Mails, in denen sie mich, als würden wir uns schon seit Jahren kennen, manchmal sogar mit *He* oder *Hallo Maarten* ansprechen. Dessen ungeachtet begann ich meine Mail mit *Sehr geehrte Frau de Priester*. Es half nichts, eine Antwort mit den zu singenden Liedern kam erst einmal nicht. Ich kramte vorsorglich schon das *Gesangbuch für die Kirchen* hervor. Es enthält vierhunderteinundneunzig Lieder, eine Zahl, bei der ich sofort an Köchelverzeichnis 491 denken muss, an das wunderbare vierundzwanzigste Klavierkonzert von Mozart.

Erst am Samstagnachmittag erhielt ich eine Antwortmail von Ilonka mit der Liste der Lieder. Um mir eine Freude zu machen, hatte sie zwei Psalmen darin aufgenommen, die brauchte ich also nicht zu üben. Von den Liedern kannte ich drei gut und zwei überhaupt nicht. Das war zu schaffen, die konnte ich am Samstagabend noch bequem einstudieren. Und unter den Liedern, die ich bereits kannte, war die Nummer 308, und dieses Lied finde ich ganz wunderbar, denn es hat eine einfache, klare Melodie, auf die man gut improvisieren kann. Allerdings ist der Text recht merkwürdig: »In Christus ist weder West noch Ost, in ihm ist kein Süd, kein Nord.« Warum muss dementiert werden, dass es in Christus Himmelsrichtungen gibt? Dergleichen hat doch nie jemand behauptet? Genauso gut könnte man sagen: In Christus ist weder Hund noch Katz, in ihm ist weder Maus noch Ratz.

Beim Lied 423, das Ilonka ebenfalls ausgewählt hatte, würde ich das Choralvorspiel von Max Reger zu Gehör bringen können, ein köstliches Kleinod dieses entzückenden

Grobians. Zwischen seinen Saufgelagen komponierte er in kurzer Zeit (er ist nur dreiundvierzig Jahre alt geworden) ein erstaunliches Œuvre zusammen. Oh, dieser Reger, das war ein Mann nach meinem Herzen. Wenn er vor einem Konzert in Amsterdam in der Port van Cleve sein Rinderschnitzel verputzt hatte, bestellte er sogleich die nächste Nummer auf der Speisekarte. Alle Rinderschnitzel sind dort nämlich mit fortlaufenden Nummern versehen.

Am Sonntag war es bereits morgens so warm, dass absehbar war, dass es tagsüber kaum auszuhalten sein würde. Daher erledigte ich schon im Morgengrauen meine sonntägliche Arbeit. Im Laufe der Jahre bin ich zu der Erkenntnis gekommen, dass sich kein Wochentag besser dazu eignet, den Gemüsegarten zu beackern und in Ordnung zu halten, als der Sonntag. Zwar sagte man mir in meiner Kindheit immer: Alles tun zu seiner Zeit, Sonntagsarbeit nicht gedeiht. Aber das stimmt überhaupt nicht. Es verhält sich genau umgekehrt. Sonntägliche Fron, doppelter Lohn. Was man am Sonntag tun kann, kriegt man in einer Woche nicht getan. In der Bibel ist der Sabbat Ruhetag, und weil man nach einem solchen Tag darauf brennt, wieder an die Arbeit gehen zu können, ist der Sonntag der beste Tag für alle Tätigkeiten. In der Bibel gibt es nicht den kleinsten Hinweis darauf, dass der Samstag als Ruhetag durch den Sonntag ersetzt werden sollte. Der Sabbat ist der Ruhetag, was man eben auch daran erkennen kann, dass keine Arbeit gesegneter ist als die Sonntagsarbeit.

Also harkte und jätete ich nach Herzenslust. Ich entgeizte die Tomaten, pikierte die Rübchen und Wintermöhren, ich erntete Buschbohnen und rodete noch ein paar Kartoffeln der Sorte Eba. Der Himmel war hellblau. Keine Wolke zu sehen, nicht einmal ein Wölkchen von der Größe wie eines Mannes Hand (1 Könige 18, Vers 44). In den Bäumen, die am Rande meines Grundstücks entlang des Wassergrabens stehen und von wo aus man auf die umliegenden Wiesen blickt, krächzten die Gelbspötter so leidenschaftlich, dass sie alle anderen Vögel – Mönchsgrasmücke, Heckenbraunelle, Rotkehlchen – übertönten. Selbst der Zaunkönig konnte das eigenartige, allgegenwärtige Gezeter und Gekreische der vielen *Hippolais icterina* nicht überstimmen. Es wunderte mich im Übrigen, dass noch so viele da waren, denn meistens ziehen sie Ende Juli oder Anfang August bereits wieder in den Süden.

Um neun Uhr tauschte ich meine Arbeitskleidung gegen einen ordentlichen Anzug. Um halb zehn fuhr ich zur Kirche. Die protestantische Kirche in Warmond verfügt über eine schöne Lohman-Orgel mit zwei Manualen. Die Pedale haben nur einen einzigen Sechzehnfuß (Subbass, mechanische Traktion), und das ist schade, da man aus diesem Grund nicht alle Choralvorspiele von Bach zu Gehör bringen kann. Bei manchen Werken braucht man in den Pedalen einen Vierfuß für die Choralstimme. Dennoch spielte ich, nachdem ich auf der Orgelbank Platz genommen hatte, eines meiner Lieblingsstücke, um die Finger zu lockern, und zwar *Kommst du nun, Jesu, vom Himmel herunter* (BWV 650). Ich wünschte, ich wüsste, wie oft ich diese Komposition schon gespielt habe. Das erste Mal wagte ich mich mit zwanzig in der Immanuelkirche in Maassluis daran, aber so oft ich es auch gespielt habe, gelangweilt hat es mich nicht eine Sekunde. Woran liegt es nur, dass Bachs Musik so langeweileresistent ist?

Nach Bach übte ich das Choralvorspiel von Reger. Das kann man ganz wunderbar auf der Lohman-Orgel spielen. Rohrflöte, Viola da gamba und Dulzian auf dem oberen Manual, Hauptwerk und Hohlpfeife auf dem unteren und natürlich den Subbass auf den Pedalen.

Und dann war es auch schon Viertel vor zehn, und Anita, die Küsterin, schaltete die Kirchenglocke ein. Wie viele Gläubige würde sie an diesem so warmen Augustsonntag in die Kirche locken, fragte ich mich. Würde ich wieder eine überaus exquisite Auswahl der Warmonder Protestanten auf der Orgel begleiten, eine Gruppe von höchstens einem Dutzend dackeltreuer Gläubiger? Je kleiner die Zahl der Anwesenden, umso schwieriger ist es, sie zu begleiten. Man will den Gesang ja nicht mit Orgelklang ersticken, und wenn nur zwölf Menschen singen, ist es unglaublich schwierig, so zu registrieren, dass sie noch zu hören sind. Nimmt man das Hauptwerk dazu, vernimmt man keinen Gesang mehr.

Um die Zeit bis zum Beginn des Gottesdienstes um zehn zu überbrücken, improvisierte ich über das Lied Nr. 308, wobei ich mich fragte, ob es überhaupt angemessen war, dass ich den Gemeindegesang begleitete. Offenbar hatte die protestantische Gemeinde kein Problem damit, denn nie hatte jemand zu mir gesagt: Du Heuchler, du schreibst Bücher, in denen du immer wieder behauptest, dass, was in der Bibel steht, lauter Unsinn ist, und trotzdem sitzt du während des Gottesdienstes auf der Orgelbank. Fokke Zielstra, der die Lautsprecheranlage der Kirche bedient hatte, hatte mich immer aufs Herzlichste begrüßt, wenn ich bei einem Gottesdienst spielte. Wie betrüblich, dass er plötzlich an einem Bruch der Aorta gestorben war. Gott war aus Warmond verschwunden.

Im Kirchenschiff schlenderte Anita durch die Gänge. Bisher waren noch keine Gläubigen aufgetaucht. Das durch die Fenster und Gardinen gefilterte Sonnenlicht leuchtete in dem großzügig bemessenen Raum, der sich als besonders geeignet erwiesen hatte, um darin vor allem Streichquartette auftreten zu lassen. Gewiss, Kirchen können durchaus nützlich sein. Um drei vor zehn schritt eine Frau in einem pastellfarbenen hellblauen Sommermantel durch das Mittelschiff. Ihr folgte ein gnomartiges Mädchen – ihre Tochter, wie ich vermutete. Sie blieb im Gang stehen und wartete demütig, bis Anita, gemächlich schlendernd, in ihre Nähe gekommen war, und fragte: »Wo sind die anderen?«

»Welche anderen?«, erwiderte Anita.

»Die anderen Kirchenbesucher.«

»Die kommen noch«, sagte die Küsterin.

»Aber es ist schon fast zehn Uhr.«

»Bestimmt kommt noch der ein oder andere.«

»Sind Sie sicher? Vorige Woche waren wir zu viert, und jetzt sieht es so aus, als wären meine Tochter und ich die Einzigen.«

»Bestimmt nicht, nehmen Sie doch Platz, es kommen bestimmt noch welche.«

»Das wage ich zu bezweifeln. Vorige Woche ...«

»Viele Leute sind nun einmal in Urlaub.«

»Das will ich gern glauben, aber ich finde es nicht schön, mit meiner Tochter und noch drei oder vier anderen in einer leeren Kirche zu sitzen. Komm, Jolanda, wir gehen wieder, das hier macht doch keinen Spaß.«

»Bitte, setzen Sie sich doch«, sagte Anita, »es kommen bestimmt noch ein paar Gemeindemitglieder. Es ist noch nie vorgekommen, dass niemand hier war. Es gibt immer einige Nachzügler.«

»Trotzdem würde es mich nicht wundern, wenn wir die Einzigen wären«, sagte die Frau. »Vorige Woche war auch nicht viel los, und heute kommen vielleicht noch weniger. Nein, wir gehen. Komm, Jolanda.«

Und dann gingen sie, entschlossen und zielgerichtet, wieder in Richtung Ausgang. Und weil ich hinter dem Spieltisch saß, verlor ich sie rasch aus den Augen. Nur ihre energisch durch die Kirche hallenden Schritte konnte ich noch hören, bis sie das Vestibül der Kirche erreichte.

Die Kirchenglocke schwieg. Die große Glocke des Alten Turms schlug zehn. Der Moment war gekommen, um mit einem passenden Schlussakkord meine Improvisation über das Lied 308 zu beenden. Eine tödliche Stille machte sich breit. Die Tür zum Konsistorialzimmer wurde geöffnet und die diensthabende Presbyterin Kristel Zwaard betrat den Kirchenraum. Ich sah, dass sie, ungeachtet der drückenden Sommerhitze, kurz erschauderte. Was sie sah, erfüllte sie mit Bestürzung, das war offensichtlich. Sie zog sich ins Konsistorialzimmer zurück und schloss behutsam hinter sich die Tür. Mir war seltsam zumute. Was nun? Konnte man einen Gottesdienst ohne Gläubige stattfinden lassen? Konnte man als Pastor vor einer leeren Kirche predigen? Konnte man als Organist die gewünschten Psalmen und Lieder spielen, obwohl niemand sang? Nun ja, niemand, die Küsterin und die diensthabende Presbyterin waren immerhin anwesend. Wo zwei oder drei in meinem Namen versammelt sind, da bin ich mitten unter ihnen, hat Jesus einst gesagt, und Bach hatte diese berühmten Worte in Kantate 42 unnachahmlich schön mit Musik versehen, in einer Aria von schwindelerregenden Ausmaßen. Wieso also trauern, wenn wir nur zu viert waren? Wenn man mich nicht berücksichtigte, weil ich davon überzeugt bin, dass alle vier Evangelien reine Fiktion sind und dass Jesus nie gelebt hat, dann blieben immer noch drei Gläubige übrig.

Die Tür zum Konsistorialzimmer öffnete sich erneut, und es erschien, in einer makellosen Toga, die Pastorin persönlich. Sie sah aus, als wäre sie vor den Spiegel getreten und hätte sich gefragt, was kann ich tun, um meinen Sex-Appeal so gut es geht zu unterdrücken. Auf jeden Fall möglichst wenig Make-up. Die Haare in einem mürrischen Knoten. Dazu eine strenge Brille. Und das Schuhwerk unter der Toga verschwinden lassen.

Wirklich genutzt hatte es kaum. Toga, Knoten und Brille zum Trotz konnte man sehen, dass sie eine bildschöne Erscheinung war, eine Frau, nach der man sich auf der Straße umdrehen würde.

Auch sie sah einigermaßen verdutzt aus. Hinter ihr tauchte Kristel auf und zwängte sich zwischen Pastorin und Türrahmen hindurch in die Kirche. Sie ging den Mittelgang entlang und blieb schräg unter der Orgel stehen, von wo sie mit zitternder Stimme zu mir hinaufrief: »Könnten Sie kurz herunterkommen, wir wollen uns beratschlagen.«

»Ja, natürlich«, sagte ich.

Ich schaltete das Gebläse der Orgel aus, schwang mich von der Orgelbank und ging um das Instrument herum zur Treppe. Als ich unten ankam, war die Kirche vollkommen leer. Die Damen hatten sich offenbar bereits ins Konsistorialzimmer zurückgezogen. Dem war tatsächlich so, und als ich eintrat, hörte ich Kristel voller Verzweiflung flüstern: »Es ist niemand gekommen, absolut niemand, oh, wie schlimm.«

»Es ist sehr wohl jemand gekommen«, sagte Anita, »Frau Stibbe mit ihrer Tochter, aber die ist wieder gegangen, weil sie fürchtete, es würde sich niemand zu ihr gesellen.«

»Was nun?«, fragte die Pastorin.

Es war, als bliebe die einfache Frage dort im Konsistorialzimmer hängen, wie eine Sprechblase mit wenig Text in einem Comic.

Drei Augenpaare sahen mich erwartungsvoll an. Es schien, als dachten die Damen, als hofften sie vielleicht sogar, dass ich, der einzige Mann in dieser illustren Gesellschaft, eine Lösung des Problems zu bieten hätte, möglicherweise auch aufgrund der Tatsache, dass ich sehr viel älter war als die drei gut gekleideten, verhalten bis gar nicht geschminkten, attraktiven, noch recht jungen Frauen.

»Der Gottesdienst kann doch einfach stattfinden«, sagte ich. »Zwei Gemeindemitglieder und eine Pastorin sind anwesend, und Jesus sagt doch: Wo zwei oder drei in meinem Namen versammelt sind, da bin ich mitten unter ihnen.«

»Nein«, sagte die Pastorin, »es sind keine Gemeindemitglieder hier.«

»Sind die Küsterin und die diensthabende ...«

»Sie sind zur Unterstützung hier«, wandte die Pastorin ein, »das ist nicht die Gemeinde.«

»Es gibt«, sagte ich fröhlich, »doch dieses schöne Gleichnis von Jesus über ein Hochzeitsmahl. Matthäus 22, glaube ich. Niemand kommt zu dem Mahl, und dann sagt der König: Geh zu den Wegkreuzungen und bringe alle mit, die du findest. Was hält uns davon ab, dasselbe zu tun. Wir gehen zur Kreuzung von Laan van Osstergeest und Herenweg und zerren jeden vom Fahrrad, der vorbeikommt ...«

»Herr 't Hart«, sagte die Pastorin streng, »das hier ist eine ernste Angelegenheit, wir stehen mit einer leeren Kirche da, damit sollten Sie nicht Ihren Spott treiben.«

»Sagen Sie ruhig Maarten zu mir«, erwiderte ich. »Finden Sie, dass ich spöttisch klinge? Das war ganz und gar nicht meine Absicht. Aber ihr guckt so traurig, als hätten euch die Hühner das Brot weggefressen. Ganz so ein Drama ist das Ganze doch auch nicht. Wir sind mitten in den Sommerferien, viele sind, obwohl Holland jetzt am schönsten ist, ins Ausland verreist, und wer nicht im Urlaub ist, der hat sich entschieden, an diesem wunderschönen Sommertag zum Strand zu gehen, an einen See zu fahren, einen Vergnügungspark zu besuchen, ins Stadion zu gehen. Dass also ausgerechnet an diesem Sonntag zufällig niemand gekommen ist, das ist doch nicht verwunderlich.«

»Ich finde es aber schrecklich«, sagte Anita, »wir leben in einer Zeit der geistlichen Ebbe.«

»Das ist vollkommen inakzeptabel«, sagte Kristel Zwaard.

Dann herrschte Schweigen. Ein Flugzeug, das soeben in Schiphol gestartet war, flog in geringer Höhe vorüber. Es lag mir auf der Zunge zu sagen: Da fliegen wieder ein paar Gemeindemitglieder, aber ich beherrschte mich. Möglicherweise wäre auch diese Bemerkung wieder als Spott interpretiert worden.

»Sollen wir darüber abstimmen, ob der Gottesdienst stattfindet?«, fragte die Pastorin.

»Wir sind zu viert«, sagte ich, »gut möglich, dass wir Stimmengleichheit erzielen, zwei zu zwei. Daher scheint es mir angebracht, dass diejenige, die am meisten tun muss, zwei Stimmen bekommt.«

»Gute Idee«, sagte Anita.

»Dem schließe ich mich an«, sagte Kristel.

»Also zwei Stimmen für die Pastorin«, sagte ich. »Und was ist dann das Ergebnis? Ich bin für stattfinden lassen.«

»Ich auch«, sagte Anita.

»Dem schließe ich mich an«, sagte Kristel.

»Ich bin dagegen«, sagte die Pastorin.

»Zwei zu drei«, sagte ich, »der Gottesdienst findet im Prinzip also statt … Nun ja, diejenige, die ihn abhalten muss, ist dagegen. Also, was nun?«

»Wir haben abgestimmt«, sagte Ilonka, »außer mir sind alle dafür, dass er stattfindet. Also machen wir zu viert einen schönen Gottesdienst daraus.«

Im Nachhinein bin ich froh, dass ich dafür plädiert habe, den Gottesdienst stattfinden zu lassen. Er erwies sich nämlich als einmalige und lehrreiche Erfahrung. Für einen Gottesdienst, so zeigte sich rasch, braucht man keine Gläubigen. Ein Pastor und ein Organist reichen. Und wenn man keinen Gemeindegesang begleiten muss – etwas, das sowieso immer auf das kanonische Herunterspielen eines Psalms oder eines Liedes hinausläuft, weil die Gemeinde immer einen halben Schlag hinter der Orgel herhinkt –, dann kann man unbeschwert die schönen Psalmmelodien spielen, in einem etwas schnelleren Tempo als sonst.

Ilonka predigte über Stephanus. Nachdem er vor den Sanhedrin geschleppt wurde, hält der gute Mann, obwohl er weiß, dass er keine Chance hat, eine lange Rede – insgesamt gut und gern drei DIN-A4-Seiten. Und der Sanhedrin lauscht ihm lange Zeit, ohne zu murren, was höchst unwahrscheinlich ist. Eigentlich erzählt Stephanus recht unbeholfen und mit eigenen Worten die Geschichte von Abraham bis Salomo nach, und dabei verweist er auf einen Gott der Gestirne, den die Israeliten durch die Wüste getragen haben sollen und dessen Name in fast jeder Bibelübersetzung anders lautet, Remphan, Refam, Remfan, Remfam, Romfa, Rompha und so weiter, der aber im Alten Testament gar nicht erwähnt wird. Also haben die Bibelforscher einfach beschlossen, dass er mit dem Gott Chiun aus Amos 5, Vers 26 identisch ist. Tja, man hat es schon schwer als Bibeldeuter, denn Stephanus kann natürlich nicht einfach einen Gott aus dem Hut zaubern, den es im Alten Testament überhaupt nicht gibt. Aber gut, auch wenn man den seltsamen Gott einmal beiseitelässt, fragt man sich doch, wie eine solche Rede, wenn sie denn jemals gehalten wurde, in der Bibel gelandet sein kann. Hat jemand die Worte mit einem Kassettenrekorder aufgezeichnet? Natürlich nicht. War jemand dort, um alles zu stenografieren? Auch nicht, die ältesten Formen einer Kurzschrift datieren aus dem sechsten oder siebten Jahrhundert nach Christus. War also jemand mit einem unglaublichen Gedächtnis anwesend, der die Rede später Wort für Wort aufgeschrieben hat? Wer sollte das gewesen sein? Eines der Mitglieder des Sanhedrin? Natürlich nicht, denn die waren alle sauer, dass Stephanus einfach immer weiterredete. Und ein Sympathisant von Stephanus war nicht in der Nähe. Diese lange Rede hat sich also, wie so viele andere Reden in der Bibel auch, ein Autor ausgedacht und Stephanus in den Mund gelegt. Reine Fiktion, diese Rede. Aber in der Predigt wurde ihre Zweifelhaftigkeit natürlich nicht erwähnt. Ilonka legte uns lediglich dar, dass wir in einer Welt, die sich hinsichtlich der Religion im Allgemeinen und der Bibel im Besonderen immer gleichgültiger zeigt, ebenso wie Stephanus unerschrocken für das einstehen sollen, woran wir glauben. Amen.

Nach der Predigt folgte die Kollekte. Das war ein schwieriger Moment, denn es gab nichts einzusammeln. Während der Kollekte spielt man als Organist immer ein selbst gewähltes Stück. Aber was soll man spielen, wenn kein Klingelbeutel herumgehen kann? Ich wählte *Liebster Jesu, wir sind hier*, BWV 706, und es klang plötzlich, als sollte damit gesagt werden, dass es keine Rolle spielte, dass die Kirche leer war, denn sie war ja, wenn auch nur für kurze Zeit, von dem zwar kurzen, jedoch sublimen Choralvorspiel des Allergrößten im Reich der Musik erfüllt.

Nach dem Schlusssegen ergriff die Pastorin die Flucht ins Konsistorialzimmer, gefolgt von den beiden anderen Damen. Mir schien es wenig sinnvoll, nach dem überstürzten Abzug noch etwas zu spielen, und daher begab ich mich auch in den Raum hinter der Kirche. Ich kam gerade noch rechtzeitig, um zu sehen, was ich nicht gern verpasst hätte.

In dem Moment nämlich, als ich die Tür öffnete, packte die transpirierende Pastorin mit beiden Händen kurz hinter ihrer Schulter die Toga und zog sie sich mit einer einzigen fließenden Bewegung über den Kopf. Sie hatte das schon öfter getan, das war offensichtlich, denn es ging so schnell und behände, dass mir fast die Augen aus dem Kopf fielen. Kein Striptease in einem Nachtklub oder anderswo wäre erregender gewesen. Was für eine wunderbar grazile Bewegung, so erstaunlich schnell und so effizient. Und dann stand sie da, Ilonka de Priester, in einem hellblauen ärmellosen Top und einem engen schwarzen Rock, unter dem lange, gebräunte, vom Schweiß feucht glänzende Beine zum Vorschein kamen und den Blick auf Sandalen lenkten, die vor allem aus schmalen Riemchen bestanden. Zum Glück bin ich, was Verlieben angeht, inzwischen im gesegneten Stand der Immunität, sonst wäre es prompt schiefgegangen. Denn das überraschende Ausziehen der Toga erwies sich nur als Beginn. Ilonka zog ein paar Klammern aus dem Knoten, und ihr dunkles Haar geriet in den freien Fall. Ob eine Frau attraktiv ist, hängt doch zu fünfundachtzig Prozent von ihrer Frisur ab. Ich habe einmal geschrieben, wir Männer seien Opfer des Lockenstabs, und davon bin ich noch immer absolut überzeugt. Es ist schlicht die Frisur, die den Ausschlag gibt. Alles andere ist Nebensache.

Und das war noch immer nicht alles. Auch die strenge Brille nahm sie ab. Dann seufzte die Pastorin tief und nahm Platz. Sogar der Seufzer brachte meine Hormone durcheinander. Oder irrte ich mich etwa, hatte nicht der Striptease mich in Verwirrung gestürzt, sondern vielmehr etwas anderes? War ich, wie die drei Damen, tief getroffen? Aber wodurch denn? Woher kam es, dass es so aussah, als müssten wir alle gegen die Tränen ankämpfen?

»Was für ein schöner Gottesdienst«, sagte Anita mit feuchten Augen.

»Ja«, sagte die Presbyterin, »ich fand es selten so erbaulich. Vielen Dank, Ilonka.«

»Gern geschehen«, erwiderte Ilonka mit zitternder Stimme.

Wir starrten eine Weile schweigend vor uns hin, es schien, als hätten wir eine schwere Niederlage zu verarbeiten. Schließlich war ich derjenige, der die Stille brach. »Ich geh dann mal nach Hause, ich hab noch jede Menge zu tun, und es gibt keinen Tag, der besser geeignet wäre, viel Arbeit zu erledigen, als der Sonntag.«

»Ach, bleiben Sie doch noch einen Moment«, sagte die Pastorin.

»Wieso?«, fragte ich erstaunt.

»Es ist sehr unbefriedigend, Herr 't Hart, jetzt auseinanderzugehen. Außerdem möchte ich Sie etwas fragen. Kommt, lasst uns einen Kaffee trinken.«

»Sag doch bitte Maarten«, sagte ich.

»Einverstanden. Mein Name ist Ilonka.«

In dem schönen Raum hinter der Kirche, der den Namen

»Das Zenith« trägt, gibt es auch einen Küchenteil. Dahin zogen sich die Küsterin und die diensthabende Presbyterin zurück, um Kaffee zu machen, sodass ich plötzlich mit der atemberaubenden Pastorin allein war. Wie wundersam ist es doch, dass all die widerlich bebrillten, vornehmen, steifen, missbilligend schauenden, streng wirkenden, natürlich stets männlichen Pastoren aus meiner Jugendzeit fast überall durch Frauen jeden Alters ersetzt werden, die meist auch noch ziemlich sexy aussehen.

Italo Svevo schreibt, eine der ersten Wirkungen weiblicher Schönheit auf den Mann sei, dass er all seinen Geiz vergisst, und was das angeht, kann ich durchaus mitreden. Aber die erste Wirkung, die Frauen auf mich haben, ist der Verlust meines Sprachvermögens. In Gegenwart einer schönen Frau traue ich mich einfach nicht, etwas zu sagen, und so wartete ich ruhig ab, bis Ilonka das Wort ergriff. Und das tat sie: »Erklären Sie mir mal, wie es zusammenpasst, dass Sie in Ihren Büchern wie ein Wilder gegen den Glauben wüten, gleichzeitig aber im Gottesdienst Orgel spielen.«

»Ich spiele höchst selten bei einem Gottesdienst«, erwiderte ich, »dafür gibt es vier feste Organisten. Wohl aber spiele ich oft bei Hochzeits- und Trauerfeiern, denn dann herrscht meist Personalmangel. Alle vier festen Organisten haben einen Beruf und stehen tagsüber nur selten zu Verfügung. Ich spiele übrigens lieber bei einer Trauer- als bei einer Hochzeitsfeier.«

»Warum?«

»Bei Trauerfeiern kann man stimmungsvolle, traurige Musik spielen, und die geht mir besser von der Hand als fröhliche. Hinzu kommt, dass die Hochzeitspaare heute oft amerikanische Filme gesehen haben, und darin schreiten die Bräute zum Hochzeitsmarsch aus Wagners *Lohengrin* zum Altar, und das will man dann auch. Aber ich finde, das Stück ist nicht für die Orgel geeignet.«

»Wagner, ja, das ist ein Scheißkomponist.«

»Oh nein, das finde ich ganz und gar nicht, ich verehre Wagner ...«

»Ich dachte, Bach sei Ihr ...«

»Natürlich, Bach ist mein Gott, meine Religion, Bach liebe ich von ganzer Seele, von ganzem Herzen und mit all meinem Verstand, aber auch Wagner gehört für mich in die Reihe der Allergrößten: Bach, Mozart, Beethoven, Schubert, Haydn, Verdi, Wagner, Debussy.«

»Wir schweifen ab«, sagte Ilonka spitz, »Sie gehen der Frage aus dem Weg, wie die Tatsache, dass Sie in der Kirche Orgel spielen, dazu passt, dass Sie ... tja, wie soll ich es ausdrücken? Sind Sie Atheist? Agnostiker? Oder was sonst?«

»Mein Stiefvater nannte mich ›den schrecklichen Gottesleugner‹, und darum verbot er meiner Mutter jeden Kontakt zu mir. Also trafen wir uns heimlich: Ich nahm den Zug nach Steenwijk, mietete dort ein Fahrrad und fuhr durch die Wälder der Gesellschaft für Wohltätigkeit nach Norden, und sie kam mit dem Rad aus Diever, wo sie mit meinem Stiefvater wohnte, und fuhr Richtung Süden durch ebendiese Wälder, und dann trafen wir uns bei einer idyllischen Bank an einem Weiher. Erst nachdem mein Stiefvater dement geworden war, konnte ich einfach in Diever an der Tür klingeln. Er öffnete dann und sagte: ›Wie schön, dass Sie vorbeikommen, ich freu mich, treten Sie ein.‹«

Das leicht verärgerte Runzeln auf Ilonka de Priesters Stirn verschwand mit einem Mal, denn sie brach in schallendes Gelächter aus. Oh, oh, das ist gefährlich. Nichts spornt die wie Silberfischchen durch die Blutbahnen jagenden Hormone mehr an als das fröhliche Lachen einer Frau, deren Charme man nur schwer widerstehen kann. Ich muss hier weg, dachte ich, das endet in einer Katastrophe, was haben sie nur an sich, diese weiblichen Pastoren. Warum verliere ich immer wieder ausgerechnet an sie mein Herz? Mein Vater hat immer gesagt: Fang nie was mit der Tochter eines Pastors an. Unmöglich konnte er vorhersehen, dass Frauen irgendwann selbst Pastor werden konnten; ansonsten wäre seine Warnung noch dringender ausgefallen. Und das ist wahrscheinlich der Grund, warum ich so heftig auf weibliche Pastoren reagiere. Eine wohlgemeinte Warnung vergrößert die Sensibilität nur.

Ilonka fasste sich zum Glück wieder und sagte: »Verstehe, Gottesleugner, sagen Sie, sagst du, das sind deutliche Worte. Wie passt es zusammen, dass ein Gottesleugner den Gemeindegesang begleitet?«

»Meiner Meinung nach sind alle Organisten Gottesleugner. In der Walonischen Kirche in Leiden spielt Erik van Bruggen, und der beklagte sich vor einiger Zeit bei mir über den neuen Pastor. Der sei, wohlgemerkt, gläubig, sagte er wütend. Man muss nicht gläubig sein, um Orgel spielen zu können.«

»Es geht darum«, wandte Ilonka ein, »dass Sie zu etwas beitragen, das Sie verabscheuen. Das nenne ich Heuchelei.«

»Halt, halt, verabscheuen, aber nicht doch, ich verabscheue all die Taliban-Christen vom ultraorthodoxen Flügel, die noch an sprechende Esel und treibende Beile und an die Arche Noah glauben, und ich verabscheue aus tiefster Seele die römisch-katholische Kirche, die älteste und größte Verbrecherorganisation der Welt, trotz des neuen Papstes in seinen Gesundheitssandalen. Aber in der protestantischen Kirche hier ist alles sehr gutmütig geworden. Hier werden Menschenliebe, Hilfsbereitschaft, Toleranz gepredigt, und das alles mit einer sämigen Jesussoße darüber. Nun, wer könnte dagegen etwas haben? Und außerdem: Es geht nicht darum, ob es wahr ist, was hier gepredigt wird, sondern ob es Trost bietet, Geborgenheit schenkt, den Menschen Mut macht – und all das ist hier ganz offensichtlich der Fall. Es ist alles nur Illusion, aber wenn man daran glaubt, dann bringt es einem trotzdem etwas. Früher haben mein Vater und ich regelmäßig den Gottesdienst von Pastor Venema in der christlich-reformierten Kirche in Maassluis besucht. Venema ist später nach Zwijndrecht zu den orthodox-refomierten Gemeinden gegangen, weil ihm die christlich-reformierte Lehre nicht streng genug war. Diesen Venema habe ich, wie gesagt, als Kind oft gehört, und der beschrieb die Flammen der Hölle so plastisch, dass die Leute die Kirche mit Brandblasen verließen.«

Ilonka hatte sich nach ihrem ersten lauten Lachen ganz offensichtlich vorgenommen, derartige Zeichen der Belustigung zu unterlassen, brach aber dennoch erneut in Lachen aus, obwohl ich nur einen Witz aus *Das Pferd, das den Bussard jagte* recycelt hatte.

»Ich erinnere mich noch an eine Predigt van Pastor Venema über die Mutter von Ikabod auf ihrem Sterbebett. Die Mutter nannte ihren Sohn Ikabod, weil die Bundeslade geraubt wurde und die Ehre Israels dahin war, und laut Venema müssten wir alle fortan Ikabod heißen. Komm heutzutage noch mal jemandem mit einer Predigt über die Mutter von Ikabod. Ich wette, du hast noch nie über Ikabods Mutter gepredigt.«

»Nein, ich weiß nicht einmal, wo diese Geschichte steht.«

»1 Samuel 4«, sagte ich.

»Du denkst also, du kannst in der Kirche Orgel spielen, weil nicht nur die Lehre inzwischen weniger streng ist, sondern auch weil die Religion Trost spendet?«

»Ja, so könnte man es formulieren. Das Wort ›Hölle‹ habe ich hier noch nie von der Kanzel vernommen, ebenso wenig wie das Wort ›Satan‹ oder den Ausdruck ›ewige Verdammnis‹. Mein Vater würde sagen: Man predigt hier Schönwetter-Christentum, und die Pastoren sind leichter als Gänsedaunen. Nehmen wir zum Beispiel mal … Ich habe kürzlich *Was mach ich hier in Gottes Namen?* von Carel ter Linden gelesen.

Nichts als Liebe und Freundlichkeit. Gott ist nur noch ein Begriff, um Mitmenschlichkeit auszudrücken. Keine Spur mehr von calvinistischer Hartherzigkeit und Bösartigkeit.«

»Dieses Buch hat Ihnen also gefallen?«

»Eigentlich überhaupt nicht. Ter Linden sagt, Gott stehe in der Bibel immer auf der Seite der Kranken, nicht auf der Seite der Krankheit. Wie passt das zu Levitikus 21: ›Und der Herr redete mit Mose und sprach: Rede mit Aaron und sprich: Wenn an jemand deiner Nachkommen in euren Geschlechtern ein Fehl ist, der soll nicht herzutreten; dass er das Brot seines Gottes opfre. Denn keiner, an dem ein Fehl ist, soll herzutreten; er sei blind, lahm, mit einer seltsamen Nase, mit ungewöhnlichem Glied, oder der an einem Fuß oder einer Hand gebrechlich ist oder höckerig ist oder ein Fell auf dem Auge hat oder schielt oder den Grind oder Flechten hat oder der gebrochen ist.‹ Mannomann, das ist unglaublich, wenn man nur einen Fleck auf dem Auge hatte, wurde man ausgeschlossen.«

»Man muss diese Perikope natürlich im Kontext betrachten.«

»Natürlich, das ist immer die Ausrede. Wenn in der Bibel etwas steht, was den heutigen Gläubigen nicht gefällt, dann wird es immer durch geschickte Exegese fachmännisch wegmassiert. Aber wenn man damals aussätzig war, dann wurde man einfach ausgestoßen, dann war man weniger als ein Paria. Ach, warum auch nicht, was kümmert es mich, aber trotzdem bin ich wütend geworden, als ich ter Linden gelesen habe. Oh, welch große Weisheit steckt seiner Ansicht nach in den Geschichten des Alten Testaments! Ich würde mal gern wissen, welche Weisheit er in der Geschichte aus 2 Könige 2, Vers 23 bis 25 entdeckt.«

»Soll ich jetzt sagen, was da steht?«, fragte Ilonka schelmisch.

»Nur zu«, erwiderte ich.

»Zufällig weiß ich das – dort steht ... ah, da kommt der Kaffee.«

Was für ein bizarres Ritual ist doch das Kaffeetrinken. Erst Untertassen, dann Tassen darauf, dann der dampfende Kaffee und auf Wunsch Milch und Zucker. Und wer noch einen Keks dazu haben möchte ... was für eine schreckliche Angewohnheit. Tja, wir lausen einander nicht wie die Affen, also müssen wir, ob wir Durst haben oder nicht, Kaffee oder Tee schlürfen.

Nun denn, als alles auf dem Tisch stand, sagte Ilonka beiläufig zu mir: »Zwei Bären? Richtig?«

»Stimmt«, sagte ich.

»Wovon sprecht ihr da bloß?«, fragte die Küsterin.

»2 Könige 2«, sagte Ilonka. »Dort wird die Geschichte erzählt, dass der Prophet Elias als ›Kahlkopf‹ beschimpft wird. Daraufhin kommen zwei Bären aus dem Wald und zerreißen vierzig Kinder.«

»Zweiundvierzig«, sagte ich.

»Wenn ich hier wieder einmal einen Gottesdienst abhalte, werde ich darüber predigen«, sagte Ilonka.

»Dann hoffe ich, dass man mich bittet, die Orgel zu spielen. Wenn nicht, komm ich einfach so vorbei und höre zu.«

»Das merke ich mir.«

»Dass niemand gekommen ist«, sagte die diensthabende Presbyterin, »das kann ich einfach nicht fassen.«

»Es geht mit Riesenschritten abwärts«, seufzte die Küsterin, »man kann überall sehen, dass es weniger wird. Nicht mehr lange, und man kann alle Kirchen schließen.«

»Dass niemand gekommen ist«, wandte ich ein, »ist allerdings kein aktuelles Phänomen. Der großartige amerikanische Schriftsteller Theodore Dreiser, er lebte von 1871 bis 1954, hat bereits eine Geschichte über einen Gottesdienst geschrieben, zu dem kein Kirchenbesucher erschien.«

Der junge Amadeus

Auf der Straße sprach mich Pastor Kleinjan an.

»Eine Tragödie«, sagte er, »unsere Schwester Heuvelink liegt im Sterben, achtunddreißig Jahre alt, zwei kleine Töchter, Gebärmutterhalskrebs. Könnten Sie bei der Trauerfeier spielen?«

»Ja, natürlich«, sagte ich.

»Ein Freund der Familie will auch etwas für sie spielen. Auf der Trompete. Könnten Sie ihn dabei begleiten?«

»Eine Trompete? Bei einer Trauerfeier?«

»Er möchte gern, und die Familie hat nichts dagegen.«

»Was will er denn spielen?«

»Er hat mir ein Stück genannt, und ich dachte noch: Schreib es dir auf, sonst vergisst du es wieder. Wo hab ich nur den Zettel?«

Leider konnte Pastor Kleinjan seinen Zettel nicht finden. Offenbar hatte er vergessen, wo er ihn hingesteckt hatte. Das war bedauerlich, denn nun fragte ich mich die ganze Zeit: Welches Stück für Trompete könnte sich für eine Trauerfeier eignen? Die Trompete ist schließlich ein festliches Instrument. Bach ist ganz wild auf Trompeten und setzt sie jedes Mal ein, wenn gejubelt werden soll (Kantate 51) oder wenn gefeiert werden muss, dass der Himmel jubiliert und die Erde Geburtstag hat (Kantate 31). Bachs zweiter Schwiegervater war Trompetenspieler, und fast alle männlichen Mitglieder seiner Schwiegerfamilie spielten dieses Instrument. Möglicherweise hat dies dazu beigetragen, dass Bach eine Vorliebe für die Trompete hatte. Aber sobald bei Bach der Tod im Spiel ist, dann bleibt die Trompete, ungeachtet seiner Sympathie für das Instrument, unbenutzt.

Die Zeit verging, und ich hörte nichts weiter über den Zustand von Schwester Heuvelink. Also vergaß oder verdrängte ich die seltsame Bitte. Doch eines Abends klingelte das Telefon. Pastor Kleinjan.

»Schwester Heuvelink ist gestorben. Am Freitag ist das Begräbnis. Um halb zwei.«

»Ich werde dort sein«, erwiderte ich. »Haben die Hinterbliebenen noch irgendwelche Wünsche?«

»Ich glaube nicht, aber ich werde der Familie Ihre Nummer geben. Sie meldet sich dann bei Ihnen.«

Eine halbe Stunde später hatte ich den Ehemann am Apparat. Er hatte sich mannhaft vorgenommen, während unseres Gesprächs nicht die Fassung zu verlieren, aber das gelang ihm überhaupt nicht. Was er mir sagen wollte, konnte ich dennoch leicht den wenigen, jeweils schnell unterbrochenen Mitteilungen zwischen dem Schluchzen und Seufzen entnehmen. Er sagte, er wisse es sehr zu schätzen, dass ich bereit sei, bei der Trauerfeier zu spielen, und besondere Wünsche hinsichtlich der Musik gebe es von seiner Seite nicht. Er spreche dabei auch im Namen seiner Frau.

»Was Sie schön finden«, sagte er, »würde ihr bestimmt auch gefallen. Treffen Sie also eine Auswahl.«

»Ich habe gehört«, sagte ich, »es gibt einen Freund der Familie, der Trompete spielt und etwas zu Gehör bringen will.«

»Ja«, sagte der Witwer, »den hat Annegien beim Sport kennengelernt, der möchte gern etwas für sie spielen.«

»Und ich soll ihn dabei auf der Orgel begleiten?«

»Davon weiß ich nichts, aber ich kann Ihnen seine Nummer geben, dann können Sie sich mit ihm in Verbindung setzen.«

Ich wählte also die Nummer des Betreffenden.

»Verhoef«, sagte eine barsche Stimme.

Ich nannte meinen Namen und den Grund meines Anrufs.

»Ach«, sagte er, »die Gute ... ach, die Gute.«

Eine Weile vernahm ich nichts anderes als merkwürdige Schluchzgeräusche. Sonderbares Jammerklagen. Wenn ich es unvorbereitet gehört hätte, ohne den Urheber zu kennen, zum Beispiel im Radio, dann hätte ich gesagt, da trauert ein Hund um sein Herrchen.

Schließlich fasste der Hund sich mit einem Mal und bellte erstaunlich barsch: »Was wollen Sie eigentlich wissen?«

»Was Sie auf der Trompete spielen wollen.«

»Was geht Sie das an?«

»Ich soll Sie doch begleiten, oder?«

»So ist es geplant.«

»Dann muss ich doch wissen, was Sie zu spielen gedenken?«

»Wieso? Bei der Trauerfeier stelle ich Ihnen die Noten vor die Nase. Dann sehen Sie doch, was Sie spielen sollen.«

»Ich soll Sie also vom Blatt begleiten?«

»Können Sie das nicht?«

»Das hängt vom Schwierigkeitsgrad des Stücks ab. Aber auch wenn es nicht sehr schwierig ist, würde ich doch vorher gern üben.«

»Sind Sie ein solcher Stümper?«

»Gewiss, ich bin ein Stümper, aber ich weiß, dass selbst hervorragende Organisten sich in einem solchen Fall die Begleitung vorher gern ansehen wollen.«

»Davon habe ich noch nie gehört.«

»Das ist bedauerlich, aber vielleicht könnten Sie mir dennoch sagen, was Sie zu spielen beabsichtigen.«

»Liegt das nicht auf der Hand?«, meinte er.

»Möglicherweise«, erwiderte ich, »aber ich habe nicht die geringste Ahnung.«

»Ich fasse es nicht, wie soll das werden? Ich will und werde ›The Young Amadeus‹ spielen.«

»Was ist das?«

»Wissen Sie das nicht? Das kann doch nicht sein, dass Sie dieses Stück nicht kennen!«

»Ich kenne es vielleicht, aber nicht unter diesem Namen, von ›The Young Amadeus‹ habe ich noch nie gehört.«

»Ich glaub, mein Hamster bohnert. Und so was nennt sich Organist! Noch nie was von ›The Young Amadeus‹ gehört! Das kann nicht wahr sein. Schande, Schande, Schande!«

»Das will ich gern glauben, aber die Frage ist: Woher bekomme ich die Noten? Können Sie mir die besorgen?«

»Welche Noten?«

»Die der Begleitung, die ich spielen soll.«

»Die sollten Sie längst haben!«

»Wirklich? Wieso?«

»Das ist ein Welthit, jeder, der auch nur irgendwas mit Musik zu tun hat, besitzt die Noten und kann das Stück spielen.«

»Soweit ich weiß, habe ich die Noten nicht, aber das macht nichts, ich besorge sie mir. Wann proben wir?«

»Proben? Muss das sein?«

»Ich denke schon.«

»Wenn ich gewusst hätte, mit was für einem Versager ich es zu tun haben würde, dann hätte ich gesagt: Sucht euch jemand anders, der Trompete spielt. Aber wenn Sie proben wollen, dann proben wir, das lässt sich wohl nicht vermeiden, mit einem Pfuscher wie Ihnen. Ach, die Gute… die Gute… da stirbt man, und dann kommt das auch noch dazu, ein Organist, der noch nie etwas von ›The Young Amadeus‹ gehört hat und eigentlich im Zuchthaus sitzen müsste statt auf der Orgelbank.«

Ich gab ›The Young Amadeus‹ bei Google ein. Dutzende von Fundstellen, darunter, auf YouTube, zwei Aufführungen einer Blaskapelle. Ich klickte den Link zur ersten an. Ein Dirigent hob seinen Taktstock, schlug ein paarmal den Takt in die Luft, und dann legte der Fanfarenchor heiser, schief und falsch los. Voller Erstaunen lauschte ich der grotesken Vergewaltigung des langsamen Teils eines Stückes von Mozart. Weil es so fürchterlich falsch und schrecklich klang und ich wegen des Wortes »Young« natürlich an ein frühes Werk von Mozart dachte, dauerte es eine Weile, bis ich das Stück erkannte. Es war der langsame Teil aus dem Klarinettenkonzert KV 622. Mozart hat es im Oktober 1791 komponiert, also zwei Monate vor seinem Tod. Es ist also zumindest seltsam, von »The Young Amadeus« zu sprechen. Ich fand jedoch schnell heraus, dass »The Young Amadeus« die Bearbeitung eines gewissen Tom Parker ist, der auch andere Stücke arrangiert hat, alle unter demselben Titel: »The Young Mendelssohn«, »The Young Beethoven« und so weiter.

Wo bekam ich jetzt die Noten von Parkers Verhunzung her? Aus der öffentlichen Bibliothek in Den Haag? Dort gibt es eine fantastische Sammlung von Noten, »The Young Amadeus« war im Online-Katalog jedoch nicht zu finden. Aus dem Internet downloaden? Es gelang mir nicht, obwohl es durchaus denkbar ist, dass die Möglichkeit im Prinzip besteht, wenn man weiß, wie man es machen muss. Dann eben zu Broekmans & Van Poppel in Amsterdam? Bestimmt hatte man dort die entsprechenden Noten. Sie würden ganz zweifellos ein Vermögen kosten, und öfter als einmal würde ich sie wohl nicht benutzen. Aber was blieb mir anderes übrig?

Am Montag hatte ich erfahren, dass Schwester Heuvelink verstorben war, am Freitag sollte die Trauerfeier stattfinden. Viel Zeit blieb mir also nicht. Ich rief bei Broekmans & Van Poppel an. »The Young Amadeus« konnten sie mir beschaffen, und so nahm ich mir vor, am Mittwoch hinzufahren. Am Dienstagabend klingelte das Telefon.

»Hier Bastiaans. Ich bin der Trompetenlehrer von Rik Verhoef. Sie suchen die Begleitung von ›The Young Amadeus‹, wie ich höre. Die kann ich Ihnen leihen.«

»Fantastisch«, sagte ich. »Wohnen Sie in der Nähe? Kann ich die Noten jetzt gleich abholen?«

»Leiden, Merenwijk, Korenbloemafslag 52.«

»Ich komme vorbei«, sagte ich.

Das Leidener Stadtviertel Merenwijk ist eine bizarre Ansammlung von aufeinandergestapelten Wohnungen. Viele, die dort nach einer Adresse gesucht haben, sind nie wieder aufgetaucht. Wichtig ist, vorher den Stadtplan sehr genau zu studieren, und selbst dann verläuft man sich noch. Nun denn, nach langem unnötigem Herumsuchen gelangte ich zum Korenbloemafslag 52. Eine Frau öffnete die Tür einen Spaltbreit, überreichte mir schweigend die Noten und warf die Tür wieder zu.

Die Begleitstimme erwies sich als recht schwierig. Ich übte fleißig auf der wunderbaren Lohman-Orgel in der protestantischen Kirche. Aus einer Probe mit Verhoef wurde leider nichts. Der Trompetenspieler hatte nie Zeit oder tat so, als hätte er andere Termine. Offenbar fand er eine Probe überflüssig. Mir bereitete das Sorgen. Also rief ich ihn an und fragte, ob wir vielleicht kurz vor der Trauerfeier das Stück einmal durchspielen könnten.

»Wenn es sein muss«, sagte er hämisch.

Mühsam rang ich ihm die Zusage ab, bereits eine halbe Stunde vor der Trauerfeier in der Kirche zu sein. Und tatsächlich. Als ich mit dem Fahrrad bei der Kirche ankam, stiefelten zwei Männer den Kiesweg entlang, der zum Kircheneingang führt.

»Verhoef«, sagte der eine mürrisch.

»Bastiaans«, sagte der andere noch mürrischer, sofern das überhaupt möglich war.

»Ach, die Gute«, sagte Verhoef, »die Gute ...« Und wieder stieg ein Schluchzen aus seiner Kehle auf.

»Reiß dich zusammen«, sagte Bastiaans, »sonst wird das nichts mit ›The Young Amadeus‹.«

Wir stiegen die Treppe zur Orgelbühne hoch. Ich schloss das Instrument auf und spielte schon mal die Begleitstimme. Verhoef holte seine Trompete hervor, und währenddessen flüsterte Bastiaans mir zu: »Rik ist nicht sonderlich taktfest, ich zähle also mit, wenn ihr spielt. Nicht so laut, dass man es unten hören kann, aber so, dass Rik im Takt bleibt.«

Dass Rik nicht sonderlich taktfest sei, erwies sich, gelinde gesagt, als Untertreibung. Dennoch gelang es uns, »The Young Amadeus« ein paarmal recht ordentlich zu spielen, und das unter anderem deshalb, weil Rik sich zwar nicht um die Notenwerte scherte, aber dies immerhin mit System tat. Alles, was er aus dem Takt spielte, spielte er auf dieselbe Weise aus dem Takt, ungeachtet des Zählens von Bastiaans. Trotzdem sah ich der Aufführung während der Trauerfeier mit einem gewissen Schrecken entgegen, denn Rik wirkte auf mich recht labil.

Vor der Trauerfeier spielte ich die »Fantasie und Fuge a-Moll«, BWV 904. Sublime Trauermusik – das Präludium mit den ab- und aufsteigenden Sekunden ist wunderschön, und ab Takt 81 gibt es plötzlich große Intervalle, die das Stück gleichsam aufbrechen, bis Takt 100, wo Bach wieder zum Anfang zurückkehrt. Und dann die Doppelfuge, die ist erhaben und feierlich und ab Takt 37 mit einem chromatisch absteigenden zweiten Fugenthema versehen, das für schmerzliche Momente sorgt.

Während der letzten Takte der Fuge wurde der Sarg in die voll besetzte Kirche getragen, in der im Übrigen fast nur Frauen saßen. Alles verlief so, wie bei Trauerfeiern üblich, bis zu dem Augenblick, als die jüngere Tochter der Verstorbenen ans Pult schlich, das vorn in der Kirche aufgestellt worden war. Das Mädchen war etwa zehn Jahre alt und trug ein pastellblaues Kleid. Es trat ans Pult, faltete umständlich ein Blatt Papier auseinander, drehte es anschließend um, legte es hin und strich es ein paarmal glatt. Dann schaute das Mädchen in die Kirche und sagte: »Mama.«

Der Zettel rutschte vom Pult. Die Kleine versuchte noch, ihn zu fassen, aber das gelang ihr schon nicht mehr, denn aus ihrem bebenden Körper stieg ein so tieftrauriges, leises Schluchzen auf, dass mir sofort ganz anders wurde. Und ich war nicht der Einzige, denn all die Frauen, die unten saßen, fingen ebenfalls an, leise zu schluchzen.

Das Mädchen unternahm einen erneuten Versuch, und wieder kam es nicht weiter als bis zu dem Wort »Mama«, und wieder ertönten die todtraurigen Schluchzgeräusche. Gerade weil das Mädchen so unglaublich bemitleidenswert klang, so furchtsam, so vorsichtig, berührte es alle Anwesenden in tiefster Seele. Verhoef, der gleich hinter mir saß, weinte lauthals mit. Allmählich schwoll das Klagen in der Kirche zu einem Crescendo an, in dem allerlei seltsame Jammertöne vernehmbar waren: lautes Aufheulen, heftiges Weinen, Röchel- und Niesgeräusche. Es war deutlich weniger subtil, und so kam es, dass meine Tränen vorübergehend versiegten.

Die kleine Tochter machte noch einen letzten Versuch, kam erneut nicht weiter als »Mama« und schlug die Hände vors Gesicht. Und wieder das erbarmenswerte, durch und durch traurige, aber auch sehr verhaltene Schluchzen. Abermals schossen auch mir die Tränen in die Augen, ich schaute mich um und starrte in das Gesicht des Trompetenlehrers Bastiaans, der ungerührt vor sich hin schaute und mir einen Blick zuwarf, aus dem tiefe Verachtung sprach.

Schließlich erhob sich der Witwer, ging zu seiner Tochter, nahm ihre Hand und führte sie zu ihrem Platz. Währenddessen schluchzten die Kirchenbesucher weiter, nicht zuletzt weil auch das Mädchen immer noch tonlos weinte. Es gibt die streitende Kirche, dachte ich, und es gibt die triumphierende Kirche, aber dies hier ist die weinende Kirche. Pastor Kleinjan gab mir ein Zeichen. Verabredet war, dass wir nach der Rede des Mädchens drei Strophen des Lieds »Sicher in Jesu Armen« singen wollten, und offenbar ging Kleinjan davon aus, dass die Ansprache nun zu Ende sei. Mir schien ein langes Vorspiel angebracht, währenddessen die Tränenflut ein wenig eingedämmt werden könnte, sodass die Trauergemeinde auch mitsingen würde. Also improvisierte ich mit Rohr- und Hohlflöte auf dem oberen Manual ein langes Adagietto. Doch als ich nach dem Adagietto das Kirchenlied anstimmen wollte, erklang in der kurzen Pause zwischen dem Schlussakkord meiner Improvisation und der ersten Note von »Sicher in Jesu Armen« wieder die furchtsame Stimme und sagte »Mama«, und wieder war das erbarmenswerte leise Schluchzen zu hören. Zurück konnte ich nicht mehr, und so spielte ich solo – denn wirklich niemand in der vollen, schluchzenden Kirche sang mit – »Sicher in Jesu Armen«.

Für die zweite Strophe zog ich das Register Dulzian auf dem oberen Manual und den Achtfuß im Hauptwerk auf dem unteren, und ich spielte die Melodie mit laut klingender Stimme auf dem oberen und die Begleitung auf dem unteren Manual. Auch jetzt sang niemand mit, ebenso wenig wie bei der dritten Strophe. Es war eine seltsame Erfahrung – man begleitet den Gemeindegesang, aber aus der Kirche erklingt nur Schluchzen und Klagen, mehr Schluchzen und Klagen, als man jemals zuvor gehört hat, und man sieht, wenn man kurz einen Blick nach unten wirft, eine so überwältigende Menge weißer Taschentücher, dass man sich erstaunt fragt: Wo sind denn die auf einmal alle hergekommen? Wurden die zusammen mit dem Programm am Eingang verteilt?

Nach den drei Strophen von »Sicher in Jesu Armen« ergriff

Pastor Kleinjan wieder das Wort und betete. Mit wachsender Bewunderung lauschte ich seiner Rede an den Allmächtigen.

»Gott, wir verstehen das nicht. Dies war eine junge Mutter in der Blüte ihres Lebens, achtunddreißig Jahre alt. Eine Seele von einem Menschen. Auf Händen getragen von ihrem Mann und ihren beiden Töchtern. Sie lässt einen tieftraurigen Mann und zwei kleine Kinder zurück. Warum hast du sie von uns genommen? Dafür gab es doch gar keinen Grund? Niemandem auf der Welt, gleich wo, ist mit ihrem Hinscheiden gedient. Man sagt, deine Wege seien unergründlich, aber das hier ist nicht nur unergründlich, es ist unbegreiflich, unfassbar und im Kern, selbst wenn ich zögere, es auszusprechen, überaus ungerecht. Unser Verstand kommt nicht mit, unser Herz blutet, unsere Seelen sind von tiefem, tiefem Schmerz erfüllt. Amen.«

Während dieses erstaunlichen Gebets unterhielten sich hinter mir Verhoef und Bastiaans flüsternd.

»Ich kann nicht spielen, ich kann es nicht, mein Kopf ist zum Bersten voll mit Rotz und Tränen, mir fehlt die Luft.«

»Ausreden, Ausflüchte, stell dich nicht an. Du spielst.«

»Ich kann nicht, ich bin fix und fertig, ach, die Gute ... die Gute.«

»Nimm die Trompete, jammere nicht, spiele.«

»Ich kann nicht.«

»Arschloch.«

Der Trompeter ermannte sich, nahm sein Instrument und stellte sich an die Balustrade der Orgelbühne. Nach dem Amen des Pastors stimmte ich die Begleitung an. Die Trompete setzte im richtigen Moment ein, und das war schon nicht wenig, aber die klagenden, schmerzlichen Töne, die aus der Trompete kamen, hatten nichts mit den von Mozart vorgegebenen Noten zu tun. Was ich hörte, erinnerte unweigerlich an die äußerst schmerzlichen Seufzer, die hin und wieder nachts aus den Wiesen aufsteigen und die, wie sich herausstellt, wenn ich am nächsten Morgen bei Bauer Bertus nachfrage, jedes Mal von einer Kuh gestammt haben, die soeben zum Schlachter gebracht worden ist. Wie es sein kann, dass ein Tier weiß, was ihm bevorsteht, ist ein Rätsel, aber es weiß Bescheid, und auf dieses Wissen reagiert es mit Wehklagen.

Ein solches Wehklagen kam auch aus der Trompete. Irgendeinen Zusammenhang mit der von mir gespielten Begleitstimme gab es nicht, aber ich wusste auf die Schnelle nicht, wie ich mich an Verhoefs Solo hätte anpassen können. Ich war auch verwirrt, und daher spielte ich einfach die vorgeschriebenen Noten, und, ach, es spielte sowieso keine Rolle, denn was wir spielten wurde von dem Schluchzen übertönt, das in allen Tonarten aus dem Kirchenschiff aufstieg.

Nach dem ersten Teil von »The Young Amadeus«, der mit einem doppelten Strich endet, zischte ich dem Trompeter grimmig zu: »Wiederholen.«

Ich wiederholte also den ersten Teil, und Verhoef blies seine schmerzlichen Antiphone quer hindurch, vollkommen losgelöst von Mozarts Noten. Ach, wir sind heute an die merkwürdigsten atonalen Kompositionen gewöhnt und auch an die kristallklaren kitschigen Töne von Arvo Pärt – so seltsam klang unsere Musik also gar nicht. Und nach der Wiederholung hatte Verhoef sich so weit gefasst, dass es ihm gelang, das, was auf dem Papier stand, mehr oder weniger ordentlich zu reproduzieren.

Nach der Trauerfeier gab es niemanden, der sich über die erstaunliche Aufführung von »The Young Amadeus« beschwerte oder auch nur von ihr sprach. Als ich aus der Kirche kam, schnappte ich auf dem Kiesweg nur folgenden Dialog auf:

»Ich konnte die Tränen nicht unterdrücken, wirklich, ich konnte sie einfach nicht unterdrücken.«

»Ich auch nicht. Und wenn ich dran denke, fange ich sofort wieder an zu heulen.«

»Ich auch.«

»Aber irgendwie muss es weitergehen.«

»Ja, aber wie?«

»Einfach tun, was man zu tun hat, Hauptsache, die Hände sind beschäftigt.«

»Aber es wird bestimmt eine Weile dauern, bis meine Hände zu irgendeiner Beschäftigung wieder in der Lage sind.«

»Musst du nicht vielleicht irgendwas waschen? Mit Wäschewaschen, mit einer Handwäsche, hole ich mich immer selbst aus dem tiefsten Loch heraus. Kann ich nur empfehlen. Mir hilft es immer. Nimm einen schönen Wollpullover, den man nicht in die Waschmaschine tun darf. Fülle eine Schüssel mit lauwarmem Wasser. Pass auf, dass es nicht zu warm ist. Wenn doch, gib etwas kaltes Wasser dazu. Und dann musst du den Pullover mit dem teuersten Shampoo waschen, das du im Haus hast – dann bekommst du wunderbaren, üppigen Schaum, und in den steckst du deine Hände, sodass sie nicht mehr zu sehen sind. Zwei Fliegen mit einer Klappe. Der Pullover wieder herrlich sauber, wieder wie neu, und prächtiger Schaum, jede Menge Schaum. So viel Schaum, dass du beinahe selbst darin verschwinden kannst. Wirklich, dabei kommst du wieder ein wenig zu dir selbst.«

Das klang so vielversprechend, dass ich später am Tag eine Schüssel mit warmem Wasser füllte und darin einen Wollpullover wusch. Während ich das tat, klingelte das Telefon. Eilig trocknete ich meine Hände und nahm den Hörer ab. Ich nannte meinen Namen.

»Hier Pastor Kleinjan«, ertönte es am anderen Ende der Leitung. »Ich will mich nur kurz für ihren Beitrag zur Trauerfeier heute Nachmittag bedanken und sagen, dass ich das Stück mit der Trompete ganz wundervoll fand. Vor allem den Anfang, mit all den schiebenden, scheuernden, schwebenden, schwankenden Dissonanten. Danach wurde es leider ein wenig konventioneller, aber die ersten paar Minuten – die klangen herrlich. Nie zuvor habe ich etwas Vergleichbares gehört. Was für ein Stück war das?«

»Es heißt ›The Young Amadeus‹ und ist eine Bearbeitung des langsamen Teils aus dem Klarinettenkonzert von Mozart.«

»Wirklich? Es hörte sich an, als spielte die Trompete in einem ganz anderen Takt als die Orgel. Das gibt es bei Mozart doch nicht?«

»Im Oboenkonzert, KV 370, spielen die Oboe und die begleitenden Streicher auch eine Weile in unterschiedlichen Takten, die Oboe im Viervierteltakt, die Streicher im Sechsachteltakt, also zwei verschiedene Takte zur gleichen Zeit. Das gibt es bei Mozart.«

»Mannomann, Mozart, darauf wäre ich nicht gekommen, tja, ein fantastischer Komponist, vielleicht der allergrößte. Oder finden Sie Bach besser?«

»Ich weiß es nicht. Vor ein paar Jahrzehnten habe ich mich gefragt, wer von den beiden der Größere ist, und dann kam mir der Gedanke: Ich zähle mal, wie viele Schallplatten ich von jedem habe. Derjenige, von dem ich die meisten besitze, muss dann doch für mich der Größte sein. Es stellte sich heraus, dass ich hundertzwanzig Platten von Mozart und ebenso viele von Bach besaß, sodass die Frage weiterhin offenblieb. Übrigens möchte ich meinerseits ein Lob für Ihr Schlussgebet aussprechen.«

»Ich fand, das musste endlich einmal gesagt werden. Wir nehmen immer klaglos hin, was uns widerfährt. Nie äußern wir ein Wort des Protestes, schon seit Jahrhunderten nicht. Damit musste mal Schluss sein. Gott denkt, für ihn würden keine Regeln gelten, er könne sich einfach alles erlauben, dass es nichts gibt, wofür er eine Standpauke verdient. So eine wunderbare Frau, und die reißt er einfach so aus unserer Gemeinde. Das ist sinnlos, das schreit zum Himmel.«

Der Hauptpreis

Wir schrieben das Jahr des berühmten Buchs von Orwell. Ich hatte das Buchwochengeschenk schreiben dürfen und hielt in der Buchhandlung Kooyker in Leiden eine Signierstunde ab. Als es einen Moment lang ruhig an meinem Tisch war, trat eine ältere Dame an mich heran. Sie sagte: »Ich finde es wirklich toll, dass Sie das Buchwochengeschenk schreiben durften, Herr Biesheuvel. Würden Sie ein Exemplar für mich signieren?«

Jahre zuvor, als ich in der Buchhandlung Van der Galie in Utrecht signiert hatte, war es mir auch schon einmal passiert, dass mich eine wahnsinnig nette junge Frau ansprach und vorschlug, nach der Veranstaltung noch etwas trinken zu gehen. Als wir in der Gaststätte waren, stellte sich heraus, dass sie mich für meinen Schriftstellerkollegen Maarten Biesheuvel hielt, und als ich sie aus ihren Träumen holte, war sie nicht nur sehr enttäuscht, sondern verließ auf der Stelle das Lokal. Der älteren Dame bei Kooyker wollte ich ein so niederschmetterndes Erlebnis ersparen. Ich hatte oft genug bei Signierstunden neben meinem Freund Bies gesessen, weshalb ich seine Unterschrift sehr genau kannte. Ich machte daher sein schwungvolles Autogramm in mein Buch *Der Ortolan*: *J. M. A. Biesheuvel*, und darunter eine kleine Zeichnung von einem Kooikerhündchen. Höchst zufrieden verließ die ältere Dame den Laden mit meinem Buch.

Man könnte nun meinen, so etwas wäre vor zweiundzwanzig Jahren noch möglich gewesen, aber heute natürlich nicht mehr. Am 16. Dezember 2016, einem Samstag, fuhr ich um halb sieben nach Leiden zum Markt. Je früher man ankommt, umso weniger ist dort los, und man kann in aller Ruhe seine Einkäufe erledigen. Man muss nirgendwo warten.

Am Gemüsestand, wo ich immer Spinat kaufe, rief der Verkäufer mir laut entgegen: »Herzlichen Glückwunsch, Maarten, ich habe es gestern Abend in den Spätnachrichten gehört, du hast einen wichtigen Preis bekommen.« Er ergriff meine Hand, schüttelte sie lange und rief mit schallender Verkäuferstimme: »Maarten hat den Hauptpreis gewonnen.« Aus den umliegenden Marktständen kamen diverse neugierige Händler herbei und gratulierten mir der Reihe nach.

Was soll ich tun, fragte ich mich verzweifelt, das geht doch nicht? Während ich eine Hand nach der anderen schüttelte, dachte ich über eine Formulierung nach, mit der ich die von ihrem Kollegen auf einen Holzweg Geschickten rasch, aber ohne sie gleichzeitig zu desillusionieren, aus ihren Träumen holen und ihnen erklären konnte, dass der angebliche Hauptpreis nichts mit dem niederländischen Wort für »Haupt« *(hoofd)* zu tun hatte, sondern nach dem Renaissance-Dichter P. C. Hooft benannt war.

»Wobei hat Maarten den Hauptpreis gewonnen?«, fragte der Käsehändler. »Im Lotto?«

»Nein, nicht im Lotto«, sagte Jan vom Fischstand.

»Glücksspirale vielleicht?«

»Nein, irgendwas aus der Welt der Bücher, aber die Einzelheiten habe ich nicht mitbekommen. Ich habe mir nur merken können, dass es kein kleiner Preis ist, sondern der Hauptpreis.«

»So, so, Maarten«, fragte der Geflügelhändler, »wie viel ist es denn?«

»Sechzigtausend«, erwiderte ich.

Alle schwiegen. Vollkommen verdutzt sahen die Marktleute mich eine Weile an, dann sagte der Geflügelhändler ernüchtert: »Sechzigtausend Euro, und das soll der Hauptpreis sein? Oh Mann, beim Lotto wäre das nicht mehr als ein Trinkgeld, und bei all den Rateshows im Fernsehen gehen die Gewinner oft mit dem zehnfachen Betrag nach Hause.«

»Was ist denn hier los?«, fragte die blonde Frau, die mit dem Kaffeewagen kam.

»Maarten hat einen Hauptpreis gewonnen. Das hast du gestern Abend doch bestimmt auch in den Nachrichten gesehen?«

Die junge Frau sah mich scharf an. »Möchte jemand Kaffee haben?«, fragte sie dann. Als alle Ja riefen und mein Spinatverkäufer ihr daraufhin erfreut verkündete, dass ich die Runde bezahlen würde, weil ich ja schließlich den Hauptpreis gewonnen hätte, sah sie mich, während sie die weißen Plastikbecher füllte, erneut ganz genau an und sagte dann: »Aber das ist gar nicht der Mann, der gestern im Fernsehen gezeigt wurde, der Mann mit dem Preis.«

Ein Funkeln erschien in den Augen des Spinatverkäufers.

»Du weißt das vielleicht nicht«, sagte er zu der Kaffeefrau, »aber Maarten macht es hin und wieder Freude, sich zu verkleiden.«

»Der Mann gestern«, brummte die junge Frau entrüstet, »hatte so eine komische, altmodische Brille auf und wirre dunkle Haare.«

»Ja, das ist auch eine seiner vielen Verkleidungen«, sagte der Spinatverkäufer schelmisch. »Vor Jahren lief er gelegentlich als elegante Dame herum, aber das macht er heute nicht mehr.«

Während ich den Kaffee bezahlte, dachte ich: Was kümmert's mich? Ich lasse sie einfach in ihrem Wahn. Wenn ich früher, bei uns zu Hause, Geburtstag hatte und meine Schwester bedröppelt herumlief, sagte mein Vater immer zu ihr: »Du hast auch ein bisschen Geburtstag.« Das besserte ihre Laune sofort. Nun, entsprechend gilt für mich: Da

Maarten Biesheuvel den P. C.-Hooft-Preis bekommen hat, habe auch ich ein bisschen Geburtstag. Wobei hinzukommt, dass ich niemandem dem Preis mehr gönne als meinem Namensvetter. Und auch wenn es um eine Summe geht, von der man zu Recht sagen kann, sie ist ein Taschengeld im Vergleich zu dem, was man im Lotto oder bei ähnlichen Veranstaltungen einheimsen kann, so ist sie doch für die Biesheuvels, die von ihrer kleinen gesetzlichen Rente leben müssen – denn eine private Rentenversicherung haben sie nicht –, ein wahrhaftes Gottesgeschenk. Jetzt kann er sich ab und zu ein bisschen mit einer Flasche Calvados und einer Schachtel Hajenius-Zigarren verwöhnen. Gleichzeitig hoffe ich, dass mir dieser Preis nicht verliehen wird, denn eine kostspielige Runde Kaffee ist schon mehr als genug.

Die Ladentür

Einmal kam ich aus der öffentlichen Bibliothek, und da sah ich, wie ein junger Mann dabei war, das Bügelschloss an meinem Fahrrad aufzubrechen. Ich ging zu ihm hin und sagte: »Ich habe einen Schlüssel für dieses Schloss, damit kriegt man es schneller auf als mit einem Bolzenschneider.« Der junge Mann sah hoch, ich schwenkte den kleinen Schlüssel vor seinen Augen hin und her, und dann machte der Bursche sich aus dem Staub.

An diesen Vorfall musste ich denken, als ich wieder beobachten durfte, wie jemand versuchte, ein Schloss aufzubrechen. Eines Morgens war ich um halb fünf auf der Vollersgracht in Leiden angekommen. Dort hatte meine Frau Hanneke eine Zeit lang ein Atelier gemietet, wo ich, ehe ich zum Schwimmbad fuhr, einen sanitären Stopp einlegen und mich auf der Schlafcouch von der Radfahrt erholen konnte. Während ich friedlich dalag, hörte ich Radio 4. Nachts ist Radio 4 fantastisch. Kein Geschwätz, keine Idioten, die sehr kurze Geschichten vorlesen, sondern ausschließlich Musik. Es lief die zweite Symphonie von Franz Schmidt. Das ist ein Wunderwerk. Ich folgte also inniglich vergnügt den musikalischen Gedankengängen dieses phänomenalen Komponisten. Dann hörte ich jedoch Schritte auf der Vollersgracht. Am Klang der Schritte kann man meist schon hören, ob es sich um einen Mann oder eine Frau handelt. Das waren liebreizend klingende hohe Absätze. Es ist seltsam, aber wenn man so flinke Absätze hört, dann regt sich das Verlangen. Ich richtete mich also von meinem Ruhelager auf, erhob mich, schlich zum Fenster und sah hinaus. Sehr bald erschien die Verursacherin des Geräuschs in meinem Blickfeld. Es handelte sich um eine gut aussehende, recht große Frau, die ihr überaus dunkles Haar hochgesteckt hatte. Sie trug eine schöne Jacke, eine enge, schwarz glänzende Hose und dazu zierliche rote Stiefeletten. Mich bemerkte sie zum Glück nicht, wohingegen ich sie dank der hell leuchtenden Straßenlaternen sehr gut sehen konnte.

Sie schaute sich um. Es war noch sehr früh, die Vollersgracht war menschenleer. Unvermittelt blieb sie bei einem dort geparkten, vermutlich sauteueren Audi stehen. Aus ihrer Tasche holte sie allerlei Werkzeuge hervor: kleine Zangen, Steckschlüssel, Schraubenzieher. Damit machte sie sich an der rechten Vordertür des Audis zu schaffen. Das Ganze sah sehr professionell aus.

Die will den Audi aufbrechen und fährt dann damit weg, dachte ich. Es war nicht mein Audi, aber ich habe eine Schwäche für diese Marke, weil ich, als ich damals versuchte, den Führerschein zu machen, beschlossen hatte, mir einen Audi zu kaufen, sobald ich im Besitz einer gültigen Fahrerlaubnis wäre. (Keinen neuen übrigens, sondern einen gebrauchten.) Es ging mir also zu Herzen, dass diese im Straßenlampenlicht so wunderbar dunkel glänzende Frau einen Audi stehlen wollte.

Was tun? Ich dachte nicht darüber nach, sondern handelte impulsiv. Ich ging zur Haustür, öffnete sie, trat auf die Vollersgracht und fragte das konzentriert arbeitende Fräulein so freundlich wie möglich: »Kann ich Ihnen irgendwie helfen?«

Sie wirkte nicht erschrocken. Sie sah mich kurz an, schüttelte den hübschen Kopf, warf all ihre Werkzeuge in die Tasche und rannte davon. Unglaublich, wie schnell sich die Frau in ihren roten Stiefeletten mit den doch recht hohen Absätzen aus dem Staub machen konnte. In Nullkommanichts war sie von der Vollersgracht verschwunden. Eine kleine Zange, die neben ihrer Tasche gelandet war anstatt darin, glänzte auf dem Pflaster. Die kann ich gut gebrauchen, dachte ich, und hob sie auf.

Drinnen ließ ich mich wieder auf die Couch nieder und lauschte der Zweiten von Schmidt. Sicher, die Vierte (und letzte) ist noch großartiger, und auch die Dritte ist fantastisch, ja, selbst die Erste ist wunderbar, aber die Zweite – was für ein Schwung, was für ein Elan, was für ein Erfindungsreichtum. Das ganze Stück scheint dem fis-Moll-Präludium aus dem zweiten Teil von *Das wohltemperierte Klavier* entsprungen zu sein, und man könnte meinen, Schmidt habe sagen wollen: So hätte Bach komponiert, wenn er im zwanzigsten Jahrhundert gelebt hätte. Als die Symphonie zu Ende war, meinte ich, die Absätze wieder klappern zu hören. Offenbar hatte mich das Geräusch doch in Wallung gebracht. Daher beschloss ich, einen beruhigenden Spaziergang zu machen.

Ich ging die Vollersgracht entlang, bog in die Van der Werfstraat ein und schlenderte in Richtung der Lange Mare. Dort hat der Schriftsteller Rudy Kousbroek gewohnt, und es sah ganz so aus, als machte ich eine kleine Wallfahrt. Ach, Rudy, wie gern hätte ich mich wieder einmal mit ihm unterhalten und gehört, wie er mich ausschimpft. Es war nicht ohne, was er manchmal zu mir sagte. »Charakterloses Individuum«, hat er mich einmal genannt und dann hinzugefügt (wir aßen gerade zusammen zu Mittag): »Hier, tu dir noch so eine leckere getrocknete Tomate aufs Brot und auch noch eine extra Scheibe Ziegenkäse.«

An der Stelle, wo sich die Van der Werfstraat zu einer Gasse verengt, hinter dem Warenhaus HEMA, kam von der Olieslagerspoort ein junger Mann auf mich zu. Er trug eine lange graue Jacke mit so einer schönen Kapuze, mit der man den Kopf fast vollständig den Blicken entziehen kann.

»Entschuldigung«, sagte er ebenso höflich wie bedächtig, »würden Sie mir bitte Ihr Portemonnaie aushändigen?«

Weil ich, von Natur aus ein unglaublicher Angsthase, immer fürchte, im Schwimmbad bestohlen zu werden, habe ich am frühen Morgen auf dem Weg dorthin, mit dem Zwischenaufenthalt in der Vollersgracht, stets nur eine uralte Börse bei mir, in der sich eine Fünfzig-Eurocent-Münze befindet. Die brauche ich nämlich, um im Schwimmbad eines der Schränkchen benutzen zu können, in das man die Dinge tut, von denen man nicht will, dass sie entwendet werden. Man steckt die Münze in einen Schlitz, packt seine Sachen in den Schrank, dreht den Schlüssel um, sodass der Schrank verschlossen ist, und schnallt sich das Band mit dem Schlüssel ums Handgelenk. Nach dem Schwimmen bekommt man, wenn man den Schrank wieder aufschließt, die Münze zurück.

Ich überreichte dem jungen Mann mein uraltes Portemonnaie. Er öffnete es, schaute hinein und erkundigte sich dann freundlich: »Ist das alles, was Sie bei sich haben?«

»Ja.«

»Sind Sie sicher?«

»Ja.«

Der junge Mann sah mich erstaunt an. Offenbar konnte er kaum glauben, dass jemand mit nur fünfzig Cent in der Tasche unterwegs war.

»Durchsuchen Sie mich«, sagte ich, »dann werden Sie feststellen, dass ich ansonsten nichts bei mir habe.«

Um ihm die Sache zu erleichtern, drehte ich schon mal die Hosen- und Jackentaschen auf links.

Der junge Mann untersuchte das alte Portemonnaie noch einmal mit bewunderungswürdiger Sorgfalt. Alle Fächer wurden der Reihe nach geöffnet und gründlich inspiziert. Während er damit beschäftigt war, kamen aus dem Jan Vossensteeg drei Burschen auf uns zu, die genauso gekleidet waren wie der junge Mann, der mich angesprochen hatte. Plötzlich standen sie fein säuberlich um mich herum. Ich konnte nirgendwo mehr hin. Merkwürdigerweise hatte ich keine Angst, ich war nicht beeindruckt und auch nicht beunruhigt. Mir kam ein Gedicht von Emily Dickinson in den Sinn: »*While I was fearing it, it came, / but came with less of fear, / because of fearing it so long, / had almost made it dear.*« Ich konnte eigentlich kaum glauben, dass diese vier Herren darauf aus waren, mich zu berauben. Nie zuvor war mir das widerfahren, und wenn ich mir vorgestellt hatte, dass es passierte, dann waren dabei immer Messer und Pistolen beteiligt und Sätze wie: Geld oder Leben. Aber der junge Mann, der mein Portemonnaie verlangt hatte, war überaus freundlich und zuvorkommend gewesen. Das waren doch keine Straßenräuber, oder? Ein Straßenräuber, der bedrohte einen doch immer?

Der junge Mann, der noch meine Börse in der Hand hielt, überreichte das Kleinod den anderen dreien.

»Das ist alles, was er bei sich hat.«

Der zweite junge Mann untersuchte das Portemonnaie ebenso aufmerksam wie der erste, er inspizierte sorgfältig alle Fächer und überreichte es dann dem dritten. Auch der nahm meine verschlissene Börse genau unter die Lupe, und dasselbe tat auch der vierte. Dieser gab sie schließlich dem ursprünglichen Räuber zurück.

»Tja, schade«, sagte er und gab mir mein Portemonnaie zurück.

Ich dachte, dass damit meine Heimsuchung – wenn man das Ganze denn als eine solche bezeichnen konnte – ein Ende gefunden hätte. Das war aber nicht der Fall. Recht systematisch und alles andere als grob wurden meine Hose und meine Jacke abgetastet. Überall waren Hände, und die Hände untersuchten behutsam meine Taschen. Eine Durchsuchung konnte man das nicht nennen. Ach, die war auch nicht nötig, sie fanden, mich diskret abklopfend, sehr schnell heraus, dass ich kein anderes Portemonnaie oder etwas Vergleichbares bei mir trug.

»Sie haben auch nicht irgendwo eine Bankkarte, sodass Sie für uns Geld aus einem der Automaten in der Harlemmerstraat holen könnten?«, fragte mein erster Bedränger überaus freundlich.

»Nein«, erwiderte ich. »Ich war eigentlich auf dem Weg zum Schwimmbad und habe darum alles, was eventuell gestohlen werden könnte, zu Hause gelassen.«

»Zu Hause? Wo ist zu Hause? Können wir dort kurz hingehen?«

»Zu Hause ist in Warmond.«

»Wo liegt das?«

»Sechs Kilometer von hier, nördlich von Leiden.«

Die Turmuhr der Marekerk schlug halb sechs. Nicht die Zeit, zu der man an der Olieslagerspoort Passanten erwarten kann. Auf der Lange Mare wehte der Wind einen leeren Kaffeebecher übers Pflaster. Das Geräusch hatte mit einem Mal etwas Beängstigendes, etwas Bedrohliches auch.

»Was machen wir?«, fragte der erste junge Mann.

Alle schwiegen. Offenbar dachte man nach. Ich erinnerte mich an die wenigen Male in meinem Leben, die ich, von meinem Vater angespornt, der es nicht gut fand, wenn ich den ganzen Tag las, angeln gewesen war. Wenn ich dann einen Güster oder eine Schleie aus dem Wasser gezogen hatte, dann wusste ich eigentlich nicht recht, was ich mit meinem Fang machen sollte, aber zurückwerfen – dazu konnte ich mich, stolz, wie ich auf meine Beute war, auch nicht durchringen. Also landeten die Fische in einem Eimer mit Wasser, um am Ende des Nachmittags doch noch halb tot zurückgeworfen zu werden. Diese vier Burschen hatten mich gefangen und konnten sich auch nicht dazu überwinden, ihren Fang einfach wieder zurückzuwerfen. Aber was sollten sie jetzt mit mir anfangen?

Das Geräusch des auf der Lange Mare dahinrollenden Kaffeebechers wurde immer leiser. Aus der Ferne war das zweitonige Horn eines Rettungswagens zu hören. Eine junge Mantelmöwe kam in die Gasse gelaufen, bemerkte uns und kehrte sofort wieder um.

Ohne dass ein Wort gesagt oder ein Zeichen gegeben worden wäre, setzten sich die vier Burschen in Bewegung. Weil ich mich in ihrer Mitte befand, musste ich wohl oder übel mitgehen. Wir gingen die Van der Werfstraat entlang und kamen auf die in Dunkelheit gehüllte Lange Mare. Warum brannten hier keine Straßenlampen? An der Coelikerk vorbei marschierten wir zur Harlemmerstraat. Die badete zum Glück im Licht der diversen hell erleuchteten Schaufenster. Auch die Straßenlampen, die dort mitten über der Straße an Stahlseilen hingen, warfen ihr orangefarbenes Licht freigiebig auf die berühmte Einkaufsstraße. Viel Licht, das war regelrecht ermutigend, aber trotz allem: Es war kein Mensch zu sehen. Und selbst wenn jemand da gewesen wäre, was hätte ich tun können?

Auf dem schmalen Platz vor der Coelikerk blieben wir stehen. Es folgten geflüsterte Beratungen in einer Sprache, die ich nicht verstand. Und dann gingen wir wieder weiter, jetzt in Richtung Hooigracht. Schon bei der ersten Einmündung auf der linken Seite verließen wir die Harlemmerstraat und tauchten in die Finsternis des Jan Vossenstegs ein. Es schien, als drehten wir eine Runde, und ich dachte, inzwischen doch ein wenig verzweifelt: dem Atelier in der Vollersgracht so nah und doch so weit entfernt, da mehr oder weniger gefangen.

Noch ein paar Schritte, und wir würden wieder in der Van der Werfstraat sein. Wir kamen an einer Fleischerei vorbei. Im darin herrschenden Halbdunkel war bereits eine schemenhafte Gestalt bei der Arbeit. Nachdem wir das Geschäft hinter uns gelassen hatten, blieben wir an der Kreuzung von Jan Vossensteg und Van der Werfstraat stehen. Erneut beratschlagte man im Flüsterton. Was für geheimnisvolle und gar nicht bedrohliche Klänge!

Nach dem Gedankenaustausch sagte der freundliche junge Mann zu mir: »Wir warten hier an der Ecke. Sie gehen zurück und klopfen an die Scheibe der Fleischerei. Wenn der Fleischer dann nach draußen kommt, um zu fragen, was los ist, kommen wir angerannt.«

Mehr brauchte er nicht zu sagen. Was danach passieren würde, lag auf der Hand. Die vier Burschen würden durch die offene Tür in die Fleischerei stürmen. Aber wozu? Bargeld würde es dort um diese Zeit noch nicht geben. Wollten sie möglicherweise Bratwürste, Speck, Schnitzel, Steaks und Schweinefilet stehlen? Oder würden sie den Fleischer als Geisel nehmen und ihn zwingen, Geld aus einem Automaten in der Harlemmerstraat zu ziehen? Ich wusste natürlich nicht, was die vier Herren vorhatten, ich wusste nur, dass ich überhaupt keine Lust hatte, an die große Schaufensterscheibe zu klopfen. Aber hatte ich eine Wahl? Wenn ich wegrannte, würden sie mich in Nullkommanichts einholen, denn Rennen ist nicht gerade meine Stärke. Also klopfte ich schließlich, weil ich mir anders nicht mehr zu helfen wusste, an das große Fenster der Fleischerei. Auf mein leises Klopfen hin erfolgte jedoch keinerlei Reaktion. Der Fleischer, oder der Fleischergeselle, stand mit dem Rücken zu mir und hob nicht einmal seinen Kopf. Was er machte, konnte ich nicht genau erkennen, denn er verdeckte seine Tätigkeit mit dem Oberkörper. Löste er gerade Knochen aus? Taten Fleischer das heutzutage überhaupt noch?

Mir wurde signalisiert, dass ich kräftiger klopfen sollte. Also klopfte ich kräftiger, aber es passierte nichts. War der Fleischer taub? Als ich ihn mir genauer ansah, bemerkte ich, dass er Ohrhörer trug. Aha, der Fleischer hörte Musik, Popmusik, Heavy Metal oder dergleichen, und darum hörte er mein Klopfen nicht.

Ich ging zur Straßenecke und sagte zu den Burschen: »Er trägt Ohrhörer und hört laute Musik. Mein Klopfen dringt nicht zu ihm durch.«

»Fester klopfen, viel fester, zur Not mit zwei Fäusten hämmern. Los, mach, hämmere drauflos, dann hört er dich bestimmt.«

Ich ging zurück und hämmerte gegen die Scheibe. Keine Reaktion. Mein ganzer im Lauf der Jahre aufgestauter Hass auf die Popmusik schmolz dahin. Was für ein Gottesgeschenk, dass der Fleischer irgendeinem Höllenlärm der Red Hot Chili Peppers oder ähnlicher Schurken lauschte, der alle Geräusche um ihn herum übertönte. Ich trommelte mit beiden Händen. Keine Reaktion. Ich dachte: Angenommen, er hört mich und öffnet die Tür, kann ich ihn dann rasch zurückdrücken, in den Laden flüchten und ihm zurufen, er solle die Tür sofort wieder abschließen? Ach, das war nicht sehr aussichtsreich, denn es waren nur anderthalb Schritte von der Ecke zur Ladentür. Ehe die Tür verschlossen wäre, stünden die vier längst im Laden.

Obwohl ich nur sehr widerwillig gegen die Scheibe hämmerte, ärgerte es mich irgendwann, dass der Fleischer mir stur den Rücken zuwandte und einfach weiterarbeite. War ich ein so schlechter Hämmerer? Was ich auch tat, so kräftig ich auch auf die Fensterscheibe schlug – nichts deutete darauf hin, dass der Fleischer mich hörte. Unerschütterlich werkelte er vor sich hin.

Einer der vier Burschen winkte mich zu sich. Ich ging zur Straßenecke und sagte: »Er reagiert nicht, er hat einen Walkman mit offenbar ohrenbetäubend lauter Musik auf, er hört mich nicht.«

Ratlosigkeit. Nachdenkliches Schlendern an der Straßenecke. Weit entfernt erneut das Geräusch eines Krankenwagens.

»Versuch's noch einmal«, sagte einer der in Grau gekleideten Burschen. »Hier, nimm diesen Stein, schlag damit gegen die Schaufensterscheibe. Vielleicht reagiert er darauf.«

Mit dem irgendwo gefundenen Stein ging ich zurück zur Fleischerei. Ich nahm mir vor, nicht allzu kräftig damit auf die Scheibe zu schlagen. Die Vorstellung, die Scheibe zu zertrümmern, gefiel mir überhaupt nicht. Aber als ich wieder vor dem Laden stand, sah ich, dass der fleißige Arbeiter verschwunden war. Alle Lampen in der Fleischerei waren aus. Es herrschte tiefe Finsternis.

»Er ist weg«, rief ich. Die vier Burschen eilten herbei und betrachteten mit gerunzelter Stirn den verlassenen Laden.

»Mist«, sagte einer von ihnen.

Und dann zogen wir weiter, einer der Kerle links von mir, einer rechts, einer vor mir und einer hinter mir. Wir gingen durch den Schagensteeg, bogen nach links auf die Vollersgracht ab, folgten dieser und gelangten zur Oude Vest.

Oh, die Oude Vest! Nie hat mich die Oude Vest, diese breite, breite Gracht (breit, wenn man sie mit dem Noordvliet und dem Zuidvliet in Maassluis vergleicht) mit all den Laternen, den hellgelb leuchtenden Straßenlaternen, die sich an diesem denkwürdigen Mittwochmorgen so prachtvoll im nahezu reglosen Wasser spiegelten, so beeindruckt wie in diesem Moment, als ich in aller Frühe, begleitet von vier grauen Hoodies, über die Brücke ging, die zur Vollersgracht führt. Mir gefiel es sehr gut, dass wir dort langgingen, schließlich näherten wir uns der Polizeiwache auf der Lange Gracht. Es erschien mir übrigens unwahrscheinlich, dass die vier Hoodies das nicht wussten, dennoch schöpfte ich aufgrund der Nähe der Wache ein wenig Hoffnung. Gewiss, sie war um diese Zeit noch geschlossen, und es war nicht daran zu denken, dass ich plötzlich und unerwartet dorthin Reißaus nehmen könnte, aber des Öfteren schon hatte ich auf dem Weg zum Schwimmbad ein Polizeiauto aus der Garage neben der Wache fahren sehen.

Auf der Lange Gracht angekommen, marschierten wir in strammem Tempo an der Wache vorbei in Richtung Mühle. Jeder Schritt führte mich weiter von der Wache weg. Meine Hoffnung schwand allmählich wieder. An der Ecke von Lange Gracht und Korte Mare brannte bereits Licht in einem Wohnhaus. Ich sah einen jungen Mann am Computer sitzen. So hatte ich vor gut einer Stunde in Warmond auch an meinem Computer gesessen. Wie normal war mir das vorgekommen, und nun schien es mir, als würde ich nie wieder dort sitzen, als wäre es etwas, das in einer vollkommen anderen Welt geschah, in einer vollkommen anderen Zeit.

Dann hörte ich ein Auto näher kommen. Bevor es zu sehen war, wusste ich bereits, dass es sich um einen Streifenwagen handelte. Morgens in der Früh fahre ich immer ohne Licht, stets auf der Hut vor der Polizei. Wenn ein Streifenwagen kommt, schalte ich schnell die akkubetriebenen Lampen ein. Deren Lebensdauer ist begrenzt, und darum benutze ich sie nur, wenn es unbedingt notwendig ist. Weil ich wie ein Luchs auf Motorengeräusche achte, erkenne ich das von Streifenwagen nahezu immer. Hin und wieder irre ich mich, und dann brennen die Lampen umsonst. Aber das ist unvermeidlich.

Mein Herz hüpfte vor Freude. Da kam der Streifenwagen. Als ich ihn in der Ferne entdeckte, war ich mir sicher: Es ist die Polizei. Ich rannte plötzlich los, die vier Burschen hinter mich lassend, rauf auf die Straße und auf das sich nähernde Auto zu, wobei ich wild mit den Armen gestikulierte. Na klar, die Burschen verfolgten mich zunächst, aber ich hatte einen kleinen Vorsprung. Ich rannte auf den Polizeiwagen zu, in der Hoffnung, dass er anhalten würde. Und das tat er, wenn auch im allerletzten Moment, sodass ich beiseitespringen musste, um nicht angefahren zu werden. Aber das kümmerte mich nicht.

Eine Wagentür öffnete sich.

»Was ist los?«

Ich brachte kein Wort über die Lippen, ich stützte mich auf den Wagen, spürte die Wärme des Motors und war überglücklich.

»Kommen Sie, nun sagen Sie schon, was ist los? Warum wollten Sie sich vor unser Auto werfen?«

Ich konnte wieder sprechen und sagte: »Das wollte ich nicht, allerdings wollten vier Burschen mich ausrauben, und als sich herausstellte, dass ich kein Geld bei mir hatte, haben sie mich nicht gehen lassen, sondern ich sollte ihnen bei einem anderen Raub helfen. Ich war von ihnen umringt, wir gingen die Gracht entlang, und als ich Ihren Wagen gesehen habe, bin ich plötzlich abgehauen, geradewegs in Ihre Richtung.«

»Und wo sind denn diese vier Burschen?«

Ich schaute mich um. Kein Hoodie mehr zu sehen. Verschwunden, weg, in Luft aufgelöst.

»Eben waren sie noch da«, sagte ich.

Die andere Tür wurde geöffnet, und eine Polizistin erschien. Eine nette, attraktive Frau, wie mir schien, allerdings schaute sie recht mürrisch.

»Sind Sie sicher? Burschen? Ich habe keine Burschen gesehen.«

»Ich auch nicht«, sagte ihr Kollege.

Ebenso aufmerksam wie misstrauisch sah die Polizistin mich an und sagte: »Hey, Mann, wenn das nicht dieser Schriftsteller ist. Wie heißt er gleich wieder? Biesheuvel? Nein, nein, van 't Hart, ja, das ist er, van 't Hart, der mit dem Gemüsegarten und den widerlichen Rezepten. Komm, steig ein, wir fahren zurück zur Wache.«

»Nein, halt, vielleicht sind die vier Kerle hier noch irgendwo ...«, sagte ich.

»Das ist dieser van 't Hart«, sagte die Polizistin stur. »Der hat eine bunte Fantasie. Vier Burschen, Sie können uns viel erzählen, wir haben niemanden gesehen. Das Einzige, was wir gesehen haben, war ein Idiot, der die Straße entlanggerannt ist und mit den Armen gefuchtelt hat, als hätte er den heiligen Nikolaus auf einem Zwergesel gesehen.«

»Wenn wir nur ein wenig schneller gefahren wären«, sagte der Polizist in recht freundlichem Ton, »dann wären Sie jetzt mausetot, Herr van 't Hart. Komm, wir fahren wieder.«

»Bitte, nehmen Sie mich im Auto mit«, flehte ich. »Wenn Sie weg sind, tauchen die vier Burschen bestimmt wieder auf, und dann fängt das Elend von vorn an.«

»Nein, kommt nicht infrage. Wenn es diese vier Kerle wirklich gegeben hat, was ich nicht glaube, dann haben sie sich längst aus dem Staub gemacht.«

Also blieb mir nichts anderes übrig, als möglichst schnell zur Vollersgracht zu laufen. Bei der Hausnummer 16 angekommen, schloss ich eilig die Haustür auf. Als ich drinnen war, fing ich an zu zittern, wie man nur bei hohem Fieber zittert. Ich legte mich auf die Couch und zitterte. Ich zog eine Decke über mich, aber das Zittern hörte einfach nicht auf. Nach einer Weile erhob ich mich, legte eine CD in den Spieler und drückte auf Start. Als ich wieder unter der Decke lag, erklang im Atelier eines meiner Lieblingsstücke: *Dies Natalis* von Gerald Finzi. Was für ein Trost, diese unglaubliche Musik. *Dies Natalis!* Musik, die ich gern bei meiner Beerdigung hören möchte.

Ein paar Stunden später, nachdem ich mit meinen beiden Freundinnen Marjolijn und Clariet im Schwimmbad gewesen war, radelte ich durch den Jan Vossensteeg. Die Fleischerei hatte bereits geöffnet. Ich stieg vom Fahrrad, schloss es ab und betrat das Geschäft. Hinter der Ladentheke bemerkte ich zwei Weißkittel. Einer von ihnen war der Mann, der am frühen Morgen mein Gehämmer ignoriert hatte. Ich sah ihn an und sagte: »Heute Morgen bin ich von vier Burschen dazu gezwungen worden, gegen Ihre Schaufensterscheibe zu hämmern. Die Kerle wollten, dass Sie rauskommen, damit sie anschließend in den Laden eindringen können.«

»Ich weiß«, sagte der Fleischer ruhig. »Ist früher auch schon vorgekommen, nicht hier, nicht bei uns, aber bei Fleischer van der Zon auf der Haarlemmerstraat. Darum habe ich so getan, als würde ich nichts hören.«

»Zum Glück!«

»Ein Stück Wurst auf den Schrecken?«

Er schnitt ein ordentliches Stück Schinkenwurst ab, überreichte es mir und sagte: »Ich habe ganz schön Bammel gehabt. Denn, wissen Sie, die Ladentür war auf. Sie war überhaupt nicht abgeschlossen. Die Burschen hätten einfach so reinkommen können. Das Gehämmere auf die Scheibe war vollkommen überflüssig. Wirklich, sie hätten einfach reinkommen können. Als Sie kurz weggegangen sind, wohl um zu sagen, dass alles Hämmern nichts bringt, bin ich zur Tür gerannt und hab den Schlüssel umgedreht. Danach habe ich alle Lampen ausgeschaltet und bin nach hinten geeilt. Mein Gott, die Ladentür war auf, sie hätten problemlos reinkommen und alles mitnehmen können, wie sie es bei van der Zon getan haben. Dessen Laden war ratzeputz leer nach dem Besuch der Burschen, sogar die Messer, die Fleischhaken und die Wetzstahle haben sie geklaut. Mann, bin ich froh, dass keiner auf die Idee gekommen ist, kurz auszuprobieren, ob die Ladentür überhaupt verschlossen war. Besonders schlau waren die Burschen nicht. Und Sie auch nicht, auf den Gedanken sind Sie auch nicht gekommen.«

»Daran habe ich nicht einen Moment gedacht«, sagte ich.

»Na, das nehme ich Ihnen nicht übel, hier, ich schneide noch ein ordentliches Stück Wurst für Sie ab, das wird Ihnen guttun, nach all dem sinnlosen Gehämmere am frühen Morgen.«

Maartens Hanfplantage

An einem ruhigen, zwar recht frischen, aber sonnigen Frühlingstag ging ich am Ende des Nachmittags zu meinem Gewächshaus. Als die gläsernen Wände des Häuschens in Sicht kamen, bemerkte ich, dass die Tür halb offen war. Vorher am Tag war ich noch nicht in der Nähe des Gewächshauses gewesen und hatte sie daher auch nicht geöffnet. Wer dann? Als ich mich weiter näherte, sah ich, dass an dem niedrigen Tischchen, das ich hinten ins Gewächshaus gestellt hatte, zwei Jungen saßen. Zwei vollkommen gleich aussehende Jungen. Sie waren überaus ordentlich gekleidet und trugen identische graue Jacken und identische blaue Krawatten. Vor ihnen, auf dem Tisch, stand ein Reiseschachspiel. Sie waren so in ihr Spiel vertieft, dass sie mich zunächst nicht bemerkten. Erst als ich das Gewächshaus betrat, schauten sie kurz auf, und der eine Junge sagte zu dem anderen: »Schach.«

»Ich weiß«, erwiderte sein Zwillingsbruder.

Völlig verdutzt starrte ich auf die beiden, die dort so konzentriert spielten. Zwei Jungen in meinem Gewächshaus? Was hatten sie dort verloren? Wie kamen sie hierher? Wie war es zu erklären, dass sie sich auf den niedrigen, aufklappbaren Stühlen niedergelassen hatten? Sie machten auf mich den Eindruck, dass sie es für vollkommen selbstverständlich hielten, sich dort aufzuhalten, als hätten sie eine Art Gewohnheitsrecht. Es schien fast, als wäre mein Kommen eine Störung ihrer Privatsphäre. Dennoch fragte ich so vorsichtig und freundlich wie möglich: »Wer seid ihr, und was macht ihr hier?«

»Psst«, machte der links sitzende Junge, »Sie sehen doch, dass wir Schach spielen.«

»Das sehe ich, ja, aber ich frage mich, wie ihr in mein Gewächshaus gekommen seid und warum ihr es ganz selbstverständlich findet, hier eine Runde Schach zu spielen.«

»Wir spielen keine Runde Schach, wie spielen eine Partie.«

»Meinetwegen, aber es ist mein Gewächshaus.«

Eine Antwort blieb mir verwehrt, und ich wusste nicht, was ich tun sollte. Ihnen das Schachbrett wegnehmen? Doch, ach, die beiden saßen so friedlich da und spielten, dass dies keine Option war. Die Stimme erheben? »Hallo, dürfte ich vielleicht wissen, was hier los ist? Wer seid ihr, und wie seid ihr hier reingekommen?!« Ich konnte mich nicht dazu durchringen, die beiden Jungen – ich schätzte sie auf etwa acht Jahre – zu stören. Also blieb mir nicht viel anderes übrig, als mich an die Arbeiten zu machen, deretwegen ich hergekommen war. Ich füllte zwölf Töpfe mit Anzuchterde. In jeden Topf steckte ich einen Zucchinisamen, mit der Spitze nach oben. Anschließend stellte ich die Töpfe mit jeweils einem Untersetzer in einer Reihe auf die Fensterbank. Schließlich goss ich die Töpfe reichlich mit Regenwasser. Hin und wieder warf ich einen Blick auf die beiden Schachspieler. Was für hübsche Bürschchen! Und was für eine ordentliche Bügelfalte in ihren Hosen. Rabauken waren die beiden bestimmt nicht, das waren Jungen aus gutem Hause.

»Matt!«, rief der rechts sitzende Junge plötzlich.

Der andere pfiff durch die Zähne und fragte: »Noch ein Spiel?«

»Einverstanden.«

Die Figuren wurden für die nächste Partie aufgebaut. Der Verlierer schaute währenddessen zu mir herüber und fragte: »Was haben Sie eben gemacht?«

»Ich habe Töpfe mit Aufzuchterde gefüllt und Zucchinisamen hineingetan.«

»Warum?«

»Um sie hier im Gewächshaus vorzuziehen. Wenn die Samen in der Wärme hier drinnen gekeimt und sich zu Pflänzchen entwickelt haben, ist es draußen warm genug, um sie im Garten zu pflanzen.«

»So ein Garten macht ziemlich viel Arbeit, glaube ich«, sagte der Verlierer feierlich.

»Das macht er bestimmt.«

»Und man muss ziemlich viel vorausplanen, oder?«

»Worauf du dich verlassen kannst.«

»Könnte ich das auch lernen?«

»Das denke ich schon, aber würdest du das wollen?«

»Ich will Roboterkonstrukteur werden, darum bin ich nicht sicher, ob es Sinn macht, mich der Gartenarbeit zu widmen.«

Hallo, dachte ich, ein Kind, dass den Ausdruck »sich widmen« verwendet.

»Angenommen«, sagte ich, »du willst einen Roboter konstruieren, der Gartenarbeit erledigt, dann wäre es doch gut, wenn du davon ein bisschen Ahnung hättest.«

»Einen Gartenroboter? Ob da Nachfrage besteht?«

»Nun, davon kannst du ausgehen, denn der könnte unglaublich nützlich sein. Vor allem, wenn er gut umgraben könnte. Und Unkraut jäten. Andererseits erscheint mir ein Roboter, der Unkraut jäten kann, ziemlich schwierig. Wie sollte ein solcher Roboter zwischen Unkraut und sprießenden Buschbohnen unterscheiden?«

»Ganz einfach. Man kann ihn doch mit einem Computer ausstatten, der so programmiert ist, dass der Roboter mithilfe von Vorlagen entscheiden kann, was er ausrupfen und was er stehen lassen muss.«

»Und er kann dann auch ganz kleine Keimlinge erkennen?«

»Bestimmt, Mensch, ein Gartenroboter. Noch nie dran gedacht. Sie würden einen haben wollen?«

»Nur allzu gern.«

»Sollte er auch säen können?«

»Nun, das ist nicht gerade die schwerste Arbeit, aber einen Roboter zum Jäten, das wäre großartig. Aber sagt mal, ehe ihr mit der nächsten Partie anfangt: Wer seid ihr, und wie kommt ihr hierher?«

»Wir sind Rob und Peter Elverdink, meine Mutter hat uns vorläufig hier untergebracht. Sie wollte in diesem Garten arbeiten und hat zu uns gesagt: Setzt euch so lange ins Gewächshaus.«

»Im Garten arbeiten? Was will sie hier machen?«

»Sie wollte etwas säen.«

»In meinem Garten?«

»Oh, ist das Ihr Garten?«

Es drehte sich mir vor den Augen. Säte die Mutter dieses Zwillings auf meinem Grundstück? Das war doch unvorstellbar? Man sät doch nicht einfach so Pflanzen im Garten anderer Leute? Und was säte sie überhaupt?

»Was sät deine Mutter denn in meinem Garten?«, wollte ich vom zukünftigen Roboterkonstrukteur wissen.

»Keine Ahnung«, sagte er und fragte dann seinen Zwillingsbruder: »Hast sie dir etwas gesagt?«

»Nein«, erwiderte dieser ein wenig gereizt. »Komm, lass uns spielen.«

»Er will Schachgroßmeister werden«, sagte der Verlierer entschuldigend zu mir, »darum will er ständig trainieren.«

Mir schien es am besten, mich auf die Suche nach der Mutter dieser beiden Schachspieler zu machen. Was sollte ich von der Mitteilung, dass sie in meinem Garten säte, halten? Wo säte sie? Und was?

Ich verließ das Gewächshaus, stiefelte mit großen Schritten durch meinen Garten, konnte aber vorerst keine säende Frau entdecken. Mein Garten ist rund einen Hektar groß, und überall stehen hohe Sträucher, hinter denen leicht ein

Mensch verschwindet. Man kann ihn also nicht mit einem Mal überblicken. Daher dauerte es eine Weile, bis ich die säende Mutter aufgespürt hatte. Bei dem breiten Graben, der meinen Garten vom Grundstück der Nachbarn trennt, sah ich ihren Rücken. Sie trug einen schönen, hellblauen Sommermantel. Darüber bemerkte ich einen langen blonden Pferdeschwanz. Kurzum, eine durchaus attraktive Erscheinung. Ganz bestimmt niemand, den man anbrüllt oder grob behandelt.

Ich versuchte es also mit einem »Guten Tag«.

»Oh, hallo«, sagte sie, unbekümmert weitersäend.

»Was säen sie da?«, wollte ich wissen.

Sie erwiderte nichts, reichte mir aber ein weißes Tütchen. *Alte Kulturpflanzen*, stand kursiv in grünen Buchstaben auf dem Etikett, und darunter in dicken schwarzen Lettern: *3908000.I. Hanf, Faser*. Und darunter, in Anführungsstrichen »*USO*«. Ein Stängel mit sieben grünen Blättchen verzierte die Mitte des Etiketts, und darüber stand in roten Buchstaben *Großpackung*. Darunter waren ein Tau und ein Rauchenverboten-Zeichen abgebildet. Am unteren Rand des Etiketts stand: *Schön und umstritten*.

In der oberen rechten Ecke des Tütchens klebte ein Preisschild. Das Saatgut hatte 5,90 Euro gekostet. Ich drehte die Tüte um. Auf der Rückseite war in denselben dicken Lettern die Kennziffer aufgedruckt, und darunter stand: *Cannabis sativa*. Klein und kursiv folgte der Hinweis: *Von April bis Mai im Topf oder in der Erde aussäen. Die Pflanze keimt am besten bei 20 bis 30 Grad Celsius.*

Nach einer Leerzeile folgte ein längerer Text: *Lust auf Abenteuer? Die Hanfpflanze zur Gewinnung von Fasern ist eine LEGALE, herrliche Pflanze. In Groningen entwickelt sich eine ernsthafte Hanfkultur, so wie es sie früher bereits gab. Was kann man nicht alles aus Hanf herstellen! Schauen Sie einfach mal auf* www.dap.nl/hennep. *Sie können auch selbst Hanf anpflanzen.*

Bewahren Sie aber die Verpackung für den Fall auf, dass ein übereifriger Gesetzeshüter bei Ihnen auftaucht. Säen sie größere Mengen in die Erde. Der Anbau in Töpfen ist verboten (der Unterschied zum Hanf für die Drogenherstellung ist schwerer zu erkennen). Nach einhundert Tagen sind die Pflanzen gut drei Meter hoch. Hübsch als Labyrinth in ihrem Gemüsegarten oder als Abtrennung. Faserhanf enthält eine zu vernachlässigende Menge an psychoaktiven Substanzen (THC).

»Sie säen Faserhanf in meinem Garten«, sagte ich erstaunt, »wieso?«

»Ich möchte mich erst einmal vorstellen. Mein Name ist Duveke Elverdink, ich habe Ihre Gartensendungen im Fernsehen gesehen und dachte: Was für ein schöner großer Garten, Faserhanf würde da gut hineinpassen.«

»Mag ja sein, dass er gut hineinpasst, aber ist es nicht ein wenig dreist, ohne Rücksprache Hanfsamen im Garten anderer Leute zu säen?«

»Ach, ich habe Sie im Garten nirgendwo finden können.«

»Unsinn, Sie hätten doch klingeln können?«

»Ich habe geklingelt, aber es hat niemand aufgemacht. Also habe ich meine beiden Söhne im Gewächshaus untergebracht und hab angefangen zu säen.«

»Hanf! Das ist strafbar.«

»Faserhanf nicht.«

»Schon, aber Faserhanf ist, wie ich dem Text auf der Tüte entnommen habe, nur sehr schwer von Drogenhanf zu unterscheiden, vor allem, wenn man ihn in Töpfen anbaut.«

»Faserhanf ist vollkommen legal«, sagte die Dame streng. »Ich habe wirklich nicht die Absicht, Maartens Gemüsegarten in Maartens Hanfplantage zu verwandeln.«

Das mochte stimmen, doch ich wusste nun, dass Faser- und Drogenhanf kaum voneinander zu unterscheiden sind. Es war also nicht ausgeschlossen, dass diese wahnsinnig attraktive, noch junge Frau mit ihren makellosen Alibizwillingen in meinem Gewächshaus echten Hanf in meinem Garten säte, um es zu seiner Zeit nach Herzenslust zu ernten und mit dem Erlös sich und ihre Söhne mit den teuersten Kleidern auszustatten. Der Drogenhanfsamen konnte durchaus zur Tarnung in einer Faserhanftüte abgefüllt sein. Und überhaupt, säte sie denn aus der Faserhanftüte, die sie mir in die Hand gedrückt hatte? Nein, die war noch voll, sie säte aus einer anderen Tüte.

»Ich wollte heute hier zwei Tüten Faserhanf säen«, sagte sie treuherzig, als ahnte sie, was mir durch den Kopf ging, und versuchte, mir die Tüte abzunehmen.

»Das würde ich an Ihrer Stelle lassen«, sagte ich, »eine Großpackung in meinem Garten scheint mir mehr als genug.«

»Meinetwegen«, sagte sie, »dann säe ich die andere Tüte im Garten meiner Eltern aus.«

Wie entwaffnend sich das anhörte. Im Garten meiner Eltern. Dort würde ein vernünftiger Mensch doch niemals Drogenhanf säen? Oder gerade eben doch, weil niemand das erwarten würde? Oder würde sie vielleicht später wiederkommen, um die zweite Tüte doch noch in meinem Garten zu säen?

»Zeigen Sie mir den Platz, wo Sie gesät haben«, sagte ich.

»So steht es aber nicht im *Max Havelaar*«, sagte sie. »Dort heißt es: ›Zeig mir den Platz, wo ich gesät habe‹.«

»Ach, Sie haben sofort erkannt, dass ich Multatuli paraphrasiere, Sie sind nicht auf der Straße groß geworden, das merke ich.«

»Nein, ich bin nicht auf der Straße groß geworden. Aber was das Säen angeht, so habe ich überall dort gesät, wo ich glaubte, dass dort noch Platz für ein paar Pflanzen wäre.«

»Also im ganzen Garten?«

»Mehr oder weniger. Nun, ich hole dann jetzt mal meine Söhne. Vielen Dank, dass sie solange in Ihrem Gewächshaus

Schach spielen durften. Demnächst schaue ich dann gern mal vorbei, um nachzusehen, ob die Pflanzen auch sprießen.«

Und dann ging sie, und ihre folgsamen Söhne kamen sogleich aus dem Gewächshaus, als sie sie rief, und auf drei fast nagelneuen Rädern fuhren sie kurze Zeit später in der strahlenden Frühlingssonne auf dem Kiesweg davon.

Oh, der Garten, dieser Hektar, überall die gelben Sternchen des blühenden Scharbockskrauts, hier und da die possierlichen Verdickungen, auf denen Huflattich balanciert, emporsprießende Gewöhnliche Pestwurz hinter dem Hühnerstall, und an zahllosen Stellen und am allerschönsten das üppig blühende Immergrün. Und in einhundert Tagen würde überall im Garten verteilt Faserhanf drei Meter hoch stehen. Drei Meter, also noch höher als die Brennnesseln und der Topinambur. Ich konnte es noch kaum glauben.

Nachdem ich ins Haus gegangen war, zog ich zunächst die *Ökologische Flora*, Band 1 zurate. Darin gab es nur einen kurzen Artikel unter dem Stichwort *Cannabis*. Mir wurde jedoch umgehend klar, dass es laut diesem Werk nur eine einzige Art gibt, die *Cannabis sativa* heißt. Unterarten waren nur schwer voneinander zu unterscheiden. Im Internet googelte ich *Cannabis* und fand heraus, dass es auch noch *Cannabis indica* gibt, aber das ist keine andere Art. Wissenschaftlich – und auch juristisch – ist, so die Internetseite über *Cannabis*, jede Hanfpflanze *Cannabis sativa L.* In der Praxis werden die Begriffe *Indica* und *Sativa* nur benutzt, um zwischen den äußersten Enden des Spektrums zu unterscheiden.

Natürlich berichtete ich zunächst Hanneke und dann meinen Schwimmfreundinnen von dem Vorfall. Ich hätte viel zu nachsichtig reagiert, meinten die Damen, und alle drei waren augenblicklich davon überzeugt, dass Duveke echten Drogenhanf in meinem Garten gesät hatte und keinen Faserhanf. Denn wieso sollte jemand für zweimal fünf Euro neunzig Faserhanfsamen in anderer Leute Garten säen? Welchen

Zweck sollte das haben? In dem Moment, als ich Duveke beim Säen erwischte, hätte ich sie und ihre beiden Söhne entschlossen aus dem Garten werfen müssen, hielt man mir vor.

»Immerhin ist es mir gelungen zu verhindern, dass sie die zweite Tüte anbricht«, sagte ich, »und die erste Tüte war so gut wie leer, als ich die Frau entdeckt habe. Das Unglück war also bereits geschehen. Welchen Sinn hätte es also gehabt, ihr eine Szene zu machen und sie fortzujagen?«

»Ich hätte mir das nicht bieten lassen.«

»Und wenn schon, sobald die Pflanzen sprießen, reiße ich sie aus. Also alles kein Problem.«

In diesem Frühling starb mit fast neunzig Jahren mein Mentor und Lehrmeister, mein zweiter Vater und großes Vorbild, der Ethologe Piet Sevenster. Bei der Trauerfeier spielte ich die Orgel der protestantischen Kirche in Warmond, wie ich es schon so oft bei Trauerfeiern getan hatte. Tijs Goldschmidt gedachte seiner in einer wunderbaren Rede, und dasselbe tat auch Ard van der Steur. Er kannte Sevenster gut, weil auch er schon seit einigen Jahren eine Wohnung im ehemaligen Schloss Huys te Warmont hatte. Nach dem Begräbnis lernte ich Piets Mitbewohner kennen.

»Lass uns bei Gelegenheit einmal zusammen im Restaurant des Parlaments zu Mittag essen«, sagte er.

Im Parlamentsrestaurant zu Mittag essen mit einem lupenreinen Rechtsliberalen? Ich hatte so meine Bedenken. Von einem seiner Mitarbeiter bekam ich eine Mail mit Terminvorschlägen. Ich teilte mit, ich könnte an keinem dieser Tage nach Den Haag kommen. Prompt folgte eine neue Liste mit Terminen. Mir wurde klar, dass es kein Entrinnen gab, und, ach, so schlimm war das nun auch nicht, Mittagessen im Parlament mit einem Abgeordneten der VVD. Man selbst wurde dadurch ja nicht auch zu einem VVDler.

Also aß ich eines Mittwochmittags mit Ard van der Steur im Restaurant des Parlaments, und er erzählte mir, dass er anschließend eine Besprechung über die Drogenpolitik habe.

»Oh«, sagte ich, »dann kannst du mir bestimmt einen guten Rat geben.«

Ich berichtete ihm von der säenden Mutter und ihren zwei Söhnen, die so friedlich in meinem Gewächshaus Schach gespielt hatten.

»So, so«, sagte mein Gegenüber. »Du weißt aber schon, dass du dich bereits strafbar gemacht hast, wenn mehr als fünf Hanfpflanzen auf deinem Grundstück wachsen?«

»Aber ich habe sie doch nicht gesät?«

»Sie stehen auf deinem Grundstück.«

»Ich kann dafür also zur Verantwortung gezogen werden?«

»Auf jeden Fall. Als ich noch Rechtsanwalt war, habe ich einmal einen Mann verteidigt, dem ein großes Stück Wald gehörte. Dritte hatten darin, das jedenfalls behauptete der Waldbesitzer, und es gab kaum einen Grund, daran zu zweifeln, an allen etwas versteckt liegenden Stellen Cannabis gesät. Etliche Pflanzen hatten sich entwickelt, deutlich mehr als fünf Pflanzen, und der Eigentümer wurde verknackt – ich konnte seine Strafe nur ein wenig drücken. Sei also gewarnt, reiß augenblicklich jede Pflanze aus, die wächst – mehr als fünf, und du bist dran, wirklich, und ich arbeite nicht mehr als Rechtsanwalt, ich kann dich also nicht verteidigen.«

Sonnig und sommerlich warm, so war der Frühling des Jahres 2014. Vor allem an sonnenbeschienenen Stellen im Garten, die zudem noch im Windschatten lagen, herrschten Temperaturen von weit über zwanzig Grad. Was hinderte das Cannabis daran zu sprießen? Ganz gleich, was aus dem Boden schoss, es war kein Cannabis. Oder erkannte ich die jungen Pflanzen nicht? Schließlich hatte ich nie zuvor Cannabis wachsen sehen.

Wenn ich ein paar Cannabissamen in Töpfe säte und diese ins Gewächshaus stellte, dann würden die Pflanzen bestimmt keimen und ich wüsste, wie Cannabis aussah. Also begab ich mich in einen Coffeeshop (ich sage lieber nicht, in welchen, um zu verhindern, dass die Betreiber Probleme bekommen) und fragte nach, ob ich Cannabissamen kaufen könnte. »Aber natürlich, kein Problem«, und man schüttete mir Cannabissamen in eine ebensolche Großverpackungstüte, wie Duveke sie mir gegeben hatte.

Ich schlussfolgerte daraus, vielleicht zu Unrecht, dass echter Hanfsamen zwecks Tarnung immer in Faserhanftüten aufbewahrt wird. Also ein weiterer Grund für die Annahme, dass Duveke echten Hanf gesät hatte und keinen Faserhanf.

Im Gewächshaus kam der Hanf (oder der Faserhanf, wie sollte ich das entscheiden?) in fünf Töpfen recht bald aus der Erde. Schöne, zarte, hellgrüne, beinahe lichtspendende Pflänzchen, die sofort den Wachstumsspurt begannen. Im Garten fand ich solche Wachstumsspurtpflanzen nirgends, obwohl ich fast täglich das Grundstück absuchte. Wo blieb bloß der Faserhanf? Und wo blieb Duveke?

Vollkommen unerwartet erreichte mich ein Lebenszeichen. Sie schickte mir die Kopie eines Briefs, den sie an die Gemeinde Teylingen geschickt hatte.

Betrifft: Meldung einer Faserhanfzucht
Warmond, 2. Mai 2014
Sehr geehrte Damen und Herren,
in diesem Jahr wird im Freiland und bis zur Erntereife Faserhanf angebaut, entsprechend der Ausnahmeregelung, die das Betäubungsmittelgesetz, Artikel 12, der am 17. März 2003 in Kraft getreten ist, vorsieht. Diese Cannabisvarietät enthält zu vernachlässigende Mengen an THC (Tetrahydrocannabinol), jenes psychoaktiven Stoffs also, den man braucht, um Haschisch herstellen

zu können. Dies steht im Gegensatz zu ihrer nahen Verwandten, die zwecks Herstellung von Haschisch gezüchtet wird und deren weibliche Pflanzen THC enthalten.

Die Verwendungsmöglichkeiten von Faserhanf sind zahllos: Die unterschiedlichen Teile der Pflanze können zu Nahrungsmitteln wie Veggieburgern, Schokolade und Eis verarbeitet werden. Hanf liefert feine Papierfasern, die unter anderem für Zigarettenpapier und Banknoten verwendet werden. Ein Hektar Faserhanf ergibt ebenso viel Papierbrei wie vier Hektar Wald. Textilien aus Hanf sind verschleißarm und anschmiegsam. Aus den Samen wird Öl gepresst, das zu Körperpflegemitteln und zu umweltschonendem Kraftstoff für Dieselmotoren verarbeitet werden kann. Kraftstoff, der aus der Biomasse gewonnen wird, verbrennt umweltfreundlich, im Gegensatz zu Erdölprodukten. Kunststoffe, Viehfutter und Streu werden aus Hanf gemacht.

Zwecks Inaugenscheinnahme sind Sie herzlich willkommen.

Sie hatte den Brief mit ihrem eigenen Namen unterschrieben, jedoch meine Adresse angegeben. Ein vortrefflicher Brief, ganz zweifellos, aber warum hatte sie ihn an die Gemeinde Teylingen geschickt, ohne vorher mit mir Rücksprache zu halten? Oder sollte ich meinen Schwimmfreundinnen Glauben schenken, die nach Lektüre des Briefs meinten: Den Brief hat sie nicht an die Gemeinde geschickt, den hast nur du bekommen, weil sie dir Sand in die Augen streuen und dir das Gefühl vermitteln will, sie hätte tatsächlich nur Faserhanf auf deinem Grundstück gesät. Ich überlegte, bei der Gemeinde Teylingen nachzufragen, ob ein Brief in Sachen Faserhanf und mit meiner Adresse in der Gemeindeverwaltung angekommen sei. Aber diesen Gedanken verwarf ich wieder, weil ich dachte: Dann weckst du womöglich nur schlafende Hunde. Mir erschien es besser, in aller Ruhe abzuwarten, ob sich jemand zwecks »Inaugenscheinnahme« bei mir meldete. Den könnte ich dann überall herumführen, oder er oder sie könnte sich selbst auf dem ganzen Grundstück nach emporwachsendem Hanf umsehen. Denn so viel stand fest: Was auch immer gesät worden war, es wuchs nichts. Faserhanf, wenn es der war, oder Drogenhanf, wenn es der war, braucht offenbar zum Keimen mindestens so viel Wärme wie Buschbohnen.

Mitte Mai tauchte plötzlich Duveke auf, natürlich in Begleitung ihrer Zwillinge, die erneut mit einem Schachbrett im Gewächshaus untergebracht wurden. Ich fand sie dort, als ich einen Kopfsalat aus dem Gewächshaus holen wollte.

»He, ihr zwei schon wieder? Ist eure Mutter auch hier?«

Sie machten sich kaum die Mühe, bestätigend zu nicken, so vertieft waren sie in ihr Spiel. Es ist allem Anschein nach sehr befriedigend, in einem warmen Gewächshaus Schach zu spielen.

Ich ging in den Garten und fand Duveke bei der nördlichen Landzunge. Sie trug ein rosafarbenes T-Shirt und einen engen grauen Rock. Ihr blondes Haar wallte frei um ihr Haupt. Sie sah bezaubernd aus.

»Und? Siehst du irgendwelche Pflanzen?«, fragte ich.

»Nein, nichts zu sehen, aber ich war auch noch nicht überall. Allerdings weiß ich nicht mehr genau, wo ich gesät habe, und außerdem hat sich der Garten in den vergangenen anderthalb Monaten vollkommen verändert.«

Wir schlenderten über das Grundstück. Nirgends, wirklich nirgends war auch nur eine Spur von Cannabis zu entdecken.

»Warum wachsen die Pflanzen nicht?«, fragte sie ziemlich bissig.

»Die Samen brauchen zum Keimen vielleicht mehr Wärme, als sie hier bekommen.«

»Bei meinen Eltern haben sie sich prächtig entwickelt.«

»Der Boden hier besteht aus schwerem, kaltem Marschklei, alle Samen haben Probleme zu keimen, alles, was hier wächst, von Brombeeren, Holunder, Zaunwinde und Brennnesseln einmal abgesehen, zwängt sich heiser und hinkend aus dem Boden.«

»Heiser und hinkend? Vasalis?«

»Richtig, das Gedicht heißt *Ich träumte, dass ich langsamer lebte, langsamer als der älteste Stein.*«

»Ein wunderbares Gedicht.«

»Laut Rudy Kousbroek stimmt nichts in dem Gedicht. Wenn man träumt, langsam zu leben, dann rast das Weltgeschehen nicht im Sauseschritt an einem vorüber, sondern es verläuft im Gegenteil alles langsamer.«

»Was spielt das für eine Rolle? Die Bilder sind kraftvoll und scharf, das Gedicht ist unvergesslich. Aber es ist sehr schade, dass unser Cannabis hier nicht wächst.«

Mit leichtem Schrecken registrierte ich die beiden Worte: »unser Cannabis«. Das hörte sich an, als wären wir beide, jedenfalls in Sachen Hanf, ein Paar.

»Ja, schade, vorerst kein Cannabis.«

Ich schämte mich für meinen kalten Boden, und diese Scham wirkte subkutan fort, als sie, begleitet von ihren Zwillingen, Anstalten machte, mein Grundstück zu verlassen. Ehe sie jedoch wirklich ging, gab sie mir ihre Mobilnummer.

»Ruf mich an, wenn doch noch etwas wächst.«

»Mach ich«, erwiderte ich.

Hier und da hätte im Laufe des Sommers durchaus ein Pflänzchen wachsen können! Dann hätte ich zumindest einen Grund gehabt, sie anzurufen. Aber Pustekuchen, in den nächsten Wochen und Monaten war keine Pflanze zu sehen, nirgends.

Doch dann, im August, entdeckte ich plötzlich gleich hinter dem Gewächshaus, an einer Stelle, wo ich wegen der Brombeersträucher nie hinkomme, eine große Menge hoch aufgeschossener Pflanzen mit giftgrünen, tief eingeschnittenen Blättern. Also doch noch! Wer hätte das zu hoffen gewagt? Sogleich rief ich Duveke an, und am nächsten Tag kam sie mit dem Fahrrad, begleitet von ihren beiden Söhnen. Als diese mit ihrem Schachbrett im Gewächshaus untergebracht waren, gingen wir zur Rückseite desselben, und ich zeigte ihr stolz die unglaublichen, mannshohen Pflanzen.

»Aber hier habe ich gar nichts gesät«. sagte sie.

Sie pflückte einige der Pflanzen und ging damit zu der Bank, die vor dem Gewächshaus steht. Sie nahm Platz, die Sonne schien auf ihr langes blondes Haar, und ich dachte: Ach, wie gern wäre ich noch einmal jung, ungefähr so jung wie diese Frau. Doch ehe ich weiter darüber meditieren konnte, was dann alles möglich gewesen wäre, sagte sie enttäuscht: »Das ist gar kein Hanf! Das ist Wasserdost, der auch Lebertrost genannt wird. Er sieht dem Hanf ziemlich ähnlich, und ich kann verstehen, dass du die beiden verwechselt hast, denn hinter dem Gewächshaus ist es wegen der Brombeersträucher so dunkel, dass du die Pflanze nicht richtig erkennen konntest. Ach, wie schade, das ist nur Lebertrost. Auch schön, durchaus, eine prächtige Pflanze, wirklich, aber kein Hanf, nicht im Entferntesten.«

Sie stand auf und ging ins Gewächshaus: »Peter, Rob, wir fahren wieder.«

»Jetzt schon? Wir sind mitten in der Partie.«

»Dann spielt zu Hause weiter, wir fahren jetzt.«

Und da gingen sie hin, auf ihren nagelneuen Rädern, in ihren tadellosen Kleidern. Ein letzter Gruß war kaum noch drin.

Scheißprotestanten

Noch ehe der Mann sich auf dem Bahnhof Hollands Spoor in Den Haag richtig auf der Wartebank neben mir niedergelassen hatte, sagte er bereits: »Sie sind nicht dieser Schriftsteller?« Und seiner Frau, die stehen geblieben war, beantwortete er diese Frage selbst: »Ja, das ist dieser Schriftsteller, den habe ich in einer Talkshow gesehen.«

Als er es sich bequem gemacht hatte, sagte er: »Wissen Sie, ich bin Katholik, und deshalb lese ich nie Bücher, aber jetzt habe ich auf Empfehlung eines Bekannten doch ein Buch zur Hand genommen, und tatsächlich, ich wurde hineingesogen, mitgezogen, mitgerissen, eigentlich schon von der ersten Seite an. Ich weiß nicht, ob Sie das Buch kennen, wahrscheinlich schon, denn Sie kommen, wenn ich mich nicht irre, aus derselben Ecke, es heißt *Niederknien auf einem Beet* ... auf einem Beet ... ach, jetzt habe ich vergessen, worauf gekniet wird. Kennen Sie das Buch? Wissen Sie, worauf gekniet wird?«[1]

»Nein«, log ich, »keine Ahnung.«

»*Niederknien auf einem Beet* ... auf einem Beet ... Ich wurde hineingezogen, mit Haut und Haaren, ganz und gar nahm mich das Buch gefangen, *Niederknien auf einem Beet* ...«

»Erdbeeren«, schlug ich vor.

---

1 Gemeint ist der Roman ›Knielen op een bed violen‹ von Jan Siebelink, der 2007 unter dem Titel ›Im Garten des Vaters‹ in deutscher Übersetzung erschienen ist.

»Ja«, rief der Mann, »*Niederknien auf einem Beet Erdbeeren.*«

Er verstummte kurz, murmelte zweifelnd zwischen den Zähnen »Erdbeeren«, erhob sich dann, komischerweise just in dem Augenblick, als seine Frau sich setzte, und sagte dann: »Ich bin bis zur Mitte gekommen, da habe ich es an die Wand geworfen, schrecklich, schrecklich, Scheißprotestanten, Scheißprotestanten.«

Er holte Luft, deutete dann mit ausgestrecktem Zeigefinger auf mich und sagte: »Sie sind auch so einer, leugnen Sie es nicht, auch so ein Scheißprotestant, schrecklich, Sie sollten sich schämen.«

»Ich habe das Buch nicht geschrieben«, entgegnete ich entschuldigend.

»Das wäre aber durchaus möglich gewesen«, sagte er, »Sie kommen auch aus dieser Ecke, auch so ein Scheißprotestant, schrecklich.«

»Wie heißt der Autor des Buchs?«, fragte ich, um ihn abzulenken, denn sein stechender Finger näherte sich meinem rechten Auge.

»Mein Gott, Miep, weißt du das noch? Wie hieß der Autor doch gleich? Sein Vorname war Jan, das weiß ich noch, das war leicht zu merken, ich heiße auch Jan. Wie heißt der Autor bloß, irgendwas mit Fisch.«

»Mit Fisch?«, rief ich so erstaunt, dass ein aufmerksamer Zuhörer wohl bemerkt hätte, dass ich den Namen des Autors sehr wohl kannte. Aber der katholische Gelegenheitsleser war kein aufmerksamer Zuhörer, er sagte: »Es war irgendwas mit Fisch. Miep, wie lautete sein Name ... Jan ... Jan ...«

»Keine Ahnung«, sagte Miep. »Ich habe das Buch nicht gelesen, ich habe nur die beiden Hälften aufgehoben, denn nachdem du es an die Wand geworfen hattest, war es in Stücken.«

»Es war etwas mit Fisch«, sagte der Mann, und plötzlich leuchtete sein Gesicht auf: »Jan Kibbeling«, sagte er zufrieden, »er heißt Jan Kibbeling. Sagt Ihnen der Name etwas?«

»Nein«, erwiderte ich, »nie von ihm gehört.«

»Das wundert mich«, meinte der Mann, »Sie kommen doch auch aus dieser Ecke, Scheißprotestanten. Ich hätte das Buch nie lesen sollen, ich bin immer noch fix und fertig davon.«

Eine Weile starrte er still vor sich hin, und dann sagte er: »Nein, es hieß nicht *Niederknien auf ein Beet Erdbeeren*, es hieß anders, es waren Blumen, auf die niedergekniet wurde.«

»*Niederknien auf ein Beet Nelken*«, sagte ich hinterhältig.

»Nein.«

»Gladiolen«, schlug ich vor.

»Auch nicht.«

»Gerbera«, sagte ich.

»Gerbera, was ist das? Sind das Blumen? Miep, hast du schon mal von Gerbera gehört?«

»Nicht, dass ich wüsste«, antwortete Miep.

»Es waren keine Gerbera«, sagte der Mann mit Nachdruck, »es waren andere Blumen, es waren Blumen ... Moment, es ist wie mit dem Fisch, es waren Blumen, die auch Musikinstrumente sind. Welche Blumen sind auch Musikinstrumente ... welche Blumen?«

»Hätten Sie das doch eher gesagt«, beschwerte ich mich, »Musikinstrumente, natürlich – *Niederknien auf einem Beet Jasmintrompeten*.«

»Ach was, ein Beet Jasmintrompeten. Wie sollte man auf einem Beet Jasmintrompeten niederknien? Sind das nicht Kletterpflanzen?«

»Was denn, es wird doch nicht *Niederknien auf einem Beet Zimbelkraut* gewesen sein?«

Voller Grausen hob der Katholik die Hände.

»Nein, nein, nein«, stöhnte er.

Unser Zug fuhr ein. Ich beschloss, dass es reichte, also sagte ich: »*Niederknien auf ein Beet Violen.*«

Der Mann sprang auf.

»Ja, genau«, rief er, »*Niederknien auf ein Beet Violen.*«

»Komischer Titel«, sagte ich, »er müsste doch lauten *Niederknien auf ein Beet Veilchen.* Man spricht doch nie von Violen, wenn man Veilchen meint?«

»Scheißprotestanten«, sagte der Mann, »wenn Sie sich das jetzt einmal gut merken würden. Was für ein schrecklicher Menschenschlag.«

Der Speckpfannkuchen

Am Telefon eine kultivierte, deutsche Frauenstimme: »Herr Hart, hier ist der Fernsehsender Arte. Wir wollen neun Filme über neun repräsentative Schriftsteller aus den neun Ländern, die an Deutschland grenzen, machen: Dänemark, Polen, Tschechien, Österreich, Schweiz, Frankreich, Luxemburg, Belgien und natürlich die Niederlande. Für die Niederlande haben wir an Sie gedacht. Würden Sie dabei mitmachen?«

Mir fuhr der Schreck in die Glieder. Ein Film? Wie lang sollte der Film werden? Das war also meine erste Gegenfrage.

»Ungefähr eine Stunde«, sagte die kultivierte Frauenstimme.

Eine Stunde! Das konnte nichts anderes bedeuten als anstrengende Arbeit, mindestens zwei, ja, vielleicht sogar vier Wochen lang. Ich machte daher einen entsprechenden Einwand.

»Nein, nein«, erwiderte die Arte-Dame, »innerhalb von einer Woche muss das Ganze im Kasten sein, mehr Zeit haben wir nicht.«

Mir schien eine Woche sehr wenig Zeit für einen einstündigen Film, es sei denn, man arbeitete Tag und Nacht durch. Ich schreckte also vor dem Unternehmen zurück und sagte: »Ich bin kein repräsentativer niederländischer Autor, Sie sollten sich jemand anderen suchen.«

»Wir möchten Sie haben«, sagte die Stimme dezidiert.

»Sie sollten Cees Nooteboom oder Harry Mulisch fragen«, sagte ich, »und Sie könnten auch Hella Haasse in Erwägung ziehen. Die hat ebenfalls viele Leser in Deutschland.«

»Sie werden in Deutschland öfter verkauft, mehr geschätzt und mehr gelesen als Herr Nooteboom und Herr Mulisch zusammen, und Hella S. Haasse ist schon zu alt. Wir wollen Sie, über den *Der Spiegel* geschrieben hat, Sie seien ›ein wunderbar altmodischer Erzähler‹, und der *Rheinische Merkur* war sogar der Ansicht: ›Maarten 't Hart gehört zu den ganz Großen der europäischen Gegenwartsliteratur‹.«

Was sollte ich dagegen noch einwenden. Durch diese erstaunlichen Zitate verdattert, konnte ich nur stottern, dass ich mich durch die Einladung geehrt fühle und an diesem besonderen neunteiligen Projekt mitarbeiten wolle.

»Wir müssen die Finanzierung des Ganzen noch regeln«, sagte die Stimme. »Das ist nicht ganz einfach, aber ich gehe davon aus, dass sich das Projekt verwirklichen lässt, nachdem nun ein Spitzenautor wie Sie zugesagt hat. Wir melden uns wieder.«

Ziemlich erleichtert legte ich auf. Die Finanzierung stand noch nicht. Das hatte ich schon öfter gehört, und meistens bedeutete dies, dass eine schöne Idee wegen mangelnden Gewinns im Keim erstickt wurde. Man wollte dann zu hoch hinaus.

Als der angekündigte Anruf ausblieb, dachte ich daher nach etwa drei Wochen erleichtert: Das Ganze kommt nicht zustande. Filmen ist nämlich total ermüdend. Es besteht aus drei elenden Dingen: Warten, Proben und Wiederholen. Warten auf das Ende der Beratungen von Regisseur und Kameramann, Warten auf das sogenannte Ausleuchten und auf das Einstellen der Kamera. Wenn diese Dinge erledigt sind, manchmal dauert es gut eine Stunde, kann, nach ausführlichen Proben vorab, endlich gedreht werden. Und wenn gedreht wird, ist die Szene selten beim ersten Mal perfekt, und dann fängt alles von vorn an: Entweder muss die Kameraeinstellung geändert werden oder das Licht, oder der Kameramann und der Regisseur müssen erneut beratschlagen. Und während all der Zeit muss man sich in Geduld üben.

Als ich den Anruf von Arte schon fast vergessen hatte, war die Frauenstimme erneut am Telefon.

»Herr Hart, da bin ich wieder. Es war schwierig, unsere Serie von neun Filmen finanziert zu bekommen, und darum hat es so lange gedauert, bis ich mich wieder bei Ihnen melde. Man findet bei Arte das Konzept mit den neun repräsentativen Autoren aus neun umliegenden Ländern ein bisschen dünn, und darum hätte man gern, dass auch die Küche der verschiedenen Länder beleuchtet wird. Die holländische Küche ist möglicherweise nicht so raffiniert wie die französische, aber irgendetwas wird sich schon finden lassen. Was ist Ihrer Ansicht nach das für Holland typische Gericht? Vielleicht Erbsensuppe?«

»Speck, behauptete ein amerikanischer Forscher, der bei uns im Labor gearbeitet hat, sei das Geheimnis der holländischen Küche, und Speck wird nirgendwo verschwenderischer verwendet als im Speckpfannkuchen. Diese Art Eisbärenfutter, das ist Holland, wie es leibt und lebt.«

»Fabelhaft, ein Geheimtipp, Speckpfannkuchen. Sie können im Film zwei oder drei essen und Erläuterungen geben, und die holländische Küche ist abgehakt.«

Mir lief schon das Wasser im Mund zusammen, doch noch wollte ich mich nicht geschlagen geben.

»Der Speck muss aber von einem ...«

Und damit kam ich in Schwierigkeiten, denn wie nannte man ein tierfreundlich gehaltenes Schwein auf Deutsch? Artgerecht gehalten? Das klang ja fast wie »Arte gerecht«. Konnte das sein? Wohl kaum.

»Von einem was?«, drängelte die Stimme am Telefon.

»Der Speck«, wiederholte ich, um Zeit zu gewinnen, »der Speck muss von ... von ... von einem Freilandschwein stammen.«

Gerade noch rechtzeitig war mir das richtige Wort eingefallen.

»Aber selbstverständlich«, sagte die Stimme.

Jetzt hatte ich endgültig verloren, und eine Stunde später rief mich der Regisseur, Stefan Pannen, an, und weitere zwanzig Minuten später hatten wir bereits allerlei Verabredungen getroffen.

»Wir haben eine Woche«, sagte Stefan Pannen, »das ist knapp, aber zu schaffen, wenn Sie in der Woche alle Termine absagen und achtzehn Stunden pro Tag zur Verfügung stehen.«

Mir erschien es unwahrscheinlich, dass tatsächlich achtzehn Stunden pro Tag gefilmt werden würde, und daher erklärte ich mich einverstanden.

An einem Sonntagabend Ende November, in der Woche, in der ich Geburtstag hatte, bezog das Filmteam das Motel Sassenheim. Der Ort war gewählt worden, weil er nur einen Steinwurf von meinem Haus entfernt liegt. Wir würden daher morgens keine Zeit wegen des Abholens verlieren. Stefan Pannen (ein noch recht junger Mann, groß, gut gebaut, kräftige Stimme) kam noch am gleichen Abend vorbei, um sich vorzustellen. Er überreichte mir eine Liste der Dinge, die er filmen wollte. Das meiste konnte vor Ort gemacht werden, aber ich wunderte mich über den Programmpunkt »gemütliches Zusammensein mit Fachkollegen in einer Kneipe«. Wollte er mich inmitten von anderen Biologen in einer Gaststätte filmen? Später fiel mir ein, dass er mit Fachkollegen natürlich andere Schriftsteller meinte. Ich musste laut lachen: Ich gemütlich in einer Kneipe mit anderen Autoren!

Am Montagmorgen standen sie pünktlich um fünf vor meiner Tür, denn ich bin ein *early riser*. In Anbetracht der

Tatsache, dass es noch zappenduster war, fragte ich mich, was wir würden filmen können. Nach dem Austausch einiger Höflichkeiten, in deren Rahmen mir auch der Kamera- und der Tonmann vorgestellt wurden, schob man mich neben den Chauffeur Stefan Pannen auf den Vordersitz, und wir fuhren los.

»Wohin fahren wir?«, fragte ich Stefan Pannen.

»Nach Alphen aan de Rijn«, antwortete Stefan.

»Was machen wir dort?«, wollte ich wissen.

»Dort gibt es einen Fleischer, der noch selbst Schweine schlachtet«, erwiderte Stefan. »Dort filmen wir, wie der Speck beim Schlachten aus dem Schwein gewonnen wird. Bei Arte war man der Ansicht, wir sollten etwas mehr von der holländischen Küche zeigen als nur das Verspeisen eines Speckpfannkuchens.«

War das nun typisch holländische Küche? Die Verfilmung der Schlachtung eines Schweins und die Epiphanie von Speckseiten? Ich wollte protestieren, hatte jedoch keine Lust, dies auf Deutsch zu tun.

In Nullkommanichts waren wir in Alphen aan de Rijn. Auch der Fleischer war schnell gefunden, und dort erwartete man uns schon. Drei Schweine hatte man in den Raum gebracht, wo sie geschlachtet werden sollten, und der junge Metzger ging voller Vorfreude mit ein paar großen Messern umher.

»Es ist merkwürdig mit Schweinen«, sagte er. »Meiner Meinung nach wissen sie bereits, was sie erwartet, und sie sind sehr unruhig. Ihr hättet heute Morgen mal ihren Blick sehen sollen, durch und durch misstrauisch. Man kann ein solches Tier nicht im Beisein der anderen töten, die fangen dann furchtbar zu schreien und zu kreischen an. Man braucht zwei getrennte Räume.«

»Muss ich dabei sein, wenn geschlachtet wird?«, fragte ich Stefan.

»Nein«, antwortete er, »das muss nicht sein, aber ich würde dich gern mit einer Speckseite auf dem Arm filmen.«

Ich wurde in eine kleine Kammer gebracht, wo mir ein steinalter Mann ein großes Stück Wurst anbot.

»Wir haben wirklich einen schönen Betrieb«, sagte er. »Wo findet man das noch in den Niederlanden? Eigene Schlachtung! Schon seit Jahrhunderten geht die Fleischerei vom Vater auf den Sohn über.«

Ohrenbetäubendes Kreischen erstickte die Antwort, die ich geben wollte.

»Blödes Vieh«, rief der alte Mann, »begreif doch endlich, dass du nur dazu dienst, fettgemästet, geschlachtet und gegessen zu werden.«

Er hielt mir noch ein Stück Wurst hin.

»Hier, noch einen Happen auf den Schreck«, sagte er.

»Danke, ich hab genug«, erwiderte ich.

»Sie wissen nicht, was Sie verpassen«, sagte er, »Wurst wie die von uns bekommen Sie nirgends mehr.«

Um halb neun verließen wir Alphen aan de Rijn. Wo mochte es jetzt hingehen? Es war, als ahnte Stefan, was ich mich fragte.

»Wir fahren zu einem Totengräber in Leiden. Mit dem sind wir verabredet, um neun. Zu einem Gespräch. Wegen des Berufs deines Vaters.«

Und dann passierte, was auch die übrige Woche über immer wieder passieren sollte, ganz gleich, welche Mühe sich Stefan auch gab, wie aufmerksam er die Radioberichte auch verfolgen mochte. Wir gerieten in einen Stau. Ich kannte das deutsche Wort für dieses Phänomen nicht, aber in jener Woche habe ich es so oft gehört, dass ich es nie mehr vergessen werde.

Aufgrund des Staus waren wir erst um zehn Uhr auf dem Friedhof bei der Zijlpoort. Mit dem fröhlichen, sehr korpulenten Totengräber führte ich am Rande eines Grabes, das er – auch das wurde gefilmt, obwohl ich einwandte, mein Vater habe die Gräber immer mit der Hand ausgehoben – mit einem Kleinbagger gegraben hatte und das er nun sauber abarbeitete, ein Gespräch.

Um halb zwei war alles im Kasten. Nun schien mir der Moment für ein schlichtes, mittägliches Butterbrot gekommen, aber ein wie auch immer geartetes Catering erwähnte Stefan Pannen nicht. Schon ging es weiter, dem nächsten Stau entgegen – man versuche nur einmal aus Leiden herauszukommen, wenn man mit dem Auto an der Zijlpoort losfährt.

Wenn man mit einem Team des niederländischen Fernsehens filmt, fängt man immer mit einem ausgedehnten Kaffeeritual an. Und immer wird ausgiebig zu Mittag gegessen, und zwischendurch gibt es auch noch allerlei Kaffee- und Teepausen. Würde man ein ethologisches Protokoll der Handlungen anfertigen, dann würde man das Filmen wahrscheinlich als äußerst kurzfristige Unterbrechungen der Nahrungs- und Flüssigkeitsaufnahme bezeichnen. Doch bei Stefan Pannen und seiner deutschen Crew war das anders. Für Essen und Trinken war einfach keine Zeit, und als ich am Abend des ersten Aufnahmetags zu Hause abgeliefert wurde, hatte ich nach der ausgeschlagenen Wurst in Alphen keine Gelegenheit mehr gehabt, etwas in fester oder flüssiger Form zu mir zu nehmen. Zwar lud Stefan mich ein, mit ins Motel Sassenheim zu gehen, um dort den Tag mit einer Mahlzeit abzuschließen, aber auf die Küche der Hotelkette Valk verzichtete ich lieber. Außerdem hatte ich erst einmal genug von Stefans Truppe. In der Regel sagt der Mensch mit dem Mikrofon ungeachtet seiner Bezeichnung »Tonmann« beinahe nichts, während der Kameramann meistens eine eher extrovertierte Person ist. Der Tonmann in Stefans Crew war tatsächlich überaus schweigsam, aber der Kameramann war es auch. Im Laufe der Woche hörte ich ihn nur hin und wieder sagen, dass er, da 1950 geboren, keine Schuld an den Naziverbrechen habe. Schweigend schufteten der Kamera- und der Tonmann den ganzen Tag lang, während Stefan dezidiert und freundlich, entschieden und unerschrocken darlegte, wie er es haben wollte. Ich habe selten einen so vortrefflichen Sklaventreiber erlebt.

Am Dienstag holten sie mich wieder am Morgen um fünf Uhr ab. Wir fuhren nach Maassluis, filmten dort in der Groote Kerk, und danach musste ich mit dem Rad am Nieuwe Waterweg entlangradeln, auf einem Fahrrad, das Stefan bei der Radstation am Bahnhof mietete. Auch auf dem Friedhof machten wir Aufnahmen und setzten mit der Fähre nach Rozenburg über und filmten von dort die Skyline von Maassluis am anderen Ufer des Flusses. Um acht Uhr abends wurde ich, hungriger noch und durstiger als am Vortag, wieder zu Hause abgeliefert. Am Mittwoch hatte ich Geburtstag, und ich bekam nicht nur eine Pelzmütze, sondern man eröffnete mir um fünf Uhr nachmittags zudem, dass ich, wegen meines Geburtstags, den restlichen Tag frei hätte. Ich freute mich wie ein Kind.

Am nächsten Tag besuchten wir ein Pfannkuchenrestaurant. Als Ausgleich für die vielen entgangenen Mahlzeiten der vorherigen Tage, durfte ich einfach so, mitten am Tag, einen riesigen Speckpfannkuchen verputzen, und als ich das geschafft hatte, musste natürlich alles noch einmal wiederholt werden – so ist das bei Filmaufnahmen eben –, und mir wurde also ein zweiter formidabler Speckpfannkuchen vorgesetzt. Aufessen war kaum möglich, doch Stefan Pannen kannte keine Gnade. Wie? Ich schreckte doch nicht etwa vor einem Speckpfannkuchen zurück? Hinein musste er, und zwar ganz.

Am Freitag war dann wieder Schmalhans Küchenmeister, und am Samstag filmten wir – im Zusammenhang mit der holländischen Küche – von morgens früh bis abends spät auf dem Markt in Leiden, wo die Drehorgel, auf Wunsch von Stefan, den ganzen Tag »Wohl mir, dass ich Jesum habe« spielte. Und am Ende des Tages musste ich sogar noch in eine Kneipe, nachdem mein Protest gegen dieses Ansinnen – ich setze nie einen Fuß in eine Kneipe, sagte ich zu Stefan, das passt überhaupt nicht in einen Film über mich – weggewischt worden war. Gut, gemütlich mit anderen Schriftstellern in einer Kneipe, das ging leider nicht, aber die Kneipe musste so oder so hinein in den Film. Und wieder sprach er seine Enttäuschung darüber aus, dass ich offenbar keinen geselligen Kontakt zu anderen Autoren pflegte.

»Aber warum nicht?«, wollte er wissen.

»Weil niederländische Schriftsteller ein miserabler, esoterischer Verein von einander beweihräuchernden und sich gegenseitig Preise zuschiebenden Stipendienverschlingern sind.«

Mir machte man in der Leidener Kneipe, die wir schließlich besuchten, die schockierende Mitteilung, dass wir auch am nächsten Tag noch Filmaufnahmen machen würden. Die Woche hatte schließlich sieben Tage. Es gab einen Kantatengottesdienst in der Pieterskerk, und den wollte Stefan noch mitnehmen, mit mir als aufmerksamem Zuhörer inmitten der Kirchenbesucher. Die Aufnahmen des Kantatengottesdienstes – das Stillsitzen und aufmerksam Lauschen erwiesen sich als sehr anstrengend – haben es nicht in den fertigen Film geschafft, ebenso wie zahlreiche andere angeblich unverzichtbare Szenen, für die wir stundenlang im Stau gestanden haben. Aber die Wahrheit gebietet mir zu sagen, dass ich mir *Mein Land, meine Liebe* atemlos angesehen habe, als der Film auf Arte ausgestrahlt wurde. Vom ersten Moment des Films an, der mit dem Markt in Leiden und aufsteigenden Nebeln über einer kleinen Brücke im frühen Morgengrauen beginnt, ist man gefesselt. So wenig flamboyant und schuldlos an den Naziverbrechen der Kameramann auch war, sein Handwerk beherrschte er wie kein anderer. Was für einmalige, prächtige Bilder! Bedauerlich daher, dass ich später von Arte erfuhr, dass sich nur sehr wenige Zuschauer dazu berufen gefühlt hatten, die neun Folgen anzuschauen.

So viele Hähne, so nah beim Haus

Wenn ich mich in der Früh, noch vor dem ersten Morgengrauen, auf der WC-Brille niederließ, hörte ich die Hähne bereits krähen. Mehr noch, die Luft war erfüllt von ihrem Krähen, mal einstimmig, dann wieder drei- oder gar vierstimmig. Wie weit lagen die Eisenbahngleise in Luftlinie entfernt? Fünfhundert Meter? Dennoch hörte es sich so an, als würden sie auf meinem Hektar ihre Schreie ertönen lassen, pausenlos und unermüdlich. Meine Zwerghähne erwachten davon und ließen natürlich, auf eine so freche Lärmbelästigung reagierend, ebenfalls entschlossen von sich hören. Mich störte das nicht, ich war ja bereits aufgestanden, und mein Nachbar sagte immer: »Ich wohne auf dem Land, und da muss man, was Hähne angeht, ein bisschen was vertragen können.«

Wenn man von meinem Haus aus zum Moordenaarslaantje spaziert – der seinen Namen dem Umstand verdankt, dass ein Kaplan dort einen Jungen, an dem er sich vergriffen hatte, umgebracht hat –, dann gelangt man an ein abweisendes Tor, das den Zugang zu einer tiefer gelegenen Weide verschließt. Rechts von dem Tor liegt jedoch eine Planke über dem breiten Wassergraben, der die Weide begrenzt, über die man, wenn man ein Äquilibrist ist, balancieren kann, um so auf die Wiese zu gelangen. Angst vor nassen Füßen muss man nicht haben. Die Wiese ist zwar überraschend sumpfig, aber es gibt einen schmalen Pfad, und auf dem gelangt man zu einem Törchen, und jenseits dieses Törchens trifft man dann auf einen fahlen Grasstreifen, der zum Fahrradweg führt.

Der Fahrradweg verläuft an der Eisenbahnstrecke nach Schiphol entlang und bringt einen auf kürzestem Weg in die ziemlich trostlosen Außenbezirke von Voorhout und Sassenheim. Es gibt einen Tunnel, der die Gleise unterquert, und auf der anderen Seite des Tunnels führt ein Weg durch ein recht unordentliches Wäldchen, hinter dem dann die Jugendstrafanstalt Teylingereind auftaucht. Der Fahrradweg verläuft genau am Gefängnis vorbei, und wenn man dort unterwegs ist, wird man von den Überwachungskameras auf den hohen Mauern beobachtet.

Jedenfalls, in diesem unaufgeräumten Wäldchen hausen, wohnen, biwakieren die in der Regel bereits früh krähenden Hähne. Es ist ein seltsamer Haufen Federvieh, der dort lebt, Hähne allerlei Art und Größe, prächtige Zwerghähne mit Kämmen, die fast so groß sind wie die Tiere selbst, aber auch große weiße Adipositashähne, rabenschwarze Hähne, fahlgraue Hähne und ramponierte Hähne. Einmal entdeckte ich in dem Wäldchen auch eine Henne mit mindestens zehn Küken, doch so oft ich seitdem dort gewesen bin, die Henne und ihre Küken habe ich nie wieder gesehen.

Wieso gab es mindestens ebenso viele Hähne in einem winzigen Wäldchen, wie Jesus Jünger gehabt hat? Ich habe mir diese Frage erst gestellt, als ich, wieder einmal auf dem Weg zu dem wunderbaren tier- und umweltfreundlichen Supermarkt in Voorhout, feststellte, dass sich die Ansammlung von Hähnen vergrößerte. Wenn ich mit dem Rad dort vorbeikam, schätzte ich mit dem Auge die Größe der Population, aber es behagte mir nicht, dass ich auf diese Weise nie ein genaues Bild von der Gesamtzahl der Hähne erhielt. Also stieg ich künftig ab und zählte genau nach, wie viele Hähne ich sah. Die Hühnervögel waren jedoch stets überaus beunruhigt, wenn ich von meinem Fahrrad stieg. Sich ständig umsehend, machten sie sich jedes Mal aus dem Staub, tief in das Wäldchen hinein. Es gab aber auch einen riesigen, schneeweißen Hahn, der im Gegenteil stets aus dem Unterholz auftauchte, wenn ich anhielt. Er schritt auf mich zu, breitete die Flügel aus und drehte sich dann einmal um die eigene Achse. Irgendetwas fehlte dem Hahn, das Tier suchte Hilfe, so viel war klar, aber ich wusste nicht, was ihm fehlte, und konnte ihm daher leider nicht helfen.

Blieb man eine Weile stehen, dann kamen die Hähne der Reihe nach aus dem Wäldchen wieder zum Vorschein. Zwölf Hähne war lange Zeit das Ergebnis. Dann zählte ich eines Tages dreizehn Hähne, zwei Wochen später waren es vierzehn und nach einem weiteren Monat sogar achtzehn Hähne. Was für eine Zunahme! Wo kamen all die Hähne her? Handelte es sich um herumstreunende Hähne, die sich zusammenschlossen? Wie merkwürdig, eine so große, immer weiter anwachsende Population von Hähnen. Was steckte dahinter?

Von meinem Haus aus konnte ich die Hähne beobachten, wenn sie sich, durch die Eisenbahnunterführung hindurch, einen Ausflug zu den Sträuchern entlang des Radwegs erlaubten. Sehr bald fand ich heraus, dass einige junge und ältere Damen sich das Schicksal der Hähne zu Herzen genommen hatten und sie fast täglich mit allerlei Futter versorgten. Ich gewann den Eindruck, dass man von einem großen, wenn nicht gar übergroßen Nahrungsangebot sprechen konnte – die dortige Rattenpopulation hat sich bestimmt auch ordentlich vergrößert –, denn wenn ich zum Supermarkt fuhr, bemerkte ich oft Essensreste in der Böschung. Im Prinzip schienen nun alle Fragen geklärt. Es gab eine große Population von Hähnen, und die blieb erhalten, weil es ein mehr als ausreichendes Nahrungsangebot gab. Aber wo kamen die sich neu dazugesellenden Hähne her? Setzten Hobbyfederviehhalter dort ihre überschüssigen Tiere aus? Oder handelte es sich um ausgebüxte Hähne, die sich, angelockt vom ohrenbetäubenden Krähen im Morgengrauen, der Gruppe anschlossen? Letzteres erschien mir unwahrscheinlich. Hähne sind reviertreu, die streunen nicht herum. Meine Vermutung war, dass die Hähne ausgesetzt wurden. Hobbyfederviehhalter berichteten einander: »He, wenn du Hähne loswerden willst, dann kannst du sie an der Eisenbahnstrecke nach Schiphol aussetzen.«

Trotzdem blieb das Ganze seltsam, denn was macht man als Hobbyfederviehhalter mit einem überzähligen Hahn? Den steckt man doch in einen Topf? Oder sind die heutigen Hobbyfederviehhalter so zartbesaitet, dass sie das nicht mehr über sich bringen? Übrigens sind alte, zähe Hähne praktisch ungenießbar, und daher ist es verständlich, dass man sie aussetzt. Aber nie konnte ich, weder vor Ort noch mit dem Fernglas, irgendeine Form von *cock dropping* beobachten. Nichtsdestotrotz wuchs die Population immer weiter an, und man hätte allmorgendlich auf den Gedanken kommen können, in dem Wäldchen fände ein Wettkrähen statt.

Ich hätte nie die Ursache für das Anwachsen der Population entdeckt, wenn in dem unaufgeräumten Wäldchen keine Nachtigallen genistet hätten. Warum sie ausgerechnet dort, gleich neben dem Gefängnis und in einem merkwürdigen Niemandsland zwischen Eisenbahngleisen und Fahrradweg, ihre Nester bauten, war kaum zu verstehen. War dieses Niemandsland, aus der Perspektive der Nachtigallen betrachtet, denn so attraktiv? Dichte Vegetation am Boden, vorzugsweise Brennnesseln, das ist es, was eine Nachtigall liebt, und diese Bedingungen sind auf meinem Grundstück auch zu finden. Warum also nisteten die Nachtigallen nicht bei mir, sondern stattdessen entlang der Gleise?

So können nun die jungen Straftäter in ihren recht großzügigen Zellen, die Glückspilze in Teylingereind, von Mitte April bis zum Beginn des Sommers morgens den Gesang von mindestens zwei brütenden Nachtigallen genießen. Wenn ich Nachtigallen hören will, dann muss ich früh aufstehen. Dem Moordenaarslaantje folgend bin ich in Nullkommanichts bei dem Wäldchen, aber sehr viel befriedigender wäre es, wenn ich, noch ein wenig im warmen Bett dösend, hören könnte, wie die Nachtigallen ihren Gesang in meinem Obstgarten über den Brennnesseln anstimmten.

Aber ich wollte den Nachtigallen lauschen, und daher machte ich mich in aller Frühe auf den Weg. Im fahlen Dämmerlicht bemerkte ich im Wäldchen einen Mann in meinem Alter, der sich zu Tode erschrak, als ich plötzlich aus dem Tunnel auftauchte. Ich erwischte ihn sozusagen auf frischer Tat. Er klappte nämlich in dem Moment, als ich erschien, den Deckel eines zweigeteilten Korbs auf. Als er mich bemerkte, machte er den Deckel sofort wieder zu. Von panischer Angst erfüllt, schaute er – er saß auf den Knien – zu mir auf.

»Nicht erschrecken«, sagte ich, »ich bin nicht von der Polizei, und ich arbeite auch nicht als Waldhüter. Ich komme nur her, um den Nachtigallen zu lauschen. Was Sie hier treiben, geht mich nichts an.«

Um meine Worte zu bekräftigen, stimmte die Nachtigall, die am wenigsten weit entfernt vom Gefängnis nistete, ihren Gesang an.

»Hören Sie?«, sagte ich. »Die Nachtigall. Man vernimmt sie nirgendwo sonst in der Umgebung. Und auf der anderen Seite des Tunnels nistet noch eine. Das ist unglaublich. Schon seit Jahren kommen sie immer wieder hierher, um zu brüten.«

Es ist doch seltsam, dass man durch den Gesang der Nachtigall stets wieder aufgemuntert wird. Die Amsel singt ebenfalls ganz wunderbar, die Singdrossel ist auch nicht zu verachten, und der Kleiber ist bezaubernd. Aber dennoch, kein Vogel ist mit der Nachtigall vergleichbar. Zunächst natürlich, weil ihr Gesang kräftiger ist als der von anderen Singvögeln.

Hinzu kommt, dass die Nachtigall, wenn sie richtig in Fahrt ist, lauter und lauter wird. Von einem Gesang kann man streng genommen nicht reden; man hört keine Melodie, kein Liedchen, man hört eine Aufeinanderfolge von hellen, durchdringenden, an Lautstärke zunehmenden, herrlichen Tönen, die von irgendwo tief unten aus dieser unscheinbaren Kehle aufsteigen.

»Ist das eine Nachtigall?«, fragte der immer noch schreckensbleiche Mann.

»Das ist eine Nachtigall. Hören Sie genau hin, das ist ein besonderes Exemplar. Wenn es einen Nachtigallenwettbewerb gäbe, würde sie gewinnen.«

Ab und zu fügte die Nachtigall einen Takt Pause ein, als würde sie die Pausensymphonie von Bruckner aufführen.

»Wir haben Glück, offenbar sind auch die Hähne jetzt gerade so beeindruckt von dieser Nachtigall, dass sie vom Krähen absehen. Aber das wird nicht lange währen, gleich lärmen sie wieder los«, sagte ich.

»Ihr Gesicht kommt mir irgendwie bekannt vor«, sagte der blasse Mann.

»Ich bin Ihnen noch nie begegnet.«

»Trotzdem kenne ich Sie irgendwoher.«

»Ich wüsste nicht, woher. Psst, leise, lauschen Sie der Nachtigall, das ist einmalig.«

Wieder ertönte der Gesang, und er wurde kraftvoll von der anderen Nachtigall erwidert, die auf der anderen Seite des Tunnels nistete. So hockten wir dort im Epizentrum des Nachtigallengesangs, und während der erklang, hob sich auf einmal einer der beiden Deckel des großen braunen Korbs, und es erschien der Kamm eines Hahns. Auf der mir zugewandten Seite saß ein kolossales Exemplar gefangen, und das kletterte nun mit beispielloser Geschwindigkeit und aus eigener Kraft über den Rand und rannte in das Wäldchen. Der Hahn stolperte auf dem Hang, rappelte sich rasch wieder auf und stieß ein Krähen aus, das sich wie eine Mischung aus einem erstickten Schluchzen und einem wahrhaften Hahnenschrei anhörte. Sogleich brach, obwohl das Krähschluchzen gar nicht einmal sonderlich laut gewesen war, das Schreien und Rufen der Hähne los, die bereits im Wald hausten. Der Lärm war so ohrenbetäubend, dass die beiden Nachtigallen verdutzt schwiegen.

»Da schau her, ein Hahn«, sagte ich. »Sie dachten bestimmt, ach, was soll's, dort wimmelt es sowieso schon vor Hähnen, da macht ein Hahn mehr oder weniger nichts aus.«

Mein Altersgenosse antwortete nicht, sondern trommelte nur nervös mit den Fingern auf den Korb.

»Glauben Sie wirklich, ich nähme Ihnen übel, dass Sie hier einen Hahn freilassen?«, sagte ich. »Oder dass es mich stören würde? Sie sind bestimmt nicht der Einzige. Hier gibt es jede Menge Hähne, und es kommen ständig neue hinzu. Außerdem werden sie von den vorbeiradelnden Damen hervorragend versorgt. Also?«

»Kümmert man sich hier um die Hähne?«

»Und wie«, sagte ich.

»Ich dachte es mir schon. Dann ist es also gar nicht so schlimm, wenn ich ...«

Aus dem Korb erklang ein seltsames Geräusch, das an das Stöhnen eines Kindes erinnerte. Der zweite Deckel des Korbes bewegte sich auf und ab. Der Mann erschrak heftig, und daher sagte ich: »Keine Sorge, von mir haben Sie wirklich nichts zu befürchten.«

»Ich wünschte, mir fiele ein, woher ich Sie kenne.«

»Vermutlich haben Sie mich im Fernsehen gesehen.«

Der Mann sah mich scharf an und sagte dann: »Ja, jetzt weiß ich es, jetzt erkenne ich Sie. Sie sind der komische Kerl aus der blöden Gemüsegartensendung. Sie hatten in den Folgen jedes Mal so komische Hüte auf, sonst hätte ich Sie sofort wiedererkannt. Für die Sendung hätte man mich nehmen müssen, dann hätten die Zuschauer zumindest gesehen, dass man auch ordentlich und sauber arbeiten kann.«

»Der Sender will eine Fortsetzung drehen, aber ich habe keine Lust. Ich werde vorschlagen, dass man Sie engagiert.«

Wieder bewegte sich der Korbdeckel, und wieder erhob sich ein Hahn aus seinem Verließ, diesmal ein Hähnchen, eine schmächtige Erscheinung, ein Organismus, der vornehmlich aus Beinen und übertrieben langen Schwanzfedern bestand und mit einem Kamm ausgestattet war, der sich wie ein Fallschirm über ihm wölbte. Das Hähnchen stieg mithilfe der Flügel aus dem Korb, flatterte dann sofort zu Boden, warf einen erschreckten Blick auf mich und flitzte in das Wäldchen.

»So, so, sogar zwei Hähne! Sind die anderen, die hier herumlaufen, auch von Ihnen?«

»Nein, nicht alle.«

»Aber doch viele, demnach?«

»Es gab hier schon einige Hähne. Als ich mit dem Fahrrad vorbeikam, sah ich sie herumlaufen, und das brachte mich auf eine Idee. Man kann hier zwar mit dem Fahrrad langfahren und die Fäuste ballen, aber dadurch wird es auch nicht besser. Aber die Hähne ... Na ja, ich weiß auch nicht, ob es etwas bringt, aber man bleibt zumindest nicht tatenlos. Die Hähne krähen sich blöd in der Früh, und wenn man dort einsitzt ...«, der Mann deutete auf das Gefängnis, »dann geht es einem vielleicht auf die Nerven, dann wird man möglicherweise doch im Morgengrauen geweckt und schläft danach nicht mehr ein.«

»Ach so«, sagte ich, »Sie setzen die Hähne also hier aus, um den Herren da drinnen am Morgen das Leben sauer zu machen. Nun, ich denke schon, dass sie das Krähen stören wird, denn ich, der einen halben Kilometer entfernt wohnt, höre sie morgens oft lärmen, als würde die Welt untergehen.«

»Stört Sie das Krähen?«

»Nein, ich gehe eigentlich immer um acht Uhr ins Bett und stehe um vier wieder auf. Das Krähen weckt mich also nicht.«

»Sie selbst haben doch auch Hühner, wie ich im Fernsehen gesehen habe?«

»Ja«, antwortete ich, »und zwei Hähne, ich habe auch Schreihälse im Garten.«

Wir lauschten eine Weile dem aus dem Wäldchen ertönenden ohrenbetäubenden Krähen der Hähne. Wie es sich in den Zellen anhörte – ich konnte es mir nicht vorstellen. Mir schien es erträglich zu sein, aber ja, ich saß nicht drinnen und hatte möglicherweise leicht reden.

»Sitzt dort jemand, der Ihnen etwas angetan hat?« fragte ich.

»Mir nicht, aber meiner Frau. Zwei Burschen haben am helllichten Tag an unserer Tür geklingelt, sie öffnete, und die beiden stürmten sofort ins Haus und fesselten sie auf einem Stuhl. Ich war leider nicht daheim. Ich fand sie, als die beiden Mistkerle schon längst wieder verschwunden waren. Der Schlimmere sitzt hier, der andere irgendwo in Drenthe, an den komme ich nicht ran. Es ist eine Art Rache, eine primitive und wenig erbauliche Rache, zugegeben, aber sie befriedigt mich, auch wenn es meiner Frau nicht hilft. Sie ist immer noch ganz fix und fertig.«

»Aber wie kommen Sie an die Hähne?«

»Kleinanzeigen.nl.«

»Meinen Segen haben Sie.«

»Was meinen Sie, ist mein Handeln strafbar?«

»Das scheint mir höchst unwahrscheinlich.«

»Was das Leben nicht alles für einen in petto hat. Das denkt man doch nicht, wenn man jung ist, dass man auf seine alten Tage noch hingeht und im Internet nach Hähnen sucht. Das Angebot ist übrigens gewaltig, ich könnte hier jeden Tag ein paar Hähne aussetzen. Und noch allerlei andere

Tiere, sogar Krokodile und Taranteln. Mein Gott, was alles angeboten wird ... Ach, das ist schön, ob es irgendeine Wirkung hat, ich weiß es nicht, aber man ist zumindest beschäftigt, man tut etwas.«

Wohnbootbotschafter

Als ich auf dem Kiesweg mit dem Fahrrad nach Hause kam, erschrak ich. Bei der Haustür saß ein kräftig gebauter Mann auf einem meiner weißen Gartenstühle.

»Meine Geduld wird belohnt!«, rief er, »endlich Aug in Aug mit Herrn Maarten van 't Hart.«

»So heiße ich nicht«, entgegnete ich, »mein Name ist Maarten 't Hart. Weg mit dem ›van‹.«

»Gut, gut, Maarten 't Hart. Ich habe endlos versucht, Sie telefonisch zu erreichen, aber Sie sind nie rangegangen. Deshalb war ich so frei, höchstpersönlich herzukommen.«

»Das ist eine Sache«, sagte ich, »eine andere ist, dass Sie auch so frei waren, einen weißen Gartenstuhl aus meinem Schuppen zu holen.«

»Was sollte ich sonst tun? Steht hier eine Wartebank? Hätte ich die ganze Zeit stehen sollen?«

Obwohl der Mann durchaus anständig aussah, gefiel er mir überhaupt nicht. Zweifellos wollte er irgendwas von mir. Als Kind wollte ich weltberühmt werden, aber damals ist mir nicht einmal der Gedanke gekommen, dass man, wenn man erst berühmt ist, und sei es auch nur in Südholland, unaufhörlich mit den merkwürdigsten Anfragen bombardiert wird. Die Folge dessen ist, dass man nahezu den ganzen Tag damit beschäftigt ist, all diese Anfragen höflich abzulehnen.

Für mich stand daher fest, dass mir wieder ein Kampf bevorstand. Ich lehnte mein Fahrrad an einen Baum, holte einen zweiten weißen Gartenstuhl aus dem Schuppen und ging damit zur Haustür. Ich dachte, ich könnte mir einen Vorteil verschaffen, wenn ich den Mann nicht ins Haus bat.

»Wollen Sie hier draußen sitzen bleiben?«, fragte der Mann, als ich meinen Stuhl neben seinen stellte.

»Ja«, sagte ich, »das Wetter ist herrlich, warum also reingehen?«

»Nun, der Genuss einer Tasse Kaffee …«

»Ich trinke nie Kaffee«, unterbrach ich ihn, »davon bekomme ich Herzrhythmusstörungen.«

»Aber ich sitze hier schon seit gut einer Stunde und warte.«

»Ich habe Sie nicht gebeten zu kommen.«

»Besonders gastfreundlich sind Sie nicht, aber meinetwegen, das ist nicht weiter schlimm. Sie sind doch Biologe, nicht?«

»Gewiss, ich habe Biologie studiert.«

»Sie lieben also Flora und Fauna.«

»Das kommt darauf an, um welche es geht, die Zaunwinde verfluche ich, und den Engerling auch.«

»Gut, gut, aber die Umwelt … wie es um die steht, das geht Ihnen doch zu Herzen?«

»Natürlich.«

»Und bestimmt machen Sie sich auch Sorgen wegen des Klimawandels.«

»Ja und nein. Ja, weil er langfristig katastrophale Folgen haben wird. Der Meeresspiegel wird gewaltig steigen, und dieser Polder hier wird also geflutet werden, und nein, weil er heute doch einige Vorteile mit sich bringt. Keine strengen Winter mehr, und man kann schon Anfang Februar Dicke Bohnen säen. Und im Gewächshaus hat man den ganzen Winter über Rucola.«

»Ja, aber was ist mit den Eisbären am Nordpol?«

»Sicher, die haben es schwer, ich würde ihnen gern helfen, aber wie? Wo kann man Geld spenden, von dem dann Seerobben gekauft werden, die man anschließend an die

Bären verfüttert? Ich wüsste nicht, wo. Dank des Klimawandels gibt es heute Mücken auf Spitzbergen. Tja, davon können Eisbären sich nicht ernähren.«

Mir war inzwischen klar, dass der Mann sich mit einer Bitte an mich wenden wollte, die etwas mit der Umweltverschmutzung oder dem Klimawandel zu tun hatte. Dagegen würde ich mich nur schwer wehren können, denn das würde den Eindruck erwecken, dass beides mich kalt ließ.

»Sie finden es also angenehm, den ganzen Winter über Rucola ernten zu können? Sollen die Eisbären ruhig krepieren, Hauptsache, ich habe Rucola?«

Was sollte ich darauf erwidern, solange ich nicht wusste, worauf er hinauswollte? Also sagte ich nichts.

»Herr Maarten van 't Hart«, sagte der Mann daraufhin mit erhobener Stimme.

»Kein ›van‹«, sagte ich verärgert.

»Gut, gut, ich schreib es mir hinter die Ohren, Herr Maarten van ... Entschuldigung, das tut mir leid ... Herr Maarten ohne ›van‹, wir wenden uns mit einer Bitte an Sie.«

»Wer ist ›wir‹?«

»Das verrate ich Ihnen gleich, aber zuerst wiederhole ich mit Nachdruck: Wir wenden uns mit einer Bitte an Sie. Wir brauchen Sie dringend.«

»Und glauben Sie, dass ich Sie umgekehrt auch dringend brauche?«

»Ich glaube, wir können uns wechselseitig von Nutzen sein. Was wir von Ihnen wollen, und das wird Ihnen ansonsten kaum Arbeit machen, ist, dass Sie unser Botschafter werden.«

Aha, dachte ich, man will, dass ich irgendwo Botschafter werde. Laut Wörterbuch ist ein Botschafter »der höchste diplomatische Beamte als Vertreter einer Regierung«, aber heutzutage wird der Titel auch in völlig anderem Sinn verwendet. Vor Jahren wurde ich einmal gebeten, Botschafter der Schweine zu werden. Darüber habe ich lange nachgedacht, weil ich entschieden gegen die Massentierhaltung bin. Dennoch habe ich abgelehnt, denn als Botschafter ist man die repräsentative Figur eines Interessenverbands und muss dann überall anwesend sein und an Diskussionen im Radio und an Talkshows im Fernsehen teilnehmen. Und derartige Medienverpflichtungen wollte ich absolut nicht eingehen. Außerdem bin ich gebeten worden, Botschafter des Vegetarismus zu sein. Und dann? Ein mit dem Teleobjektiv gemachtes Foto von mir an einer Heringbude, und ich wäre geliefert, und der Vegetarismus gleich mit. Das wollte ich also auch nicht.

Und jetzt? Sollte ich Botschafter der Eisbären werden? Der schmelzenden Gletscher? Des ansteigenden Meeresspiegels?

»Botschafter«, wiederholte der Mann verträumt, »Sie sind wie geschaffen dafür, Sie sind telegen, Sie sind nie um eine Antwort verlegen, bauen oft sogar einen kleinen Scherz ein, was will man noch mehr. Auf Sie hört man, und daher sind Sie der Mann, den wir suchen.«

»Auf mich wird überhaupt nicht gehört. Als Bush junior in den Irak einmarschieren wollte, da habe ich einen flammenden Artikel im *NRC Handelsblad* veröffentlicht, um ihn und unseren Ministerpräsidenten Balkenende davon abzuhalten. Geholfen hat es nicht, und jetzt ist der Mittlere Osten ein einziger Schutthaufen.«

»Bush wird den Artikel nicht gelesen haben.«

»Wenn er ihn gelesen hätte, hätte er sich davon auch nicht beeindrucken lassen.«

»Trotzdem sind Sie der Mann, den wir suchen.«

»Suchen wofür?«

»Darauf komme ich gleich zu sprechen. Ich sage Ihnen: Wir suchen einen Menschen, und dieser Mensch sind Sie.«

»Sicher, ich bin ein Mensch, aber Menschen gibt es erstaunlich viele.«

»Sie sind ein besonderer Mensch.«

»Selbst von solchen wimmelt es.«

»Sie ... Sie ... als Botschafter.«

»Ich bin kein Diplomat.«

»Sie wohnen hier so herrlich. Ihr Grundstück ist von Wassergräben umgeben, auf einer Seite sogar von einem breiteren Gewässer. Angenommen ... nur einmal angenommen, Wohnungssuchende würden dort ein Wohnboot verankern wollen, wie fänden Sie das?«

»Für ein Wohnboot ist dieses Gewässer bestimmt nicht breit genug.«

»Aber wenn es breit genug wäre?«

»Wenn es breit genug wäre und jemand dort ein Wohnboot würde festmachen wollen, dann glaube ich nicht, dass er dafür eine Genehmigung bekäme. Und das ist schade, denn ich selbst hätte gern ein kleines Wohnboot für zwei Personen, nicht im Wasser, sondern auf dem Land. Es gibt eine Seite im Internet, auf der kann man seine Postleitzahl eingeben, und dann erfährt man, wie viele Meter man unter dem Meeresspiegel wohnt. Hier im Polder leben wir gut fünf Meter unter dem Neuen Amsterdamer Pegel. Wenn also die Dünen und die Deiche brechen, läuft der Polder in Nullkommanichts voll wie eine Badewanne. Ehe man aus dem Polder raus ist, ist man schon ertrunken. Ein Wohnboot in der Nähe des Hauses, im Obstgarten, könnte eine Lösung sein. Sonnenkollektoren drauf, die neuesten Geräte zur Wasseraufbereitung und Astronautennahrung an Bord, ein E-Reader mit allen Romanen von Trollope und Dickens sowie ein iPod mit allen Kantaten von Bach, und man könnte es, für einige Zeit jedenfalls, gut aushalten, auf dem Polder dümpelnd. Der Punkt ist nur: Woher bekomme ich ein Wohnboot. Selbst bauen? Bauen lassen? Alles nicht so einfach, darum habe ich dieses Projekt auch noch nicht in Angriff genommen. Wohl aber habe ich auf dem Dachboden ein Schlauchboot gelagert, für alle Fälle ...«

»Ein Schlauchboot, ja, das scheint mir sinnvoll, aber ein Wohnboot? Hier im Obstgarten, auf dem Trockenen?«

»Eine Art Arche, eine Arche Noah.«

»Nun, Wohnboot ... Ich will mit offenen Karten spielen: Wir möchten Sie zum Wohnbootbotschafter machen.«

»Muss ich dann verkünden, dass man im Hinblick auf den steigenden Meeresspiegel besser auf dem Wasser wohnen sollte?«

»Nein, eben nicht. Wir haben unseren Interessenverband gegründet, weil wir Wohnboote verabscheuen. Sie müssen unverzüglich aus unseren Grachten und Kanälen, aus unseren Wasserläufen und Flüssen, aus unseren Wasserstraßen und Strömen, aus unseren Bächen und Hafenbecken verschwinden.«

»Wohnboote in Hafenbecken? Das sind bestimmt nicht viele.«

»Überall in den Niederlanden dümpeln Wohnboote. Man kann sich schlicht und einfach keinen Tümpel vorstellen, in dem kein Wohnboot schwimmt. Nehmen Sie doch nur einmal das Dorf, in dem Sie wohnen. Hier wimmelt es von Wohnbooten.«

»Auf der Leede liegen ein paar und beim Krantzer Wald, aber ansonsten hält es sich absolut in Grenzen.«

»Sie liegen auch hier überall, sie müssen aus Südholland verschwinden, sie müssen aus den Niederlanden verschwinden, aus Europa, ja, aus der ganzen Welt.«

»Aber wieso?«

»Muss ich Ihnen als Biologe das erklären? Sie sind extrem umweltverschmutzend. Fast immer werden sie mit leichtem Heizöl geheizt, und dieses Heizöl befindet sich meistens in Tanks, die nah am Ufer stehen. Diese Tanks lecken grundsätzlich und verunreinigen das Wasser.«

»So schlimm ist es nicht. Ich heize auch mit Öl, und mein Tank leckt garantiert nicht.«

»Sie heizen auch ... nicht doch.«

»Aber ja doch, welche Alternativen habe ich?«

»Gas.«

»Ich wohne zu weit draußen im Polder, man will mich nicht ans Gasnetz anschließen.«

»Sie könnten flüssiges Propangas liefern lassen.«

»Das hat mein Nachbar. Bringt allerlei Probleme mit sich. Der Standort für den Tank musste so viele bizarre Umweltschutzvorschriften erfüllen, dass er ihn nirgendwo aufstellen konnte. Also hat er ihn heimlich aufgestellt, bis heute ohne behördliche Beschwerden, aber irgendwann kriegt er den Ärger.«

»Um die Wohnboote herum kann man überall einen dünnen Ölfilm auf dem Wasser sehen – schon deshalb müssen sie verschwinden.«

»Um wie viele Boote geht es in den Niederlanden? Haben Sie eine Vorstellung?«

»Zehntausend.«

»Ankern nur zehntausend Wohnboote in den niederländischen Binnengewässern? Wissen Sie das genau?«

»Es sind zehntausend zu viel.«

»Kommen alljährlich viele dazu?«

»Nein, zum Glück sind die Verwaltungen bei der Vergabe von Genehmigungen äußerst restriktiv. Neue Liegeplätze werden nicht mehr vergeben.«

»Worüber regt sich Ihre Bürgerinitiative denn dann auf?«

»Über die zehntausend Wohnboote, die es bereits gibt. Darüber, dass aus den offenen Fenstern dieser Boote heimlich Müll in unsere Grachten geworfen wird. Darüber, dass diese Boote die Ufer unordentlich aussehen lassen und den Blick auf das Wasser versperren, darüber, dass oft Fäkalien aus diesen Booten einfach ins Wasser geleitet werden.«

»Tatsächlich?«

»Herr van 't Hart, Wohnboote sind schreckliche Undinge.

Denken Sie nur an die bestürzende Spießigkeit dieser Pötte. Führen Sie sich vor Augen, wie erschreckend hässlich sie in aller Regel sind. Weg damit ... weg damit ...«

»Aber neulich erst habe ich von einem formidablen Orkan gelesen, der uns treffen könnte. Die Wahrscheinlichkeit ist gering, aber die Möglichkeit besteht. Vielleicht ein Mal in einer Million Jahre. Es könnte also erst in neunhunderttausend Jahren passieren oder schon morgen. Dann wird alles weggefegt, und es überlebt nur eine Handvoll Niederländer auf ihren Wohnbooten. Von diesen Wohnbooten aus kann unser Land dann wieder aufgebaut werden. Außerdem scheint es nicht ausgeschlossen, dass ein großes Stück von einer der Kanarischen Inseln plötzlich abbricht und in den Atlantischen Ozean rutscht. Die gewaltige Welle, die dadurch entsteht, wird die Ostküste der Vereinigten Staaten sowie die Westküste von Afrika und Europa treffen. Von den Niederlanden ist danach nichts mehr übrig. Nur in einem Wohnboot hat man vielleicht eine Chance zu überleben.«

»Herr van 't Hart, das sind lauter Ammenmärchen, ganz bestimmt. Die Wohnboote müssen weg, und Sie müssen unser Botschafter ...«

»Ich bedaure es aufrichtig, aber Wohnbootbotschafter werde ich nicht. Dann kann ich mir keine kleine Arche mehr in den Obstgarten legen.«

»Bitte, Herr van 't Hart, Sie würden uns enorm helfen, wenn Sie sich als Botschafter hinter unsere Bewegung und Ziele stellen würden. Bitte, Herr van ...«

»Nicht ›van‹!«

»Bitte, Herr 't Hart, retten Sie uns, helfen Sie uns, machen Sie mit ... Sie würden ... Sie haben ... bestimmt, die Dinger müssen weg, sie müssen verschwinden, ich richte einen dringenden Appell an Sie. Ich kann Ihnen sämtliche Literatur über die Schädlichkeit von Wohnbooten besorgen, die Sie nur haben wollen. Lesen Sie die erst, ehe Sie Nein sagen. Ich bin sicher, wenn Sie sich die Mühe machen, all unsere Berichte und Beschwerdebriefe zu lesen ...«

»Apropos Lesen«, unterbrach ich ihn, »wussten Sie, dass über das Leseverhalten eine interessante Untersuchung gemacht wurde, in der man auch Wohnboote intensiv unter die Lupe genommen hat?«

Eine Antwort bekam ich nicht, mich traf nur ein sehr erstaunter Blick. Also fuhr ich fort: »Man hat untersucht, was so alles an unterschiedlichen Orten gelesen wird. Im Gefängnis liest man gern die Geschichten von Maarten Biesheuvel, in Hochhäusern eher die Bücher von A. F. Th. van der Heijden. Je höher das Apartment liegt, umso größer die Chance, dass man dort van-der-Heijden-Leser findet. In Sanatorien schwört man auf Thomas Rosenboom, in Wohnwagen liest man Herman Koch, in Kohleminen vertieft man sich mit einer kleinen Taschenlampe in das Werk von Connie Palmen, auf Hochseeschiffen verschlingt man die Bücher von Willem Frederik Hermans, im Wartezimmer von Ärzten ist Renate Dorrestein sehr hoch angeschrieben, auf Toiletten vergnügt man sich mit den Texten von Arnold Heumakers, und auf Wohnbooten sind die Leser verrückt nach meinen Büchern. Meine Bücher! Der Wohnbootleser ist ein Maarten-'t-Hart-Leser. Wenn ich also Wohnbootbotschafter werde, vergraule ich meine treuesten Leser.«

Der Mann erhob sich aus seinem weißen Gartenstuhl, stellte sich vor mich und sagte wütend: »Sie sind nur auf Ihren eigenen Vorteil bedacht. Sie sind ein Egoist. Ich dachte es mir vorhin schon, als deutlich wurde, dass Ihnen das Schicksal der Eisbären am Arsch vorbeigeht, wenn Sie nur Rucola ernten können. Ich habe immer eine hohe Meinung von Ihnen gehabt, Herr van 't Hart, aber die Zeiten sind vorbei. Sie sind entlarvt, Sie sind ein hundertprozentiger, lupenreiner Egoist. Ich gehe von dannen und werde die Wahrheit der Welt verkünden, Herr van 't Hart.«

»Es heißt nicht ›van 't Hart‹, das ›van‹ muss weg.«

»Es heißt sehr wohl ›van 't Hart‹. ›Van‹, das ist das Kernwort: Hauptsache, es ist *von* mir, egal, ob Rucola oder das Buch in der Hand eines Wohnbootlesers. Von mir, von mir, von mir.«

Und mit großen Schritten stiefelte der Mann über meinen Kiesweg davon, sich hin und wieder umsehend und rufend: »Von mir, von mir, von mir.«

Eine sehr kurze Geschichte über Musik

Ich wurde gebeten, eine sehr kurze Geschichte über Musik zu schreiben und diese beim Sender Radio 4 vorzulesen. Aber Radio 4 ist ein Musiksender, das gesprochene Wort gehört dort nicht hin, und daher antwortete ich, dass ich die Aufgabe nicht übernehmen würde, aber ich konnte es dennoch nicht lassen, eine sehr kurze Geschichte über Musik zu schreiben.

Dorinde van Oort ergatterte einst in Paris eine Karte für ein Konzert des Amadeus-Quartetts. Sie war damals jung, bildschön, und daher gelang es ihr nach dem Konzert, in die Künstlergarderobe vorzudringen. Sie bezauberte die vier Herren, und mit dem jüngsten von ihnen, dem Cellisten Martin Lovett, landete sie in einem Hotelbett.

Martin war mit Suzy verheiratet und hatte zwei Kinder, sodass Dorinde folglich nur ein Mädchen für halbe Nächte war, wie auch der Titel ihres ersten Buches lautete. Dorinde heiratete, und die halben Nächte gehörten der Vergangenheit an. Dorinde ließ sich scheiden, heiratete erneut und ließ sich wieder scheiden, und während all der Jahre blieb sie mit Martin Lovett eng befreundet. Und dann starb Suzy.

Und jetzt ist Dorinde also mit Martin Lovett verheiratet. So kam es, dass mich an einem ganz gewöhnlichen Sommertag der inzwischen steinalte Cellist des Amadeus-Quartetts besuchte.

Er erzählte mir, dass das Quartett vor Jahren in einem BBC-Studio das Streichquintett von Schubert gespielt hatte, zusammen mit Mstislav Rostropowitsch. Von dieser Aufführung war vor Kurzem eine Raubpressung aufgetaucht; offensichtlich hatte seinerzeit heimlich jemand einen Mitschnitt dieses Livekonzerts gemacht. Lovett war darüber natürlich verärgert. Denn auch wenn kein Geringerer als Rostropowitsch mitgespielt hatte, so war es doch eine Aufführung gewesen, die nicht den höchsten Anforderungen für eine Plattenaufnahme entsprach.

»Ich ging damals, als wir dieses wunderbare Stück auf unsere Notenpulte stellten, natürlich davon aus«, berichtete Martin, »dass Rostropowitsch die erste Cellopartie spielen würde und ich die recht undankbare zweite. Das zweite Cello ist oft nur eine große Gitarre. Man zupft lediglich ein wenig an den Saiten, zum Beispiel zu Beginn des langsamen Teils. Aber Mstislav protestierte heftig, als ich mich der zweiten Partie erbarmen wollte. ›*Don't deprive me of my pizzicati*‹, sagte er zu mir.«

Martin machte eine kurze Pause, damit ich zu mir durchdringen lassen konnte, wie unglaublich das war. Ein weltberühmter Cellist, der sich dennoch mit einer Nebenrolle begnügt.

»Ach, was für ein Mann, was für ein Mensch«, sagte Martin.

»Was für eine erstaunliche Geschichte«, sagte ich, »und solche Geschichten kannst du natürlich auch über allerlei andere Musiker und Komponisten erzählen. Du hast all die großen britischen Komponisten aus der Nähe erlebt. Kildea berichtet in seiner George-Britten-Biografie, dass Britten mit dir eine Cellopartie aus einem seiner Werke bespricht.«

»Ach ja, Britten, ein etwas knurriger Mann, leicht beleidigt, kaum Humor, aber ein fantastischer Komponist, das ganz bestimmt.«

»Schnapp dir Dorinde, diktier ihr deine Memoiren. Du hast so viel zu erzählen.«

»Meinst du? Vier alte Männer, die immer zusammen

unterwegs sind und die ganze Welt bereisen? Ich kann dir berichten, dass wir einander hin und wieder zum Hals raushingen, aber zum Glück kann man immer wieder ein Quartett von Haydn aufs Pult stellen ... Haydn, Joseph Hayd ... *I assure you, there is no greater composer than Joseph Haydn.*«

Wieder machte er eine kurze Pause, damit in seiner ganzen Bedeutung zu mir durchdringen konnte, was er gesagt hatte. Dann fuhr er fort: »*Mark my words*, ich sage nicht, dass er der größte Komponist ist, ich sage nur: Es gibt keinen größeren Komponisten als Joseph Haydn.«

»Wer ist denn genauso groß? Wer sind, deiner Ansicht nach, die fünf größten Komponisten?«

»Gib mir einen Zettel«, sagte er, »dann werde ich ihre Namen aufschreiben. Nimm du dir auch ein Blatt Papier und schreibe ebenfalls fünf Namen auf. Anschließend schauen wir, ob wir dieselben Namen notiert haben.«

Ich holte also zwei Zettel, gab ihm einen und schrieb selbst auf den anderen: Bach, Mozart, Beethoven, Haydn, Schubert. Gern hätte ich noch drei weitere Namen hinzugefügt, Wagner, Verdi, Debussy, aber die Vereinbarung lautete: fünf Namen.

Er schrieb ebenfalls, faltete den Zettel feierlich und reichte ihn mir. Ich gab ihm meinen Zettel. Ich entfaltete den Zettel wieder und las: Haydn, Beethoven, Mozart, Bach, Schubert, Händel.

»Du hast dieselben Namen notiert wie ich«, sagte er zufrieden.«

»Ja, alles schön und gut«, erwiderte ich, »aber du hast sechs Namen aufgeschrieben anstatt fünf.«

Er sah mich schmunzelnd an und sagte dann mit großem Nachdruck: »*These six men are the five greatest composers.*«

Im Kasino

Manchmal überkommt einen das Schicksal in Form eines Fernsehteams. Drei Männer, Regisseur, Kameramann und Tonmann, sind den ganzen Tag damit beschäftigt, drei Minuten Bildmaterial zu sammeln, das sich, wie später deutlich wird, als nicht brauchbar erweist.

Mitten in der Arbeit machen sie plötzlich Pause. Dann muss etwas gegessen werden. Aber in meinem Dorf hat während der Mittagszeit nichts geöffnet, also begibt man sich notgedrungen an den Rand der Gemeinde, ins Motel Sassenheim.

Ich bin mit solchen Teams diverse Male da gewesen. Einmal habe ich im Motel Sassenheim sogar zum ersten und letzten Mal in meinem Leben einen Hamburger verdrückt. Nach meinem ersten und einzigen Hamburger gingen wir zum Parkplatz und kamen dabei an einem Kasino vorbei.

»He, schaut mal«, rief der Kameramann, »ein Kasino. Lasst uns mal einen Blick reinwerfen.«

»Ja!«, riefen der Regisseur und der Tonmann.

Ich fragte mich, was ein Mensch dort verloren haben könnte, wollte jedoch kein Spielverderber sein. Also ging ich mit den drei Herren ins Kasino. Niemand begrüßte uns, man konnte einfach so in die Spielhalle durchgehen. Fast alle Glücksspielautomaten waren unbemannt, aber hier und da hockten, wie Gespinstmotten auf Weißdornsträuchern, steinalte, sehr gepflegte, vortrefflich frisierte, zerbrechliche alte Damen vor den einarmigen Banditen. Man konnte eine

Treppe hinaufgehen, und im ersten Stock saßen Haute-Couture-Damen fortgeschrittenen Alters an glitzernden Spielautomaten.

Ich ging an den Damen entlang und dachte: Hier gibt es nichts zu erleben, wenn man selbst nicht spielen will. Ich gehe wieder nach draußen und warte auf dem Parkplatz auf das Fernsehteam.

Im selben Moment drehte sich jedoch eine der hochbetagten Grazien zu mir um und sagte: »Junger Mann, setz dich kurz zu mir, das bringt nämlich Glück. Wenn ich etwas gewinne, bekommst du die Hälfte.«

Es schmeichelte mir, als junger Mann angesprochen zu werden, und der Vorschlag klang verlockend.

Ich setzte mich also kurz zu ihr. Die Dame, an deren Seite ich nun saß, wirkte furchtbar zerbrechlich, aber sie trug ein wunderschönes Kostüm. Und wenn sie sich bewegte, erklang wegen der grenzenlosen Menge an Schmuck, der überall angebracht war, ein leises Klimpern.

Die Dame drückte auf diverse Tasten, und aus dem Automaten mit Namen »True Love« stiegen daraufhin allerlei ächzende Geräusche auf, die das Klimpern des Schmucks einige Zeit übertönten. Und dann spuckte der Apparat ein reichhaltiges Sortiment an Silberlingen aus.

»Da siehst du's«, rief die alte Dame, »du bringst Glück!«

Großzügig überreichte sie mir eine Auswahl an Geldstücken.

»Aber, gnädige Frau, das steht mir doch überhaupt nicht zu«, erwiderte ich.

»Nicht widersprechen, junger Mann«, sagte sie. »Und nenn mich bitte nicht gnädige Frau, ich heiße Elionoor. Nimm, wir teilen ehrlich, jeder die Hälfte.«

Ihre Hälfte überließ sie sogleich wieder dem Automaten. Der verschluckte alles und gab nichts wieder.

»Lieber Himmel«, sagte ich, »ich sehe schon, ich bringe also nur ein einziges Mal Glück.«

»Das ist meistens so, junger Mann, aber was macht das schon? Das Spielen selbst ist das Vergnügen, und was bleibt mir in meinem Alter noch?«

»Dann müssen Sie viel Geld haben, denn ich nehme an, dass Sie viel mehr hierhintragen, als Sie nach Hause bringen.«

»Junger Mann, was für ein schrecklich nüchterner, wenig poetischer Blick auf einen aufregenden Zeitvertreib. Es geht doch um die Spannung, oder? Und finde in meinem Alter mal etwas, dass dir Spannung und Abenteuer verschafft. Enkel habe ich nicht, Fernsehen gucken langweilt mich, quatschen mit meinen Freundinnen ermüdet mich, wobei hinzukommt, dass all meine Freundinnen inzwischen tot sind.«

»Ach, wie traurig.«

»Nun ja, meine Trauer hält sich in Grenzen, glaubst du, es ist schön, alt zu sein ... Tee schlabbern, mit den letzten Zähnen am Krapfen nagen und währenddessen plappern und quasseln, mein Gott, wie geisttötend. Zum Glück hat mein Ehemann mir ein Vermögen hinterlassen, ich kann noch mindestens zwanzig Jahre so weitermachen.«

»Ich mach mich dann mal auf den Weg, Elionoor«, sagte ich.

»Jetzt schon? Wie schade. Schau doch bei Gelegenheit wieder rein, du findest mich hier fast jeden Werktag. Du bringst mir Glück, und wir teilen den Gewinn. Du bist ein Glücksbringer, wie du mit eigenen Augen gesehen hast.«

»Ja, aber nur ein einziges Mal.«

»Als wenn das nicht schon ein Wunder wäre! Bitte, junger Mann, schau bei Gelegenheit vorbei, du bringst Glück, und wie gesagt, wir teilen den Gewinn.«

Als ich wieder mit dem Kamerateam unterwegs war, konnte ich mir nicht vorstellen, dass ich das Kasino noch einmal betreten würde, aber als ich zwei Wochen später auf dem

Weg zum Fahrradhändler in Sassenheim (der Laden ist berühmt in der weiteren Umgebung!) am Kasino vorbeiradelte, erwischte ich mich tatsächlich dabei, dass ich Lust hatte, kurz hineinzugehen. Natürlich widerstand ich der Versuchung – was hatte ich schon in dem Kasino zu suchen –, aber als ich heimfuhr, bedauerte ich, dass ich nicht abgestiegen war. War ich auf die Hälfte des Gewinns aus? Das war natürlich lächerlich, das bisschen Kohle – ach nein, das Geld wollte ich nicht. Aber worum ging es mir dann? Um ein unterhaltsames kurzes Gespräch mit einer klimpernden alten Dame, die in jeder Hinsicht das Gegenteil meiner verstorbenen Mutter zu sein schien?

Als ich an einem regnerischen Nachmittag, auf dem Weg zum tier- und umweltfreundlichen Supermarkt in Voorhout, wieder am Kasino vorbeikam, stieg ich also vom Fahrrad und sah mich in der Spielhölle um. Aber nirgendwo war Geklimper zu hören. Elionoor war gar nicht da.

Vielleicht ist sie inzwischen verstorben, dachte ich betrübt, sie wirkte so zerbrechlich.

Von da an stieg ich jedes Mal, wenn ich, aus welchem Grund auch immer, an dem Kasino vorbeikam, kurz von meinem Rennrad und suchte nach der alten Dame. Aber wer immer dort auch saß – und tagsüber hockten dort jede Menge zerbrechlich wirkende Damen –, meine Sparringspartnerin der ersten Stunde war nicht darunter.

Ich fragte die anderen zerbrechlich wirkenden Damen, ob sie Elionoor vielleicht gesehen hätten, aber nicht einmal den Namen hatten sie je gehört, und wenn ich sie beschrieb und den klimpernden Schmuck und das schöne Kostüm erwähnte, dann deuteten sie nur in die Runde, und ja, sie hatten recht, überall saßen Damen in hübschen Kostümen, die klimpernde Armbänder trugen. Nach einem Dutzend vergeblicher Versuche gab ich auf.

Unterwegs zum Land- und Gartenbaumaschinenhändler

Perfors in Voorhout kam ich einige Monate später erneut am Kasino vorüber. Vor dem Eingang hielt ein Taxi an. Ich konnte nicht sehen, wer ausstieg, aber in der hellen Frühlingsluft erklang eine wundersame Art von Musik. Es war, als würden irgendwo in der Ferne kristallene Weingläser behutsam gegeneinandergestoßen. Ich bremste und sah gerade noch, wie Elionoor das Kasino betrat. Rasch fuhr ich weiter zu Perfors, kaufte dort eine neue Kette für meine Motorsäge und radelte anschließend zurück zum Kasino.

Und da saß sie, wie beim ersten Mal, auf der ersten Etage, links von der Treppe und wieder vor True Love.

»Frau Elionoor«, sagte ich, »was für eine Freude, Sie wiederzusehen. Ich dachte schon, Sie wären inzwischen gestorben.«

»Da schau her, mein junger Mann, wie fein. Hast du mich vermisst?«

»Hin und wieder habe ich in den vergangenen Monaten hier angehalten und nachgesehen, ob Sie hier sitzen. Aber ich habe Sie nie angetroffen, und schließlich dachte ich: Elionoor ist bestimmt schon tot und begraben.«

»Das hast du gut gedacht, mein Hausarzt hatte mich bereits aufgegeben, und der Internist meinte, ich hätte nur noch zwei Monate zu leben, und nach den zwei Monaten kam der Pastor, um mir die Sterbesakramente zu erteilen, und danach ging es mir wieder sehr viel besser. Als er mit seinem Quast ankam, hatte ich plötzlich Lust auf einen Likör, und als der Pastor fertig war, bin ich aufgestanden. Ein medizinisches Wunder! Los, komm, spiel mit mir und bring mir Glück!«

Sie sah aus wie eine lebendige Leiche. Trotzdem rückte sie dem einarmigen Banditen zu Leibe, als wollte sie ihn häuten.

»Ich stopf ihn voll«, rief sie, und mannhaft steckte sie allerlei Münzen in den Automaten.

Wie beim ersten Mal fing der Apparat an zu stöhnen wie

eine Pornodarstellerin, die einen Orgasmus simuliert. Und wieder erfreute er uns mit einem enormen Gewinn.

»Ha, schau nur, junger Mann«, rief Elionoor, »wer sagt's denn. Und dazu noch ein Bonus, und das nach meiner Wiederauferstehung!«

Großzügig steckte sie mir das ganze Geld zu. Ich gab ihr einen Teil wieder, aber den wollte sie nicht annehmen, und daher sagte ich, dass ich, wenn sie ihre Hälfte nicht behielt, nie wieder neben ihr Platz nehmen würde. Daraufhin nahm sie den ihr zustehenden Anteil, um ihn sogleich zu verspielen.

Ich brachte nicht jedes Mal Glück. Im Folgenden saß ich mindestens vier-, fünfmal umsonst neben ihr. Das bekümmerte sie nicht weiter, denn sie meinte: »Man kann nicht immer gewinnen, und das ist auch nicht weiter schlimm. Ich finde es wahnsinnig nett, dass du mitspielst.«

Während des langen, verregneten Sommers sah sie allmählich immer besser aus. Es kehrte wieder Farbe auf ihre Wangen zurück, und sie betätigte die geheimnisvollen Schalter von True Love immer geschickter und mit großer Geschwindigkeit. Gegen Ende des Sommers, als wir eines Nachmittags überhaupt kein Glück hatten, sagte sie: »Als ich so sterbenskrank war, dachte ich: Wie schade, ich hätte es so gern noch einmal getan.«

»Was?«, fragte ich. »Bungeejumpen?«

»Junger Mann, stell dich nicht dümmer, als du bist, du weißt genau, was ich meine. Ja, einmal noch, was hältst du davon, ich würde ... ach, ich unterbreite dir einen unmoralischen Vorschlag, ich weiß, aber demnächst sterbe ich unwiderruflich, einmal noch, ist das zu viel verlangt?«

Ich dachte an Hans Heestermans. Den hatte im Schwimmbad De Korte Vliet einmal eine ältere Dame angesprochen. Sie hatte, seinen bronzenen Oberkörper musternd, gesagt: »Sie sehen aber gut aus, ich würde gern mal mit Ihnen schlafen.«

Darauf hatte Hans Heestermans erwidert: »Ich schlafe nicht mit Frauen unter achtzig.«

Die Dame hatte zu seiner Überraschung sofort erwidert: »Ich bin vierundsiebzig, also muss ich noch sechs Jahre warten.«

Hans Heestermans Beispiel folgend sagte ich zu meiner Spielpartnerin: »Ich schlafe nicht mit Frauen unter fünfundachtzig.«

Vorsichtshalber hatte ich noch fünf Jahre draufgepackt, weil ich annahm, dass meine zerbrechliche Freundin bereits über achtzig war. Und dem war auch so, denn sie rief munter: »Das passt wunderbar, ich bin schon siebenundachtzig.«

Nun saß ich in der Falle, aber ich gab mich noch nicht geschlagen. »Ich bin inzwischen auch schon neunundsechzig, also auch nicht mehr der Jüngste. Ob ich noch …«

»Nun hab dich nicht so, junger Mann, schon die Zahl neunundsechzig ist mehr als vielversprechend. Nein, so leicht kommst du mir nicht davon. Los, sei nicht so schüchtern, wir kriechen einmal zusammen unter die Laken. Das ist durchaus erlaubt nach einem ganzen Sommer gemeinsam am Glücksspielautomaten. Und wenn es im Bett nicht klappt – auch nicht weiter schlimm, dann können wir uns immer noch küssen und streicheln.«

»Ich bin ein anständiger, verheirateter Mann.«

»Was macht das schon? Deine Frau muss es doch nicht erfahren? Einmal ist keinmal, beim zweiten Mal ist man auf der schiefen Bahn, und erst beim dritten Mal ist es ein Verhältnis. Aber dreimal … nein, das erwarte ich nicht von dir, einmal noch, ein einziges Mal. Ist das zu viel verlangt? Wir schaden niemandem damit, und niemand muss es erfahren. Wir mieten uns an einem ruhigen Dienstagnachmittag ein hübsches Zimmer hier im Motel, und dann … Einmal noch, bevor ich sterbe, das kannst du mir doch nicht abschlagen?«

»Wegen meines hohen Blutdrucks nehme ich allerlei Medikamente. Eine der Nebenwirkungen davon ist, dass ich keinen mehr hochkriege.«

»Ausreden, Ausflüchte! Und wenn schon? Dann liegen wir einfach zusammen im Bett, schon das fände ich fantastisch. Wirklich, ich bin mit wenig zufrieden.«

Was ich darauf noch erwidern konnte, um das Unheil abzuwenden, wusste ich nicht, aber was ich dachte, ließ sich offenbar leicht erraten, denn Elionoor sagte: »Ich weiß sehr wohl, was du jetzt denkst. Dass ein faltiges, altes Wrack wie ich dich nicht mehr erregen wird und dass es dir unangenehm ist, dich zu einer solchen alten Schachtel ins Bett zu legen. Nun, das kann ich gut verstehen, aber wir können das Licht ausmachen, das hilft, dann siehst du mich nicht, und ach, es ist doch nur für ein einziges Mal, mehr erwarte ich wirklich nicht von dir. Es wäre so schön, ein einziges Mal noch.«

Sie warf wieder Geld in den einarmigen Banditen, der Apparat stöhnte und belohnte uns fürstlich.

»Nun sieh doch nur, junger Mann, du bringst Glück, komm, bring mir das Glück auch auf andere Weise. So schlimm ist es doch nicht, mit mir hier im Motel ... Wir legen uns ins Bett, schauen uns einen aufregenden Sexfilm an, und dann ...«

»Oh, Filme, nein, die machen mich nicht an.«

»Was macht dich denn an? Ach, mein verstorbener Mann ... der hatte einen Fetisch. Ich musste mir immer eine winzige weiße Schürze umbinden, eine Schürze mit Spitzenrand, das erregte ihn unglaublich. Das war sehr praktisch, denn wenn ich Lust hatte, musste ich nur das Schürzchen umbinden, und dann stürzte er sich sofort auf mich. Und ich hatte einen Freund, vor rund hundert Jahren, den machten Sandalen mit hohen Absätzen ganz verrückt. Ach, Männer, das sind doch seltsame Wesen, die sind seltsam gestrickt.

Irgendwas haben sie alle, einen Fetisch, der sie wahnsinnig macht, etwas, das sie anmacht, *something that turns them on*, wie die Engländer so schön sagen. Du hast bestimmt auch etwas, junger Mann, los, heraus mit der Sprache, worauf stehst du?«

Ich hatte den Eindruck, zugeben zu können, dass ich lange Fingernägel erregend finde. Die würde sie weniger leicht hervorzaubern können als eine weiße Schürze oder Sandalen. Daher sagte ich: »Um deinen Ausdruck zu verwenden: Mein Fetisch sind lange Fingernägel.«

»Iiih, wie schrecklich.«

»Ja, du hast recht, und ich schäme mich auch deswegen. Es ist geschmacklos, ich weiß auch nicht, wie ich dazu komme.«

»Ach, geschmacklos, so weit will ich nicht gehen, aber lange Nägel sind so unpraktisch.«

»Sicher, wenn sie wirklich lang sind, kann man nichts mehr mit seinen Händen anfangen, man ist gehandicapt. Trotzdem sieht man manchmal Frauen, deren Nägel drei Zentimeter über die Fingerkuppen hinausragen.«

»Findest du das schön?«

»Ja, herrlich, ganz wunderbar.«

»Und wie willst du sie lackiert haben? Knallrot?«

»Nein, am liebsten pechschwarz.«

»Oh, wie schrecklich, als wäre man in Trauer, oh, oh, oh, wie entsetzlich.«

»Ja, und zudem noch am liebsten gebogen und spitz.«

»Nur zu, mach das Ganze ruhig immer noch schlimmer. Nun, du verstehst ... dafür bist du bei mir an der falschen Adresse, eine Schürze, ja, Sandalen, auch gut, und ich habe einmal einen leichtlebigen Freund gehabt, der auf Hüte stand, vorzugsweise blaue Hüte, und auch noch einen Liebhaber ... Tja, der war eigentlich nicht ganz dicht ... der wollte, dass ich mir das Gesicht schwarz färbe, der stand auf weibliche Sarotti-Mohren ... tja, ein einziges Mal habe ich mich schwarz geschminkt. Oh Mann, was für eine Arbeit das war, die ganze Farbe wieder abzukriegen ... ach, was man mit Männern so alles mitmacht ... aber lange Fingernägel ... ehe sie ausreichend gewachsen sind, bin ich längst mausetot. Nein, das geht wirklich nicht, überleg dir etwas anderes.«

»Du musst sie nicht wachsen lassen, geh einfach in ein Nagelstudio ...«

»Ich bitte dich, ich sehe mich dort schon hingehen, in meinem Alter! Na, Oma, was soll's denn sein? Kunstnägel, das wird ja immer schlimmer, wofür hältst du mich? Und wie sollen die Kunstnägel überhaupt auf meinen eigenen befestigt werden? Die sind so krisselig ...«

»Krisselig?«

»Ja, kennst du das Wort nicht? Krisselig, bröckelig, mürbe, sieh nur, meine Nägel, die sind wirklich hinüber, damit kann man nichts mehr anfangen.«

Wütend warf sie noch etwas Geld in den Automaten. Und erneut wurden wir mit Münzen überschüttet. Das munterte sie sogleich wieder auf, und sie sagte: »Junger Mann, mir ist inzwischen klar geworden, dass eine Runde im Bett nicht drin ist. Aber nichts für ungut, ja, komm einfach hin und wieder vorbei, denn du bringst mir Glück, das ist so sicher wie das Amen in der Kirche.«

Obwohl sie sich schnell wieder im Griff gehabt hatte, konnte ich mich, offenbar doch ziemlich erschreckt über ihren unmoralischen Vorschlag, nicht mehr dazu überwinden, das Kasino zu betreten. Was mich davon abhielt, war die Angst, sie könnte erneut auf einen *One-Afternoon-Stand* im Motel Sassenheim zu sprechen kommen. War mir diese Vorstellung denn so zuwider? So abscheuerregend hässlich war sie doch nicht! Alt, ja, und auch zerbrechlich, zudem äußerst faltenreich, aber sie war auch sehr witzig und nett und stets sehr schön gekleidet. Dennoch schien mir, von allen moralischen Erwägungen einmal abgesehen, die angedachte »Runde im Bett« zum Scheitern verurteilt. Man muss doch, um im Bett etwas leisten zu können, zumindest so erregt sein, dass man eine Erektion bekommt, und das erschien mir, in Anbetracht ihres Alters und Aussehens, nahezu ausgeschlossen. Und darum nahm ich, wenn ich nach Voorhout oder Sassenheim fuhr, einen anderen Weg. Der Schreck steckte mir offenbar ziemlich tief in den Knochen. Und darüber ärgerte ich mich andererseits auch wieder, weil ich es der unterhaltsamen Elionoor gegenüber unfair fand.

An einem ganz gewöhnlichen Sommertag kaufte ich im schönsten Supermarkt der Niederlande ein, dem Supermarkt in Voorhout, den ich bereits erwähnt habe. Man könnte fast versucht sein, nach Voorhout zu ziehen, nur um dort jeden Tag einkaufen zu können. Ich ging zwischen den Regalen umher. Aus einem Nachbargang erklang das Geräusch von leise klimperndem Glas. War das ihre Musik? Ich schaute um die Ecke, und da ging sie. Elionoor sah mich und winkte mich zu sich.

»Komm her«, rief sie, »wie schön, dich zu sehen! Lass uns etwas trinken gehen, ich lade dich ein, ich muss dir was erzählen.«

Sie sah wie immer prachtvoll aus. Ein pechschwarzes, wunderschönes Kostüm. Dünne, schwarze Handschuhe. Eine dunkle, glänzende Strumpfhose, schwarze Pumps. Als wir kurze Zeit später in einem Lokal in der Hoofdstraat in Voorhout saßen und auf unsere Bestellung warteten, sah sie mich spitzbübisch an und zog ganz langsam die Handschuhe aus.

»Schau«, sagte sie.

Lange, feuerrote Fingernägel, nicht gebogen, wohl aber spitz.

»Als ich vor einiger Zeit an so einem Nagelstudio vorbeikam und drinnen eine Frau sah, die missmutig auf Kunden wartete, sagte ich mir: Na los, was hält dich zurück, da ist niemand außer dieser Frau. Ich dachte: Sie lacht mich aus, aber sie hat so getan, als wäre es die allernormalste Sache der Welt, dass ich in ihren Laden kam, und auf meine Frage, ob mit diesen krisseligen Nägeln noch etwas anzufangen sei, reagierte sie ziemlich erstaunt. Aber natürlich, sagte sie, warum denn nicht? Als ich wissen wollte, ob man darauf noch Kunstnägel befestigen kann, meinte sie, es gebe keinen Grund, warum das nicht gehen sollte. Acrylnägel würden sehr gut aushärten, die hafteten ganz hervorragend, auch auf brüchigen Fingernägeln. Also sagte ich, dass ich gern eine Satz Kunstnägel haben wollte, und am liebsten – ich musste nämlich immer noch an dich denken – recht lange. Davon riet sie mir ab, sie meinte: Dann können Sie nichts mehr machen. Fangen Sie lieber mit nicht allzu langen Nägeln an, und wenn Sie sich daran gewöhnt haben, können Sie sich später immer noch längere machen lassen. Ich springe sofort ins kalte Wasser, sagte ich, mein Mann wünscht sich drei Zentimeter lange Fingernägel. Das ist absolut lächerlich, erwiderte sie, ein Zentimeter über die Fingerkuppen hinaus ist lang genug. Also habe ich Kunstnägel von einem Zentimeter genommen, und ich habe sie rot lackieren lassen, denn schwarz, das ging mir dann doch ein bisschen zu weit, und Rot ist doch von alters her die richtige Farbe, und gebogen, das ging mir auch zu weit. So wie sie jetzt sind, das ist schon übertrieben, und darum trage ich auch immer dünne Handschuhe, wenn ich einkaufen gehe.«

Sie legte ihre Hände auf meine Arme, sah mich fröhlich an und sagte: »Ja, es funktioniert, ich seh es an deinen Augen, *it turns you on*, ach, wie lustig, zehn lange Kunstnägel, und schon wird er schwach. Aber du sollst wissen, wie sehr ich dich verflucht habe.«

»Warum?«

»Weil man mit solchen Nägeln nichts mehr machen kann. Am Bankautomaten die Geheimzahl eingeben, es ist fast zum

Verzweifeln, oder auf der Toilette, eine Katastrophe, eine Kartoffel schälen oder eine Zwiebel schneiden – beinahe ein Ding der Unmöglichkeit, oder versuche mal, eine Bluse auf- oder zuzuknöpfen mit solchen Nägeln, oh, was für eine Mühsal. Aber man wird erfinderisch, ich habe mehr als genug Kleider ohne Knöpfe, und die Geheimzahl kann man mit den Fingerknöcheln eingeben, und den Hintern kann man sich auch mit der Faust abwischen. Aber ein warmes Essen zuzubereiten mit solchen Nägeln – das war und ist schwierig. Darum esse ich in letzter Zeit oft außer Haus, und auf diese Weise habe ich Bram kennengelernt.«

Sie sah mich triumphierend an, tickte mit ihren Nägeln auf meine Unterarme und fuhr fort:

»Ich saß in einem noblen Schuppen in Noordwijk aan Zee und aß zu Mittag. Währenddessen schaute ich mich ein wenig um, und dabei traf mein Blick auf den eines älteren Herrn, der ebenfalls allein an einem Tisch saß. Er starrte unablässig auf meine Fingernägel. Noch so ein Idiot, der auf lange Fingernägel steht, dachte ich, und ich versuchte, Blickkontakt mit ihm aufzunehmen. Aber er schaute immer nur auf meine Fingernägel, und so dauerte es eine ganze Weile, bis ihm auffiel, dass ich ihn die ganze Zeit ansah. Nachdem er es bemerkt hatte, stand er auf, kam zu mir und sagte: Ist es nicht ungemütlich, so ganz allein zu essen? Dürfte ich mich vielleicht zu dir setzen? Ja, sagte ich, komm zu mir an den Tisch, und so hat sich eins aus dem anderen ergeben. Inzwischen sind wir verlobt, und ich weiß ganz genau, dass er nur auf meine Fingernägel abgefahren ist und immer noch abfährt. Aber das ist mir egal, er ist ein netter Kerl, hat immer noch volles Haar, und er ist zehn Jahre jünger als ich. Was will ich also mehr? Wer hätte das ahnen können? Ich sage also erneut zu dir: Junger Mann, du bringst mir Glück. Ohne dich keine Fingernägel und ohne Fingernägel keinen Bram.«

»Verlobt?«, sagte ich, »und wann ist die Hochzeit?«

»Von wegen, keine Hochzeit, verlobt reicht, vor allem weil es wieder so ein Mann mit Macken ist. Aber gibt es überhaupt Männer ohne Macken? Das frage ich mich wirklich.«

»Wo liegt denn das Problem?«

Sie senkte die Stimme und flüsterte: »Er will keinen *safer sex*. Er sagt immer nur: Selbst wenn man sich in unserem Alter noch etwas holt, dann ist man schon gestorben, ehe man wegen Aids den Löffel abgibt. Aber es gibt so viele andere ekelige Krankheiten, ich will *safer sex*, ich will mir in meinem Alter nicht noch was holen, ich verlange, dass er ein Kondom benutzt. Und er findet das absurd. Was sagst du dazu?«

»Ein Kondom? In unserem Alter? Das erscheint mir, ehrlich gesagt, nicht unbedingt nötig.«

»Nun, dann ist es nur gut, dass wir uns kein Zimmer genommen haben. *Safer sex*, das ist das Wichtigste.«

»Das schon, aber nur wenn man mit Partnern zu tun hat, die in der Gegend herumvögeln. Dafür sind wir doch viel zu alt.«

»Kann schon sein, aber ohne Kondom ... Ich finde es riskant, ich mache da nicht mit, und zum Glück sieht alles danach aus, als würde Bram klein beigeben. Was das angeht, wird wohl alles werden. Aber dir ist schon klar, dass du, auch wenn ich mir die Nägel deinetwegen habe machen lassen, nun in die Röhre guckst. Denn fremdgehen tu ich nicht. Na, so schlimm findest du das wahrscheinlich nicht, die Vorstellung war dir doch sehr unangenehm ... mit mir ins Bett, das war nur allzu deutlich. Eigentlich ist es ziemlich bescheuert von mir, dass ich mir trotzdem lange Fingernägel habe machen und sie auch noch knallrot habe lackieren lassen und nicht nur knallrot, sondern auch fluoreszierend rot, sodass sie im Dunkeln leuchten wie die Rücklampen eines Autos. Aber ohne die Nägel hätte ich mir Bram nicht angeln können, und die Rücklampen machen ihn ganz wild. Also wiederhole ich noch einmal, was ich schon so oft gesagt habe: Junger Mann, du bringst mir Glück. Komm wieder mal ins Kasino, wer weiß, vielleicht gewinnen wir eine Million.«

Der Wiegestuhl

Noch vor Morgengrauen machte ich mich auf den Weg. Es war zappenduster. Weder Mond noch Sterne am Firmament, nichts als eine undurchdringliche schwarze Wolkendecke. Wenig Wind.

Der kürzeste Weg von meinem Haus zum Bahnhof führt, wenn man zu Fuß geht, an hinter den Häusern gelegenen Gärten entlang. Man hat einige Stacheldrahtabsperrungen zu überwinden. Und einmal muss man über einen recht breiten Graben springen. Danach gelangt man auf einen Weg hinter einer Turnhalle. Tagsüber wird man dort am Weitergehen gehindert, aber morgens früh ist niemand dort, und der Sprung über den Graben verkürzt die Strecke von fünf auf vier Kilometer. Ich kam also gut voran, und bereits nach einer Viertelstunde lag das Dorf hinter mir. An der Bahnlinie entlang kann man anschließend auf dem Veerpolderpad geradewegs zum Bahnhof gehen. Es war wie immer ein großes Vergnügen, dort entlangzuspazieren. Rabenschwarze Kaninchen flitzten davon, ein Wiesel überquerte den Weg, ein Igel rannte vor mir her. Es ist erstaunlich, wie schnell Igel laufen können. Ich konnte ihm nicht folgen.

Autoscheinwerfer tauchten auf. Ein Auto auf dem Veerpolderpad? Das war doch nicht erlaubt? Wie sich zeigte, handelte es sich jedoch um einen Streifenwagen. Ein Fenster wurde heruntergekurbelt, ein Polizist beugte sich heraus und fragte: »Ist Ihnen vielleicht ein kahlköpfiger Mann begegnet?«

»Nein«, erwiderte ich, »ich habe niemanden gesehen, aber ich bin hier auch noch nicht lange unterwegs.«

»Vielen Dank, dann wissen wir genug.« Und der Wagen fuhr weiter.

Während ich mir ziemlich verdutzt über den Schädel strich, dachte ich: Woher wussten die beiden Männer denn so genau, dass ich nicht der Gesuchte bin? Ich bin doch auch kahlköpfig?

Ohne Handgepäck wäre der Spaziergang perfekt gewesen. Jetzt musste ich meinen Koffer immer wieder von der rechten in die linke Hand geben und umgekehrt. Obwohl ich nur für vier Tage nach Stockholm reiste, war eine gewisse Menge an Gepäck doch unvermeidlich. Zahnbürste, Rasierapparat, Unterwäsche und noch dies und das, man kann leider nicht ohne. Das alles hätte vielleicht in einen Rucksack gepasst, aber mit einem Rucksack sieht man aus wie ein Tourist. Ich aber machte eine Dienstreise nach Schweden.

Um Punkt halb sechs betrat ich den Bahnhof. Noch sieben Minuten, bis mein Zug abfuhr. Zeit genug, um eine Fahrkarte nach Schiphol zu kaufen. Allerdings stellte sich heraus, dass zu dieser Zeit noch kein Schalter geöffnet war. Alles totenstill. Was nun? Ich ging am Zug entlang, der schon bereitstand. Wo war der Schaffner? Niemand zu sehen. Wahrscheinlich würde er erst kurz vor Abfahrt des Zuges auftauchen. Und so war es auch, ich sprach ihn an und sagte, dass ich keine Fahrkarte hatte kaufen können. Er sagte: »Ich komme gleich zu Ihnen.«

Der Zug fuhr ab. Der Schaffner kam nicht. In Schiphol stieg ich aus, der Schaffner ging an mir vorbei und sagte nichts. Ich dachte: Dann eben nicht. Es freute mich, dass ich den Fahrpreis gespart hatte. Ein vielversprechender Beginn der Reise.

Beim Einchecken ging mein Koffer als Handgepäck durch. Auf Arlanda würde ich nicht auf ihn warten müssen. Das war gut.

Und dann saß ich noch eine gute Stunde am Gate, von dem meine Maschine abfliegen sollte. Allmählich füllten sich die Wartestühle mit Mitreisenden. Weil ich bei jedem Flug davon ausgehe, dass wir abstürzen werden, fragte ich mich stets, wenn neue Passagiere Platz nahmen: Will ich zusammen mit diesen Menschen sterben? Höchst selten war an diesem Tag die Antwort darauf zustimmend. Das ist immer deprimierend. Man kann dieses Fragespiel verhindern, indem man etwas liest, das so spannend ist, dass man nicht auf die entsprechenden Gedanken kommt. Aber es ist nicht leicht, ein Buch zu finden, das einen derart verzaubert und alles um einen herum vergessen lässt. Wenn man ein Buch bereits kennt, dann weiß man, ob es geeignet gewesen wäre. Aber dann ist es nicht mehr fesselnd. Man muss also auf Verdacht ein Buch einpacken, von dem man annimmt, dass es den Zweck erfüllt. Naheliegend ist es natürlich, Werke von Autoren zu verwenden, deren andere Bücher einen bereits verzaubert haben. Ein solcher Autor ist Anthony Trollope. Und Jeremias Gotthelf. Und Walter Scott. Ach, niemand liest noch Walter Scott. Aber nehmen Sie nur mal *Legende von Montrose und seinen Gefährten*, und Sie sind nicht mehr von dieser Welt.

Nun, ich saß also am Gate und las, im Hinblick auf meinen Aufenthalt in Stockholm, zum wiederholten Mal *Doktor Glas* von Hjalmar Söderberg. Einst fuhren ein Freund und ich mit dem Zug nach Groningen. Um unterwegs etwas zu lesen zu haben, kaufte mein Freund auf gut Glück *Doktor Glas*. Auf dem Hinweg las er den Roman und lobte ihn sehr. Auf dem Rückweg las ich ihn. Selten ist mir ein ergreifenderes Buch unter die Augen gekommen. Es reihte sich sofort in die Top Ten der schönsten kurzen Romane ein, die ich kenne: *Das Mädchen Frankie* von Carson McCullers, *Andere Stimmen, andere Räume* von Truman Capote, *Zurück zu Ina Damman* von Simon Vestdijk, *Irrungen, Wirrungen* von Theodor

Fontane, *Als ich im Sterben lag* von William Faulkner, *Herz der Finsternis* von Joseph Conrad, *Ein Monat auf dem Land* von J.L. Carr, *Das Brot der frühen Jahre* von Heinrich Böll, *Fermina Márquez* von Valery Larbaud.

Der Gong. Auf Schwedisch, Englisch und Niederländisch wurde uns mitgeteilt, dass der große Moment gekommen war. Boarding. Da gingen wir, ordentlich, ruhig, folgsam, so wie die vielen anderen vor uns, die auf vergleichbare Weise in Flugzeuge gestiegen und anschließend abgestürzt waren. Oh, nein, es passiert überaus selten, es passiert sogar so selten, dass Fliegen viel sicherer ist als auf der Autobahn unterwegs zu sein. Warum also sollte man sich also auch nur einen Moment lang Sorgen machen?

Unser Flug nach Stockholm verlief ohne jeden Zwischenfall. Nette SAS-Stewardessen servierten Tee, Kaffee, Wasser, Smörrebröd und reichten dazu schwedische Zeitungen.

Nach exakt zwei Stunden landeten wir auf Arlanda. Was für ein Flughafen! Er wurde 1962 offiziell eröffnet und ist einer der drei größten Flughäfen Skandinaviens; die beiden anderen sind Kastrup bei Kopenhagen und Lufthavn Gardermoen Oslo. Wenn man von Schiphol abgeflogen ist, wo man immer, Tag und Nacht, den Eindruck hat, der ambulante Teil der Weltbevölkerung vertrete sich dort die Füße, dann überwältigt einen auf Arlanda beinahe die serene Stille, die dort herrscht. In endlosen Gängen sieht man hier und dort flüchtig ein einzelnes Wesen herumirren, und wenn man den Fußmarsch vom Flugzeug, mit dem man angekommen ist, bis zu den Außenstellen des Zolls hinter sich gebracht hat, dann scheint es, als habe man den Nordpol überquert. Was mich, als ich schließlich doch den Zoll erreichte, unangenehm überraschte, war, dass die Zöllner einen Anstecker mit einem Foto und einer deutlich lesbaren Nummer darunter trugen. Er sah fast aus wie eine Brustmarke, in Analogie zu den Ohrmarken von Kühen.

Freundlich und zuvorkommend waren sie nicht, die schwedischen Zöllner. Der Mann, der mich kontrollierte, riss mir mürrisch den Pass aus der Hand. Er sah mich an, als dächte er: Betätige ich sofort den Abzug, oder warte ich, bis er ungeduldig seinen Pass zurückverlangt? Lustlos blätterte er in meinem Pass herum, warf ihn mir dann ärgerlich hin und gab mir mit einer kurzen Geste seines Daumens zu verstehen, dass ich weitergehen könne.

Als ich draußen auf dem großen Vorplatz angekommen war, erschauderte ich beim Anblick eines riesigen Parkplatzes, auf dem nur hier und da ein einzelner Volvo oder Saab glänzte. Die Stille dort war geradezu beklemmend. Erneut fragte ich mich, ob ich nicht vielleicht doch an Agoraphobie litt, aber, ach, was sagt schon ein solcher Begriff? Was spielte es für eine Rolle, ob mein System Platzangst generierte, ich war schließlich in Schweden, ich war tatsächlich im Jahre des Herrn 1983 in Schweden, einem Land mit einer Fläche von nahezu vierhundertfünfzigtausend Quadratkilometern und mit rund acht Millionen Einwohnern. Schweden war also gut zehnmal so groß wie die Niederlande, und jeder Schwede hatte siebzehnmal so viel Platz zu seiner Verfügung wie ein Niederländer. Daher also auch dieser riesige, fast leere Parkplatz, und das musste mir keine Platzangst einjagen.

Aber würde in dieser Leere nun einfach mein Verleger auftauchen? Es schien kaum vorstellbar. Ich wartete in der recht tief stehenden Sonne und spähte in alle Richtungen. Auf einmal tippte mir jemand von hinten auf die Schulter, und das war, wie sich zeigte, Kjell. Er sagte: »Du bist sehr pünktlich. Es ist zehn nach zehn. Wir fahren nach Uppsala, dort ist gestern die große Linnaeus-Ausstellung eröffnet worden, und die möchtest du als Biologe doch bestimmt sehr gern besuchen.«

Eine Linnaeus-Ausstellung? Hatte ich Lust dazu? Ach, was spielte das schon für eine Rolle? Ich war im sonnigen Schweden und musste mich den Launen und Grillen meines dortigen Verlegers fügen.

Kurze Zeit später fuhren wir in seinem Saab über breite Straßen. Ich schaute mir die Augen aus dem Kopf. Links und rechts Wälder mit diversen Arten von Nadelbäumen und mit Schildern am Wegesrand, die vor querenden Elchen und Rentieren warnten. Aber es war kein Elch oder Rentier zu sehen. Wohl aber lief plötzlich ein ganz anderes Tier über die Straße, genau vor die Räder von Kjells Wagen. Der erschrak und fragte: »Was war das?« Ich erwiderte, auch wenn ich mir nicht hundertprozentig sicher war: »Ich glaube, das war tatsächlich ein Vielfraß. Aber die sind selten, in ganz Skandinavien leben, wie man hört, nur noch tausend davon. Trotzdem, es sah aus wie ein großer Marder, also muss es ein Vielfraß gewesen sein.«

Ich benutzte das Wort »fjellfras«, aber Kjell verstand zunächst nicht, welches Tier ich meinte. Woher sollte ich auch wissen, dass der Vielfraß in Skandinavien »jerv« genannt wird? Erst als ich erzählte, dass das Tier sehr aggressiv ist und manchmal auch Menschen angreift, sagte Kjell: »Ah, du meinst, es war ein *jerv*, ja, das könnte sehr gut sein.«

Auf dem Weg von Arlanda nach Uppsala war der Vielfraß das einzige lebende Wesen, dem wir begegneten. Auf der Straße war kein Auto zu sehen, auch nicht auf der Gegenfahrbahn, nirgends. Es war unglaublich, als wären wir in den Niederlanden zu einer Zeit unterwegs, in der die holländische Nationalmannschaft ein Finale bestreitet.

Als wir auf einer abschüssigen Fläche in Uppsala ausstiegen, drang der Geruch der Stadt in meine Nasenlöcher. Ein wunderlicher, säuerlicher Geruch, ein angenehmer Gestank, der mit nichts vergleichbar zu sein schien – und da hatte man es wieder: Man kann sich heute vom Lehnstuhl aus die Welt in Filmen ansehen, die überall auf dem Globus gemacht werden, aber man hat nicht den zur jeweiligen Gegend gehörenden Geruch. Wenn man auf der wunderschönen Insel Madeira ankommt, dann riecht man dort einen so herrlichen Duft, dass man nie wieder fort will. Was für ein Duft, rief Gontscharow aus, als er während seiner Weltreise mit dem Fregattschiff Pallas die Insel Madeira erreichte.

Was mir, abgesehen von dem säuerlichen Geruch von heimlich faulendem Fisch, in Uppsala außerdem auffiel, waren die riesigen hellgelben Blätter, die an gewaltigen Laubbäumen hingen. Was für Laubbäume das waren, wusste ich nicht, noch nie hatte ich so große Blätter und solche Bäume gesehen. Sehr ordentlich, als hätte jedes Blatt eine fortlaufende Nummer erhalten und würde nun warten, bis es an der Reihe war, fielen diese immensen, sonnengelben Blätter Stück für Stück herab. Es schien, als lösten sie sich nur widerwillig von ihren Zweigen und als würden sie dann an unsichtbaren Fallschirmen nach unten schweben; sie taumelten nämlich nicht, sondern segelten unglaublich langsam und behutsam zu Boden, und mitunter konnte man sogar meinen, dass sie unterwegs wiederholt kurz ausruhten in der stillen, sonnigen, aromatischen Luft. Unten angekommen, schmiegten sie sich an die Erde, sich manchmal noch kurz hin und her bewegend, als suchten sie die bequemste Lage. Nie zuvor und auch nicht danach habe ich so wahnsinnig große Blätter und eine so feierliche Prozession von der Reihe nach herabfallenden gelben Geschirrtüchern gesehen.

Beim Besuch der Linnaeus-Ausstellung heuchelte ich Interesse für meinen berühmten Kollegen, und Kjell, der sich rühmte, ein entfernter Nachkomme von Linnaeus zu sein, war erfreut darüber, dass er mir etwas so Wunderbares zum Auftakt meines Schwedenaufenthalts hatte präsentieren können.

Nachdem wir uns die Ausstellung angesehen hatten, aßen wir in einem dunklen Bistro am Laubblätterplatz ein rustikales Butterbrot, und dann ging es in Richtung Stockholm, über die nahezu totenstillen, von Nadelwald gesäumten Straßen. Nur dreimal kam uns ein Auto entgegen.

»Ich setze dich bei deinem Hotel ab«, sagte Kjell, »und dort musst du dann deine Übersetzerin anrufen. Sie hat sich den Samstagabend freigehalten, um mit dir Essen gehen zu können, denn ich habe leider familiäre Verpflichtungen. Und ja, heute Nachmittag ... ach, du musst natürlich erst einmal dein Zimmer beziehen und dich ausruhen, du musstest ja früh raus. Wann bist du aufgestanden?«

»Ich bin um vier Uhr aufgestanden.«

»Du liebe Güte, also erst einmal ein Mittagsschläfchen, und danach kannst du vielleicht einen Spaziergang durch Stockholm machen. Ich habe dich in Gamla Stan, dem ältesten Teil der Stadt, untergebracht, und es lohnt sich wirklich, dort ein wenig herumzulaufen. Du kannst auch das Nationalmuseum besuchen. Es liegt gegenüber vom Hotel, auf der anderen Seite des Wassers. Hier, ich habe eine Eintrittskarte. Die kannst du benutzen, wenn du willst.«

Mir gefiel es überhaupt nicht, dass mein Verleger mir mein Nachmittags- und Abendprogramm diktierte. Lass mich in Frieden, dachte ich, ich entscheide selbst, was ich mit meiner Zeit mache, und die Übersetzerin, verdammt, ein Essen mit meiner Übersetzerin, wo ich doch am liebsten schnell irgendwas Einfaches zu mir nehmen würde, um anschließend mutterseelenallein durch die Stadt zu bummeln. Was gibt es Schöneres, als im abendlichen Dunkel durch eine unbekannte Metropole zu spazieren?

Ein Essen mit meiner Übersetzerin! Gewiss, ich hatte ihren schwedischen Namen vorn in meinen ins Schwedische übersetzten Büchern stehen sehen, aber das war schon alles, was ich von ihr wusste. Ich hatte keinen blassen Schimmer, wie alt sie war, wo sie wohnte, ob sie allein lebte oder verheiratet war. Ich stellte mir eine schon etwas ältere Junggesellin vor, denn die Übersetzerinnen, die ich in den Niederlanden kannte, Thérèse Cornips und Jenny Tuin, waren schon etwas ältere, alleinstehende Frauen.

Als Kjell mich am Hotel absetzte und mich, nachdem er mir einen Zettel mit ihrer Telefonnummer gegeben hatte, noch einmal nachdrücklich dazu aufforderte, sie sofort anzurufen, dachte ich: Mann, zieh bloß ab, und lass mich bitte in Ruhe.

In meinem kleinen Hotelzimmer schimpfte ich noch eine Weile über Kjell, aber meine Gereiztheit wich sehr bald Euphorie. Was für ein hübsches, bequemes Zimmerchen, und was für eine grandiose Aussicht! Ich schaute auf ein breites Gewässer, auf ein prächtiges abgetakeltes Segelschiff und ein imposantes Gebäude am gegenüberliegenden Ufer, das Nationalmuseum, von dem Kjell gesprochen hatte.

Was nun? Zuerst mit *Doktor Glas* in der Hand in der Stadt nachsehen, ob es all die Orte, die im Buch genannt werden, noch gibt? Oder zuerst meine Übersetzerin anrufen? *Fuck off*, Kjell, du mit deiner Übersetzerin, dachte ich, bei der melde ich mich später. Erst eine Erkundungstour. Aber als ich im Flur auf den Aufzug wartete, dachte ich, Idiot, jetzt erledige doch zuerst diesen Anruf, sonst spazierst du gereizt durch die Gamla Stan von Stockholm und denkst die ganze Zeit: Ich muss diese unbekannte Frau noch anrufen. Der Mensch neigt dazu, alles, was ihm unangenehm ist, vor sich herzuschieben, man vertagt, was gemacht werden muss, wozu man aber keine Lust hat, und vergrößert so das Leiden, denn all die durch das Verschieben gewonnene Zeit wird einem durch den Gedanken vergällt, dass man noch etwas erledigen muss, was einem zuwider ist. Also ging ich murrend in mein Zimmer zurück, fand heraus, wie man mit dem Hoteltelefon nach auswärts telefonieren kann, und wählte die Nummer, die ich von Kjell erhalten hatte. Bestimmt hebt niemand ab, dachte ich, und dann habe ich es anständigerweise versucht und muss nicht noch einmal anrufen. Aber es hob jemand ab, am anderen Ende der Leitung sang eine Frauenstimme einen langen Namen.

Ich nannte brummig meinen Namen und sagte: »Ich weiß nicht, ob ich Niederländisch reden kann ... Ich ...«

»Ach, Sie sind schon da, haben Sie eine gute Reise gehabt? Ja, Sie können mit mir Niederländisch reden, das verstehe ich recht gut.«

»Sie sind meine Übersetzerin?«

»Ja, die bin ich. Weil Kjell heute Abend keine Zeit hat, habe ich vorgeschlagen, dass ich mit Ihnen essen gehe, sonst sitzen Sie einsam in Ihrem Hotelzimmer und jammern vor sich hin. Ich wollte Sie fragen, ob Sie nichts dagegen haben, wenn ich eine niederländische Freundin mitbringe? Sie wohnt schon eine Weile in Stockholm, sie kann Sie also ein wenig mit der Stadt bekannt machen. Ist es in Ordnung, wenn ich Sie um sieben in Ihrem Hotel abhole? Kjell hat mir gesagt, wo Sie wohnen, das finde ich also.«

»Ja, ist gut«, sagte ich, einigermaßen verdutzt angesichts des akzentlosen, schön artikulierten, etwas vornehm klingenden Niederländisch und der melodiösen, ungewohnt freundlichen Stimme am anderen Ende der Leitung.

»Sie als Niederländer«, sagte sie, und es schwang ein leicht spöttischer Unterton in ihren Worten mit, »sind ja daran gewöhnt, um Punkt sechs zu Tisch zu gehen, ich kann aber erst um sieben im Hotel sein, da ich zuvor noch eine Mahlzeit für meinen Mann und meine drei Kinder bereiten muss.«

»Sieben Uhr, einverstanden. Ich warte in der Lobby auf Sie«, erwiderte ich. »Ich hoffe, Sie erkennen mich, denn ich habe keine Ahnung, wie Sie aussehen.«

»Stimmt, und dabei bleibt es, bis wir uns treffen«, sagte sie.

Als ich mit einem Stadtplan, den ich am Empfang des Hotels erhalten hatte, draußen auf der Straße stand, fragte ich mich voller Verwunderung: Ist diese Übersetzerin etwa eine Niederländerin, die mit einem Schweden verheiratet ist? Es kann fast nicht anders sein, so perfekt und akzentfrei, wie sie Niederländisch spricht. Sie klingt, als wäre sie ein wenig älter als ich. Bestimmt über vierzig.

Doktor Glas spielt in Stockholm. Die Geschichte ist einfach. Eine junge Frau kommt in die Sprechstunde eines Arztes und beklagt sich bitter über ihren Ehemann, einen schon älteren Pastor. Glas kennt ihn gut und verabscheut ihn. Allmählich reift in ihm – er ist ganz offensichtlich verliebt in seine Patientin – der Plan, den Pastor umzubringen. Und so geschieht es, aber seine Patientin hat bereits einen anderen Liebhaber.

Doktor Glas wohnt in der Nähe der Klarakirche. Ich fand sehr bald heraus, dass diese Kirche nicht in der Gamla Stan, in der Altstadt, liegt, aber Glas geht zumindest oft in der Gamla Stan spazieren. Auf der ersten Seite trifft Doktor Glas Pastor Gregorius auf der Wasabrücke. Mithilfe des Stadtplans hatte ich diese rasch gefunden, ebenso wie die anschließend im Roman erwähnten Gässchen, die zum Skeppsbron führen. Auch das Grand Hôtel, das im Roman eine so prominente Rolle spielt, entdeckte ich nach kurzer Zeit auf der anderen Seite des Wassers. Für mich hatte sich damit der Kreis geschlossen. Was Söderberg 1905 in seinem Roman beschrieben hatte, gab es immer noch, und ich hatte schon alles gefunden außer Djurgården und Hasselbacken, und um dorthin zu gelangen, hatte Glas ein Boot nehmen müssen. Ob dieses Boot, achtundsiebzig Jahre später, immer noch fuhr? Bis Dienstag hatte ich Zeit, es herauszufinden und, möglicherweise, das Boot zu besteigen.

Als ich kurz vor sieben die Hotellobby betrat, dachte ich: Was ist denn hier los? Überall bemerkte ich eifrig redende, lachende, trinkende Hotelgäste. Kein Stuhl war frei, abgesehen von einem merkwürdig aussehenden, auf einem Podest stehenden Sessel, an dem diverse Eisenstangen befestigt waren. Sollte ich mich dort hinsetzen? Ich ließ mich auf diesen Sessel sinken, betrachtete das Trinkgelage im trockengelegten Schweden, und niemand störte mich. Ich betrachtete den Thron nun ein wenig genauer. Wie sich zeigte, waren die Stangen mit Schiebegewichten versehen. Handelte es sich etwa um einen Wiegestuhl, fragte ich mich? Was für ein Monstrum!

Aber ein Monstrum war es nicht, es war ein überaus vernünftiges, für das neunzehnte Jahrhundert typisches Produkt, das mit großem fachmännischen Können gebaut worden war. Der Stuhl verfügte über allerlei Zeiger, und man konnte mithilfe der Schiebegewichte bis aufs zehntel Gramm genau bestimmen, wie schwer der darauf Sitzende war. Oh, was für ein prächtiger Stuhl! Aber wenn man darauf saß, konnte man sich selbst nicht wiegen, da man sich dann bewegte und die Schiebegewichte nicht an den richtigen Stellen erreichte. Wenn man wiegen wollte, brauchte man eine Versuchsperson.

Ich thronte auf meinem Sessel und wartete. Unaufhörlich wurden Gläser mit lauter funkelnden Getränken herumgetragen, und das im Land der staatlichen Alkoholläden. Das Stimmengewirr war ohrenbetäubend. Überall erhitzte Gesichter, laute Stimmen, unbändiges Lachen.

Aufmerksam beobachtete ich den Eingang. Ständig gingen Leute ein und aus, aber als eine Frau in einem fahlen Mantel das Hotel betrat, da wusste ich sofort: Das muss meine Übersetzerin sein. Sie passte offensichtlich nicht zu den anderen Gästen. Außerdem beschlug ihre Brille, sodass sie nichts sah, und sie stand dort, verloren, verwirrt, und ich dachte: Hätten sie nicht eine etwas schönere Frau schicken können?

Sie wirkte recht kräftig, und man sah an ihr einen beginnenden hohen Rücken, ein Leiden, das man bei Frauen nur selten sieht. Mit dem Ärmel ihres uralten, unansehnlichen Mantels wischte sie über ihre Brillengläser, und als sie mich sah, kam sie beherzt auf mich zu.

»Sie sind schon da«, sagte sie, und wir gaben einander die Hand.

»Wir müssen noch kurz auf Stella warten«, sagte sie.

»Dann nehmen Sie hier auf diesem Stuhl Platz«, sagte ich. »Es handelt sich um einen altmodischen Wiegestuhl, und während wir warten, kann ich ausprobieren, wie er funktioniert und ob ich ihr Gewicht aufs Gramm genau bestimmen kann.«

Ich erhob mich vom Stuhl, sie nahm Platz, und ich machte mich an den schönen, glänzend polierten, sanft gleitenden Schiebegewichten zu schaffen. Es zeigte sich sehr schnell, dass sie weniger als siebzig Kilo wog, aber mehr als sechzig. Ich schob und schob, und ich näherte mich immer mehr dem Moment, in dem ein kleiner roter Zeiger aufrecht stand.

»Bitte ganz still sitzen bleiben«, sagte ich.

»Nicht so einfach.«

»Schon, aber sonst gelingt es nicht.«

Dann stand der rote Zeiger dort, wo ich ihn haben wollte.

»Geschafft«, sagte ich.

»Wie schwer bin ich?«

»Das kann man an den verschobenen großen und kleinen Gewichten ablesen. Sie wiegen sechzig Kilo plus zwei Kilo, plus dreihundert Gramm, plus zwanzig Gramm, plus neun Gramm, das sind zusammen zweiundsechzig Kilo und dreihundertneunundzwanzig Gramm.«

»So genau hat noch niemand mein Gewicht bestimmt. Ah, da ist Stella, wir können gehen.«

In einem der Gässchen hinter dem Hotel stiegen wir in ein Kellergewölbe hinunter. Und dort vollzog sich das Ritual, das mir so sehr widerstrebt: Ein Kellner, der fragt, was man trinken will, das Überreichen der Speisekarte, das gemeinsame Besprechen der Speisenauswahl und welchen Wein man dazu trinken möchte. Man muss es über sich ergehen lassen, es ist offenbar fast unvermeidlich. Und dort in dem Kellergewölbe hatten wir es zudem noch mit einem Sprachproblem zu tun, denn die Speisekarte war auf Schwedisch, und die Damen bemühten sich daher, mir zu erklären, was so alles angeboten wurde.

Bevor der Moment kommt, in dem man selbst essen kann, muss man, während von den Nachbartischen, wo bereits gespeist wird, und aus der Küche die herrlichsten Gerüche aufsteigen, manchmal dreißig Minuten warten. Oh, was für eine Tortur! Ich muss dann immer an Mark Tapley aus *Martin Chuzzlewit* von Dickens denken. Er will in erbärmlichen Umständen verkehren, »denn dann ist es ein Verdienst, fröhlich zu sein«.

Diesmal konnte ich die elende Wartezeit dazu benutzen, meine Übersetzerin genauer zu erforschen.

»Sie sprechen hervorragend Niederländisch. Stammen Sie aus den Niederlanden?«

»Oh nein, ich bin so schwedisch, wie man es nur sein kann.«

»Wie kommt es dann, dass Sie so perfekt und akzentfrei Niederländisch sprechen?«

»Ab meinem achten Lebensjahr habe ich zehn Jahre lang in den Niederlanden gelebt. Gleich nach dem Zweiten Weltkrieg bekam mein Vater eine Professur für Chemie in Zürich. Ich erinnere mich noch gut daran, wie meine Mutter und ich ihm nachgereist sind, quer durch Deutschland. Er war schon vorausgefahren, um in Zürich eine Wohnung zu suchen. Meine Mutter hat während der ganzen Reise leise vor sich hingeweint, sie konnte den Anblick der in Trümmern liegenden Städte nicht ertragen und zog die Vorhänge vor das Zugfenster. Das ist meine allererste Erinnerung, ich war damals etwa drei Jahre alt. Als ich acht war, erhielt mein Vater einen Ruf an die Universität in Delft. Mit achtzehn bin ich dort weggezogen, um in Schweden zu studieren. In der Schule in

Delft habe ich Niederländisch gelernt. Zu Hause haben wir immer Schwedisch gesprochen. Außer Schwedisch und Niederländisch spreche ich außerdem noch akzentfrei Schwyzerdütsch«, fügte sie stolz hinzu. »Ach, ich bin ein Sprachenwunder.«

»In Delft«, rief ich aus, »Sie haben in Delft gewohnt. Da hätten wir uns ja durchaus begegnen können. Ich war ziemlich oft in Delft.«

»Und ich bin oft mit meinen Freundinnen in Richtung Schipluiden geradelt. Ob ich weiter als Schipluiden gekommen bin, weiß ich nicht mehr so genau, ach, wahrscheinlich schon, da gab es so ein Gewässer, das ›Seechen‹ genannt wurde – ach, ach, die Niederlande, alles ist dort so winzig. Wir haben hier Seen, die so groß sind wie die Niederlande und Flandern zusammen.«

»Der kleine See könnte das Bommeer gewesen sein.«

»Ob er so hieß, weiß ich nicht mehr. Woran ich mich aber noch erinnere, ist, dass wir in Nullkommanichts dorthin fuhren, nun ja, die Niederlande sind so klein, es gibt keine wirklichen Entfernungen, das Land ist überfüllt, total überfüllt, nein, dann lieber Schweden, hier hat man mehr Platz.«

»Ja, das schon, aber ... Ich habe bisher kaum etwas anderes gesehen als endlose, eintönige Fichtenwälder. Und wie schon Doktor Glas sagt: ›Doch die zerfranste Silhouette eines Fichtenwalds vor dem Himmel quält mich auf eine unerklärliche Art. Außerdem regnet es ja auch manchmal auf dem Lande, genau wie in der Stadt, und ein Fichtenwald bei Regen macht mich ganz krank und elend.‹«

»Doktor Glas? Wer ist das?«

»Die Hauptperson in dem gleichnamigen Roman von Hjalmar Söderberg. Mit Abstand der schönste schwedische Roman, den ich jemals gelesen habe.«

»Noch nie von gehört.«

»Wirklich nicht? Ein so wunderbares Buch?«

»Ach, Zeit zum Lesen ... Glauben Sie, ich hätte Zeit zum Lesen? Drei Kinder versorgen, dazu ein Mann und eine Vollzeitstelle an der Universität und außerdem noch ständig übersetzen.«

»Aber das Buch von Söderberg hat nur zweihunderteinundzwanzig Seiten, die hat man schnell durch, diesen Roman müssen Sie unbedingt lesen, er spielt hier in Gamla Stan und beginnt auf der Wasabrücke, hier um die Ecke, ich bin heute Nachmittag hinübergegangen, und Glas spricht von der Insel Skeppsholmen, und die habe ich gesehen, und von der Skeppsbron, und daran liegt mein Hotel. Es war eine große Überraschung, dass man all diese Orte aus dem Buch noch unverändert finden kann, und ehe ich in die Niederlande zurückfliege, hoffe ich, noch kurz Djurgården und Hasselbacken zu sehen, denn diese Orte kommen auch in dem Roman vor.«

»Hasselbacken? Da können Sie hinfahren.«

»Wie im Roman, oh, das werde ich machen, wenn ich ein wenig freie Zeit habe. Über Djurgården sagt Glas: ›Und außerhalb von Stockholm habe ich im Umkreis von dreißig oder vierzig Kilometern keine Landschaft gefunden, die sich mit Stockholm selbst vergleichen ließe – mit Djurgården, dem Park von Haga und dem Trottoir entlang dem Wasser vor dem Grand Hôtel.‹«

»Kennen Sie das Buch auswendig?«

»Ich habe es zehnmal oder so gelesen, das ein oder andere wird wohl hängen geblieben sein.«

»Dann sollte ich es vielleicht auch einmal lesen.«

Das Essen wurde aufgetragen. Obwohl ich mir vorgenommen hatte, mich zurückzuhalten, hatte ich (es war inzwischen halb acht, und mir knurrte gewaltig der Magen) meinen Teller bereits leer, als die Damen sich plaudernd gerade erst aufgetan hatten.

»Oh, sieh doch nur«, sagte meine Übersetzerin spöttisch,

»der Mann ist hier vollkommen ausgehungert angekommen, der hat seinen Teller schon leer.«

»Was für eine Fressgier.«

»Das kann man wohl sagen, ein Holländer auf Reisen. Den leeren Teller muss ich mir genauer ansehen. Dafür nehme ich die Brille kurz ab.«

Die Brille verschwand. Drei Worte nur, aber ich werde es nie vergessen. Hinter der Brille, hinter dem abweisenden, unerbittlichen Verschlag kamen zwei große Augen zum Vorschein, mit zwei unverfälscht grünen Iris, in denen braune Pünktchen glänzten. Und über den Zauberaugen wölbten sich zwei verblüffend schöne Augenbrauen. Es liegt an der Brille, dachte ich, die verdirbt das Aussehen ihres Gesichts. Ohne Brille sieht sie, wenn man ihr Alter bedenkt, noch sehr schön aus.

»Da schau her, Brille weg, und Sie sehen zwanzig Jahre jünger aus. Wir sollten uns von nun an duzen.«

»Bah, das dürfen Sie nicht vorschlagen, das muss ich machen, zum einen weil ich ein wenig älter bin als Sie und zum anderen weil ich eine Frau bin. Aber gut, ich nehme den Vorschlag an, wir duzen einander. Darauf stoßen wir an. Kjell hat mir Geld mitgegeben, um den Wein zu bezahlen, denn der ist hier unglaublich teuer. Das ist das Einzige, was in den Niederlanden besser ist.«

»Wir haben aber auch keine Zöllner mit großen Brustmarken.«

»Ja, darüber hat es große Diskussionen gegeben, aber wenn die Passagiere sich beschweren wollen, ist es praktisch, wenn sie die Nummer des Zöllners kennen, über den sie sich beklagen wollen. Darum prangt die Nummer nun gut lesbar auf ihrer Brust.«

»Man könnte meinen, man wäre im Ostblock.«

»Ach, komm, so schlimm ist das doch nicht? Und sehr vieles ist hier in Schweden bedeutend besser als in den Niederlanden. Aus Schweden abreisend, würde man nicht so ausgehungert in den Niederlanden ankommen, denn hier … hier bereiten wir noch zwei warme Mahlzeiten pro Tag zu … wo gibt es das in den Niederlanden. Dort pfeffern, wie meine Mutter immer entrüstet sagte, die Hausfrauen um zwölf Uhr ein paar Scheiben Brot auf den Tisch, und die muss man sich dann selbst streichen oder belegen. Bei uns bekommt man mittags eine ordentliche Mahlzeit, und am Abend gibt es noch eine, und wir backen unsere Plätzchen noch selbst, sieben verschiedene Sorten zum Jahreswechsel. Das ist in Holland undenkbar. Dort gibt es widerliche Krapfen und sonst nichts.«

Sie wandte sich an Stella: »Und wie verwöhnt die holländischen Frauen sind! Alle haben Teilzeitstellen, und trotzdem jammern und klagen sie. Hier arbeiten alle Frauen ganztags, und sie klagen viel weniger als in den Niederlanden.«

»Stimmt, aber hier ist die Kinderbetreuung auch viel besser geregelt«, sagte Stella.

»Das ist wahr, aber dennoch, warum stöhnen die niederländischen Feministinnen nur so? Die haben es doch wirklich sehr viel einfacher als die Frauen in Schweden, und hier beklagt sich niemand, obwohl die Löhne niedriger sind und Mann und Frau Vollzeit arbeiten müssen, weil sie sonst nicht über die Runden kommen.«

In meinem Hotelbett konnte ich, schwindelig vom stundenlangen, fröhlichen Zanken und erhitzt vom schwedischen Staatswein, nicht in den Schlaf finden. Erst gegen vier schlummerte ich kurz ein, um dann gegen sechs bereits wieder hochzuschrecken. Um zwölf sollte es bei Smörrebröd und anderen Köstlichkeiten im Grand Hôtel Gelegenheit geben, die Angestellten der niederländischen Botschaft zu treffen, sodass ich bis dahin freihatte. Endlich konnte ich in aller Ruhe und mutterseelenallein durch das sonnige, stille Stockholm flanieren, auf der Suche nach der Klarakirche, in deren Nähe Glas gewohnt hat. In den Niederlanden sieht man am frühen Sonntagmorgen nur wenige Menschen auf der Straße, aber hier war wirklich niemand zu sehen. Totenstille überall. Nicht einmal ein paar Leute, die mit dem Hund Gassi gingen. Offenbar hält man in Stockholm kaum Hunde, denn auch in den folgenden Tagen begegnete mir nicht ein einziger angeleinter Hund mit seinem Herrchen oder Frauchen. Auch der Platz bei der Klarakirche, der gerade noch am Rand meines Stadtplans eingezeichnet war, lag verlassen da. Und das Standbild von Bellmann, das im Roman erwähnt wird, gab es auch immer noch. Wer war dieser Bellmann, fragte ich mich.

Um halb elf begab ich mich mit der Karte, die Kjell mir gegeben hatte, zum Nationalmuseum. Es war geöffnet, aber in dem gewaltigen Gebäude ging lediglich Bewachungspersonal herum. Ich streifte ein wenig durch die riesigen Säle. Im Prinzip bin ich ein Kulturbanause, der Gemälde nicht sonderlich mag und eigentlich nicht versteht, wozu Gemälde dienen. Warum und wozu zum Beispiel Stillleben? Ist eine Vase auf einer Leinwand schöner als eine echte Vase? Nun ja, das ist natürlich ein überaus beschränkter Standpunkt, und ich hüte mich davor, ihn öffentlich zu verkünden, aber in dem ganzen Museum gab es nur ein einziges Gemälde, vor dem ich lange stehen blieb. Es stammte von Robert Thegerström und zeigte den Komponisten Wilhelm Stenhammar. Stenhammar sitzt mit abgewandtem Gesicht an einem Flügel, und es sieht so aus, als höre er etwas und als zögere er, seinen Händen, die unmittelbar über den Tasten schweben, den Auftrag zu geben, diese Musik zu spielen. Vielleicht hört er im Geist die Musik seines Kollegen Sibelius. Von der war er so beeindruckt, dass er selbst lange Zeit nicht mehr zum Komponieren kam und seine Erste Symphonie zurückzog. Er hat ein schönes Profil, eine kräftige Nase, und es steckt etwas Rätselhaftes in seiner Haltung, in dem Bild, in allem, was ihn umgibt. Wenn man vor dem Bild steht, denkt man: Er muss ein außergewöhnlich netter, bescheidener Mann gewesen sein, ein introvertierter, langmütiger Komponist, so wie Hermann Goetz. Natürlich wusste ich von der Existenz Stenhammars, wir hatten seine reizende *Serenade* aus dem Jahr 1916 schon oft in unserem Plattenklub gehört, dennoch war ich selbst nie dazu gekommen, mich näher mit seinem Œuvre zu befassen, mit seinen beiden Symphonien, den sechs Streichquartetten, den Liedern, den Chorwerken. Ich nahm mir vor, dies jetzt zu tun, hier in Schweden war es bestimmt leicht, an Schallplatten mit seinen Kompositionen und an Partituren zu gelangen, vor allem der Lieder.

So leer die Straßen waren, so voll war es um zwölf im Wintergarten des Grand Hôtels. Im Roman von Söderberg wird das Hotel so oft erwähnt, dass ich das Gefühl hatte, mich auf vertrautem Terrain zu bewegen. Und dann kam auch noch meine Übersetzerin herein, und es war, als sähe ich jemanden wieder, den ich schon seit Jahren kannte. Zugleich kam es mir so vor, als sähe ich sie zum ersten Mal. Und ich erschrak ob des ärmlichen, fadenscheinigen Rocks und des ziemlich verschlissenen Pullovers, den sie trug. War sie wirklich so arm? Konnte sie sich keine neuen, etwas schöneren Kleider leisten? Aber sie hatte doch eine gute Stelle, und ihr Mann auch?

Später an jenem Sonntag, nach einer Art Stehempfang im großen Wintergarten mit der schönen Aussicht auf den königlichen Palast auf der anderen Seite des Wassers, währenddessen ich kaum Gelegenheit hatte, mit meiner Übersetzerin zu reden, weil allerlei Botschaftspersonal auf mich einstürmte, da tauchte, als ich endlich neben ihr in ihrem uralten Volvo saß, die Frage – war sie wirklich so arm? – erneut auf. War ein etwas neueres Modell, zur Not ein gebrauchtes, wirklich nicht drin? Was mich aber vor allem verwunderte, war, dass die Frage – ob sie arm war – mich nicht losließ. Nahm ich mir ihr Schicksal so zu Herzen? Aber ich kannte sie doch kaum, und was spielte es schon für eine Rolle, dass wir in einem alten Volvo durch Stockholm fuhren? Der Wagen fuhr doch, er brachte uns von A nach B? Und wohin waren wir eigentlich unterwegs? Wenn ich es richtig mitbekommen hatte, fuhren wir zum Haus des jüngsten Botschaftsangehörigen. Dort sollte das gemütliche Beisammensein, das bereits im Wintergarten des Grand Hôtels seinen Anfang genommen hatte, etwas informeller fortgesetzt werden.

Wo Hans, der Kulturattaché, wohnte, wusste sie nicht genau. Auf einer der kleinsten Inseln, auf Lilla Essingen, das wusste sie, aber als wir schließlich auf der kleinen Insel angekommen waren und nach der genannten Adresse suchten, da landeten wir plötzlich auf einem merkwürdigen Plateau. Noch immer weiß ich nicht, wie wir dort hingekommen sind, denn der Weg, der hinaufführte, war schmal und steil. Bevor man einen solchen Hang hochfährt, überlegt man sich doch: Ist es überhaupt vernünftig, hier raufzufahren? Und wie komme ich anschließend wieder runter? Genau das erwies sich dann auch als die drängende Frage, als wir auf dem Plateau angekommen waren und sich herausstellte, dass wir nicht wenden konnten und wir auf demselben Weg zurückfahren mussten, diesmal jedoch rückwärts, auf einem beängstigend schmalen Weg mit links und rechts steil in die Tiefe abfallenden Wänden. Da standen wir also, sie stieg aus, und ich stieg auch aus, und wir gingen auf dem Plateau um den Wagen herum, und sie sagte: »Hier kommen wir nicht mehr weg, denn rückwärtsfahren, das traue ich mich nicht.«

»Uns wird nichts anderes übrig bleiben. Ich habe keinen Führerschein, ich kann nicht fahren.«

»Ich lass den Wagen stehen, und wir gehen zu Fuß. Hans muss hier ganz in der Nähe wohnen, und vielleicht gibt es dort jemanden, der uns nachher helfen kann.«

»Ach, komm, du bist doch auch hochgefahren? Dann musst du doch auch runterfahren können?«

»Schon, aber rückwärts, das ist gruselig. Und Platz zum Wenden gibt es nicht.«

»Ich kann dich doch von draußen mit Zurufen dirigieren.«

Wie merkwürdig, nach so kurzer Zeit mit jemandem, den man kaum kennt, an einem Sonntagnachmittag im Oktober des Jahres 1983 in eine so dämliche Zwickmühle zu geraten. Wir schauten einander eine Weile an, sie kicherte, und ich lachte auch, es war eine zu verrückte Situation, in der wir uns befanden, und sie sagte: »Wenn Karl jetzt hier wäre ...«

»Karl?«

»Ja, mein Mann, Karl, wenn Karl jetzt hier wäre, dann wäre er wütend, und er würde sagen: Wenn du so dämlich warst, hier hochzufahren, dann musst du dir eben jetzt einen Trick einfallen lassen, wie du wieder nach unten kommst.«

»Ach, einen Trick brauchen wir gar nicht. Wenn du einfach nur ganz vorsichtig, die Hinterräder in der Spur haltend, so behutsam wie möglich und mit der Handbremse im Anschlag, den Wagen so langsam wie eine Schnecke hinunterrollen lässt, dann kann doch eigentlich nichts passieren.«

Sie ließ sich überreden und wagte den Versuch, während ich vor dem Auto den Hang hinunterging und Anweisungen rief. Der Wagen kroch langsam den steilen Weg hinunter, wobei die Hinterräder zweimal ein winziges bisschen über den Abgrund ragten, weil der Weg dort schmaler war als das Auto. Als wir sicher unten angekommen waren und ich mich wieder auf dem Beifahrersitz niederließ, sagte ich: »Na, was für eine vorbildliche Zusammenarbeit.« Sie kicherte erneut, und ich versuchte, den hässlichen Verschlag vor ihren Augen wegzudenken, woraufhin ich hinter den Brillengläsern einen triumphierenden Blick bemerkte, der nicht zu dem tiefen Seufzer der Erleichterung passte, den sie ausstieß.

Vor dem Haus von Hans, bei dem wir nach einigem Suchen ein paar Minuten zu früh ankamen, blieben wir im Auto sitzen, bis es genau vier Uhr war, die Zeit, zu der wir eingeladen waren. Ich fand das seltsam, aber sie meinte: »Das machen wir in Schweden immer so. Ist man zu früh, dann wartet man, und zu spät zu kommen, das ist vollkommen unüblich.«

Punkt vier passierte also Folgendes: Als die Kirchenglocke von Lilla Essingen viermal schlug, tauchten aus allerlei Wagen, die vor dem Haus parkten, die eingeladenen Gäste auf. Die Luft war erfüllt vom Geräusch sich öffnender und wieder zufallender Autotüren, und im Nu stand eine ansehnliche Menschenmenge vor der Haustür. Dass jetzt alle zugleich ins Haus wollten, erwies sich als wenig praktisch, aber offenbar war es in Schweden noch niemandem aufgefallen, dass es – logistisch gesehen – viel einfacher ist, wenn die Gäste über einen gewissen Zeitraum verteilt eintreffen. Jetzt stand die Diele voller Menschen, die alle zugleich ihren Mantel loswerden wollten. Schubsen, Ziehen, einander auf die Zehen treten, Entschuldigungen, so gerade noch kein Handgemenge, aber durchaus unterdrücktes Murren. Im Wohnzimmer angekommen, konnten die Gäste sich wieder verteilen, und auch dort sprachen mich zum großen Teil dieselben Niederländer an, die sich bereits im Grand Hôtel mit mir hatten unterhalten wollen. Nach anderthalb Stunden begab ich mich also zu meiner Übersetzerin, die sich während der ganzen Zeit in einiger Entfernung von mir mit anderen unterhalten hatte, und fragte sie: »Wäre es sehr unhöflich, wenn ich jetzt gehen würde?«

»Bestimmt, aber das braucht dich nicht zu interessieren, du bist der Hauptgast, du bestimmst hier die Regeln, du kannst dir erlauben zu gehen. Aber wohin willst du denn?«

»Zurück in mein Hotel.«

»Hättest du nicht Lust, mit zu mir nach Hause zu kommen? Dann könntest du meinen Mann und die Kinder kennenlernen und einen Happen mit uns essen.«

»Ja, gern«, sagte ich, sehr erstaunt darüber, dass ich so rasch auf ihre Einladung einging.

Also fuhren wir nach Spånga, einem kleinen Vorort von Stockholm. Wir hielten auf einer breiten Straße vor einem recht großen, frei stehenden Haus. Das Gebäude sah aus, als wäre seit Jahren nichts mehr gemacht worden, um es zu erhalten. Überall blätterte die Farbe ab. Aber es wirkte noch rustikal, und man musste eine Treppe zur Haustür hinaufgehen, was ich sehr chic fand. Noch ehe ich die Treppe allerdings betreten konnte, wurde die Haustür geöffnet, und Karl erschien. Wir gingen aufeinander zu, er kam die Treppe hinunter, ich ging ein paar Stufen hinauf, wir reichten einander die Hand, und ich dachte: Das ist ganz bestimmt ein überaus netter Kerl, und nachdem ich mich drinnen eine Weile mit ihm auf Englisch unterhalten hatte, wusste ich: Dieser Mann ist die Ruhe selbst. Aber die drei Kinder waren von anderem Kaliber. Die älteste Tochter, Gudrun, unterließ es einfach, mir die Hand zu geben – etwas, das mich weniger betrübte als die Mutter. Sie war etwa sechzehn und so unglaublich hübsch, dass es mir schwerfiel, den Blick von ihr abzuwenden. Ihr jüngerer Bruder, Rikart, war ein dickes, plumpes, hässliches Bürschchen. Auch er hielt mich für keines Blickes würdig. Das jüngste Kind, wieder ein Mädchen, Ylva, war ein schmächtiger Zwerg. Sie gab mir die Hand.

Meine Übersetzerin teilte mir mit, dass sie jetzt mit der Zubereitung des Essens beginne. Karl sagte etwas auf Schwedisch, und seine Frau übersetzte: »Karl sagt, er wolle eine Zigarre rauchen, und er lässt fragen, ob du vielleicht mitgehen und auch eine Zigarre rauchen willst.«

»Ich rauche nicht, aber wieso ›mitgehen‹? Raucht er seine Zigarre denn nicht hier?«

»Ich habe Karl verboten, im Haus zu rauchen«, sagte

meine Übersetzerin entschieden, »wenn er rauchen will, muss er das draußen tun. Wenn du ebenfalls rauchen willst, musst du also auch nach draußen.«

»Ich habe gesehen, ihr habt ein Klavier«, sagte ich. »Vielleicht darf ich, während du kochst und Karl raucht, Klavier spielen.«

»Nur zu«, sagte sie, und an Karl gewandt, sagte sie auf Schwedisch, dass ich gern Klavier spielen und ihn folglich nicht auf seinem Rauchgang begleiten würde. Weil ich mich ein wenig schämte, Karls freundliche Einladung zum Zigarrenrauchen ausgeschlagen zu haben, sagte ich zu ihm: »Wenn ich gewusst hätte, dass du gern Zigarren rauchst, dann hätte ich dir aus Holland eine Schachtel Hajenius-Zigarren mitgebracht.«

»Oh, das wäre fantastisch gewesen«, erwiderte er, »das sind die allerbesten Zigarren, Hajenius-Zigarren.«

»Wenn ich wieder in den Niederlanden bin«, sagte ich, »schicke ich dir eine Schachtel.«

Karl klopfte mir freundschaftlich auf die Schulter, zog einen merkwürdig aussehenden Pelzmantel an und begab sich nach draußen. Kurze Zeit später stand er da, mit dem Rücken zum Haus, und rauchte seine Zigarre. Ich habe in meinem Leben schon jede Menge Menschen Zigarre rauchen sehen, aber dieser Karl war ein phänomenaler Raucher. Unglaubliche, erstaunliche Rauchwolken stiegen auf, es war, als stünde er in Flammen, ein Anblick, den ich nie vergessen werde: ein Mann in einem grauweißen, vollkommen verschlissenen Schaffellmantel, der mit abgewandtem Gesicht gewaltig an seiner Zigarre zieht, die mehr Rauch hervorbringt als ein veritabler Schornsteinbrand. Mir kam eine Bibelstelle in den Sinn, Genesis 19, Vers 28: »Und wandte sein Angesicht gegen Sodom und Gomorra und alles Land der Gegend und schaute; und siehe, da ging ein Rauch auf vom Lande wie ein Rauch vom Ofen.« Kurz zuvor hat der Herrgott die Frau Lots bereits in eine Salzsäule verwandelt, aber was ich dort sah, war keine Salzsäule, sondern eine Rauchsäule. Und es war nicht leicht, sich des Eindrucks zu erwehren, dass dieses beispiellose Rauchverhalten auch als Demonstration gedacht war, im Sinne von: Ich darf im Haus nicht rauchen, na, dann werde ich dir mal was zeigen.

Ich nahm am Klavier Platz. Leider kann ich nur wenig auswendig spielen, den Schlussteil einer Sonate von Haydn, *Longo 449* von Scarlatti, ein Präludium in fis von Skrjabin, die erste Partita von Bach, das alles hatte ich also in kürzester Zeit zu Gehör gebracht, und danach war das Essen noch lange nicht fertig und Karls Zigarre auch noch nicht aufgeraucht. Noten sah ich nirgendwo, und so ging ich in die Küche, wo meine Übersetzerin eifrig beschäftigt war, und fragte: »Hast du vielleicht Noten, aus denen ich spielen könnte?«

»Wir haben nur das *Sveriges Melodibok*«, sagte sie, ging mit mir zurück ins Zimmer und nahm es aus dem Schrank. Es handelte sich um ein großes dickes Buch mit hundertfünfundneunzig Liedern.

Es ist nicht besonders interessant, Liedbegleitungen zu spielen, aber wenn man nichts anderes hat, muss man sich damit zufriedengeben. Ich blätterte also das Buch durch, fand ein Lied (Nummer fünf), das mir hübsch zu sein schien, und spielte »*Ack, Värmeland, du sköna*«. Mensch, dachte ich, das ist doch die Anfangsmelodie von »Die Moldau« von Smetana. Hat er das Thema etwa hier gefunden? Ein paar Seiten weiter stieß ich auf ein Lied von Bellmann, dessen Namen ich bereits aus *Doktor Glas* kannte. Ich fand nicht, dass das Lied das Standbild bei der Klarakirche verdiente, aber vielleicht hatte dieser Bellmann ja bessere Lieder komponiert. Man weiß nie.

Meine Übersetzerin kam aus der Küche. »Das Essen steht auf dem Herd und muss jetzt nur noch gar werden. Du kannst all diese Begleitungen einfach so vom Blatt spielen?«

»Bestimmt nicht alle, aber die meisten sehen recht einfach aus.«

»Könntest du Nummer zwölf spielen?«

Ich blätterte weiter bis zur Nummer zwölf.

»Ja«, sagte ich, »die ist leicht zu spielen.«

»Hast du etwas dagegen, wenn ich mitsinge?«

»Natürlich nicht.«

Was so alles *out of the blue* passieren kann. Ich spielte die einleitenden Takte des Lieds von Birger Sjöberg, und sie setzte richtig ein. Aber so schön ihre Sprechstimme war, so schmächtig und unsicher war ihre Singstimme. Ein hoher, gepresster Sopran, leise und furchtsam, oh, sie war fast nicht zu hören, ich dämpfte mein Klavierspiel. Und natürlich verstand ich die schwedischen Worte nicht, allerdings stand über den Noten auf Seite zwanzig des *Sveriges Melodibok*: *Den första gång jag såg dig*, und man muss überhaupt kein Sprachwunder sein, um sofort zu erkennen, dass dies bedeutet: »Das erste Mal, als ich dich sah«. Das Lied hat drei Strophen, die meine Übersetzerin alle sang, und als wir fertig waren, sagte sie: »Darf ich es noch einmal singen?« Und wieder erklang: »Das erste Mal, als ich dich sah, da glänzte Sommersonnenschein.« Es ist ein einfaches Lied, simple Dreiklänge, simple Sekundenschritte, nichts Besonderes, höchstens ein wenig melancholisch, was die Stimmung betrifft, und im *Sveriges Melodibok* stehen viel bessere Lieder, zum Beispiel »*En sommerdag*« von Lindblad – das ist ein kleines Juwel. Und *Adagio* von Wilhelm Stenhammar findet sich auch darin, und das ist ein großes Juwel.

Nach dem Essen brachte Karl mich mit dem alten Volvo zum Bahnhof von Spånga. Mit dem Zug fuhr ich zum Stockholmer Hauptbahnhof, von wo ich zu meinem Hotel zurückging, wobei ich fortwährend vor mich hinsummte: »*Den första gång jag såg dig, då glänste sommarskyn.*«

Am Montagmorgen war ich in der um diese frühe Tageszeit noch bemerkenswert ruhigen Hotellobby zu zwei Interviews verabredet, zuerst mit einer spröden jungen Dame vom *Svenska Dagbladet*, danach mit einem ernsten jungen Mann vom *Aftonbladet*. Als die beiden Prüfungen überstanden waren, war es etwa elf Uhr, und ich konnte in die Stadt gehen. Zuerst kaufte ich in der Touristeninformation beim königlichen Palast einen richtigen Stadtplan von Stockholm. Mir verleiht eine Karte immer das Gefühl von Macht und Sicherheit – Gott sei Dank, endlich Zugriff auf die Welt. Und dann begann meine Schatzsuche. Ich musste und würde eine schwedische Ausgabe von *Doktor Glas* kaufen und sie meiner Übersetzerin schenken. Es war doch bizarr, dass sie das Buch nie gelesen hatte, ja, dass sie noch nicht einmal wusste, dass es das Buch gab. Aber war es überhaupt erhältlich? Man versuche nur einmal, ein Buch zu kaufen, das 1905 in den Niederlanden erschienen ist. Die Chance, es zu finden, ist praktisch gleich null. Stirbt bei uns ein Schriftsteller, dann ist er augenblicklich vergessen, von wenigen Ausnahmen wie Multatuli einmal abgesehen, und selbst von den *Gesammelten Werken* Multatulis hat der Verlag nur rund tausend Exemplare je Band verkauft. Alle unsere Autoren des Fin de Siècle, Coenen, Aletrino, Israël Querido, Herman Robbers und wie sie alle heißen, werden nicht mehr gelesen. Louis Couperus und vielleicht Marcellus Emants sind die Einzigen, die noch zur Hand genommen werden; wenn man jedoch in den Niederlanden einen Roman von Couperus kaufen will, dann hat man in neunundneunzig von einhundert Buchhandlungen keinen Erfolg. Also *Doktor Glas* – ich machte mir keine großen Hoffnungen. Sehr schnell stellte sich heraus, dass man auch in Stockholm stundenlang herumgehen kann, ohne eine Buchhandlung zu finden. Menschenskind, was für eine große Stadt und was für ein erschreckend spärliches Angebot an Buchhandlungen. Vielleicht suchte ich an den falschen Stellen, vielleicht befanden sich die Buchhandlungen in den Vorstädten oder in den stillen Straßen, aber in den großen Einkaufsstraßen in der Gegend um den Hauptbahnhof fand ich keine einzige Buchhandlung. Und auch keine Schallplattenläden, sodass ich den Nebenzweck meiner Suche, den Erwerb von Werken von Stenhammar, auch nicht verfolgen konnte. Am liebsten hätte ich, was Stenhammar anging, Noten gekauft, seine Klaviermusik und seine Lieder, aber wo gab es in Stockholm ein Musikgeschäft, das auch Noten führte? Es war doch wohl ausgeschlossen, dass es in der ganzen Stadt keine Musikalienhandlung gab, in der man auch Noten kaufen konnte. Die Frage war nur, wo?

Ich ging weiter und weiter, und ich fühlte mich so seltsam. Es schien fast, als wäre mein ganzer Körper aus dem Takt geraten, als wären Federn ausgeleiert, als hätten sich Schwungräder gelöst, als hätten Räder ihre Zähne verloren, als wären Stoßdämpfer kaputt. Mir war, als wären irgendwo in mir die Sicherungen durchgebrannt.

»Nun ja, verwunderlich ist das nicht«, murmelte ich vor mich hin, »nach zwei Nächten, in denen du kaum geschlafen hast.«

Tja, in meinem Leben hatte ich schon so oft zwei Nächte nacheinander nicht geschlafen, und danach hatte ich mich jedes Mal nicht besonders fit gefühlt. Aber diesmal war es doch anders. Es fühlte sich an, als wäre ich krank, ohne krank zu sein, als könnte ich jeden Moment zusammenbrechen, während ich gleichzeitig doch auf den Beinen blieb. Es war eine merkwürdige Art von Schwindel; ich schaute in die Schaufensterscheiben, um zu sehen, ob ich schwankte, aber nein, ich schwankte nicht, ich ging unbeirrt weiter, als wäre alles bestens. Und dennoch schien alles in mir verschoben. Hätte ich jetzt doch nur einen Schallplattenladen gefunden, in dem ich in aller Ruhe nach Werken von Stenhammar hätte suchen und aus den Augenwinkeln die Namen meiner wirklich großen Lieben Bach, Mozart, Schubert, Haydn, Bruckner, Schumann, Wagner, Franck, Bizet, Verdi, Prokofjew wahrnehmen können. Aber einen solchen Laden gab es nicht. Was ich brauchte, war Stabilität, ein ordentliches Musikstück des soliden, unbeugsamen Bach, den Beginn der Kantate 170, »Vergnügte Ruh, beliebte Seelenlust«. Aber was in meinem Hirn zu erklingen schien, war Kantate 35: »Geist und Seele wird verwirret«. Gut, nachdem ich dies konstatiert hatte, lautete die folgende Frage: Was war die Ursache meiner Verwirrung? Zwei kleine Interviews, in denen ich mich nach Kräften von meiner besten Seite gezeigt hatte? Ach nein, solche Interviews hatte ich schon so oft gegeben. Das ganze Palaver gestern, zuerst im Wintergarten des Grand Hôtels und danach im Haus des Kulturattachés? All das soziale Getue – ich war doch genau wie Doktor Glas, der über sich selbst sagt, er habe das ständige Bedürfnis des Einzelgängers, sich »von Menschen umgeben zu sehen – fremden Menschen, wohlgemerkt, die ich nicht kenne und mit denen ich nicht reden muss.« Oh, dieser Satz aus *Doktor Glas* – als ich ihn las, war ich zutiefst berührt gewesen. Endlich exakt in Worte gefasst, was auf mich selbst auch zutraf. Endlich ein Geistesverwandter.

Entschlossen weitergehend, fand ich ein wenig meine übliche Munterkeit wieder. In Schwierigkeiten befand ich mich nicht, genau genommen war alles in bester Ordnung, ich ging durch Stockholm, ich war gesund, die Sonne schien, und morgen, Dienstag, durfte ich bereits wieder nach Hause. Nur noch eine einzige Nacht.

Dann entdeckte ich tatsächlich eine kleine Buchhandlung. Sie sah aus wie ein Relikt aus früheren Zeiten. Ein schmaler Laden mit einem winzigen Schaufenster, in dem ich nichts entdeckte, was ich kannte. Ich ging hinein. Von hinten kam ein staubiges Kerlchen angeschlurft. Natürlich trug der Mann eine Brille. In solchen Läden tragen die Inhaber immer Brillen. Und er hatte eine Weste übergezogen, so eine echte altmodische Anzugweste über einem gestreiften Oberhemd. Er fragte mich etwas auf Schwedisch, was ich nicht verstand, denn dort in Stockholm sprechen die Leute nicht, sondern sie singen, wenn sie etwas sagen. Ich ging davon aus, dass er mich gefragt hatte, wonach ich suchte, und daher sagte ich: »*I am looking for* Doktor Glas *by Hjalmar Söderberg*.«

Er sagte nichts, sondern verschwand kurz in seinem Laden und kam mit einem Taschenbuch zurück. *Doktor Glas* von Hjalmar Söderberg. In ordentlichem Schwedisch. Schön herausgegeben. Recht viele Wörter auf jeder Seite, weshalb das Buch sehr dünn wirkte.

»Kennen Sie das Werk von Söderberg?«, fragte er auf Englisch.

»Ich kenne *Doktor Glas*, da dieser Roman ins Niederländische übersetzt wurde. Doch die anderen Bücher kenne ich nicht, ansonsten ist nichts übersetzt.«

»Oh doch«, sagte er, »vieles von ihm wurde ins Deutsche übersetzt, und ich habe ... Moment ...«

Er verschwand wieder in seinem winzigen Laden und kam dann mit so einem verteufelt schönen Büchlein aus der Manesse Bibliothek der Weltliteratur zurück. Hjalmar Söderberg, *Erzählungen*.

Ich hätte dem Mann um den Hals fallen können.

»Oh, das nehme ich auch mit«, rief ich.

»Es gibt auch eine schöne Ausgabe für wenig Geld von *Martin Bircks ungdom*. Das ist, finde ich, sein allerschönstes Buch, nie ist in Schweden ein prachtvollerer Roman erschienen, nicht einmal *Röda rummet* kommt daran – ach ja, großartig ist natürlich auch *Utvandrarna* von Vilhelm Moberg. Kennen Sie das?«

»Nie davon gehört«, antwortete ich.

»Das müssen Sie lesen, vier Bände, grandios.«

Schließlich verließ ich den Laden mit allen Büchern Söderbergs, die er vorrätig hatte, auch denen auf Schwedisch, wie sich versteht, aber das war für mich kein Problem. Schwedisch ist, wenn man es liest, keine schwierige Sprache; schwierig ist nur, Schwedisch zu sprechen, denn so unmusikalisch die Schweden auch sind, wenn sie sprechen, klingt es, als sänge jemand ein Rezitativ aus einer Kantate von Bach.

Gegen drei holte meine Übersetzerin mich im Hotel ab. Sie brachte mich in ihrem Volvo zum Verlag, und dort wartete der nächste Interviewer auf mich, und der sprach nur Schwedisch, sodass meine Übersetzerin jetzt auch als Dolmetscherin fungieren musste. Als wir fertig waren, sagte sie: »Nun möchte ich dich um einen Gefallen bitten. Mein Vater würde sich gerne mit jemandem aus den Niederlanden unterhalten. Er macht sich große Sorgen wegen seiner Pension. Die bekommt er aus den Niederlanden, weil er dort bis fünfundsechzig als Professor in Delft gearbeitet hat. Ständig fürchtet er, dass von einem Tag auf den anderen seine Pension nicht mehr ausgezahlt werden könnte, weil er als Empfänger nicht mehr in den Niederlanden wohnt. Das ist natürlich Unsinn, aber er ist nun einmal alt und ängstlich, und es würde ihm guttun, von jemandem aus den Niederlanden zu hören, dass er ganz unbesorgt sein kann.«

»Ja, gern, bloß kann ich ihm diese Garantie doch gar nicht geben?«

»Das nicht, aber du könntest ihm sagen, dass dieser Fall nicht eintreten wird.«

»Das wird er auch nicht, und wenn ihn das beruhigt, will ich ihm das durchaus sagen.«

»Nun, dann fahren wir kurz zu meinen Eltern. Ach, sie hatten es so schwer in den Niederlanden, sie konnten sich einfach nicht an die merkwürdigen Niederländer gewöhnen. In unserem Wohnzimmer hing ein riesiges Gemälde von einer Birke, und davor hockten sie immer und schauten es mit tränennassen Augen an, denn die Birke erinnerte sie an Schweden, der Baum war ihr Halt, der Beweis, dass es Schweden noch gab.«

»Kurz zu meinen Eltern« entpuppte sich als Reise um die Welt in ihrem alten, stinkenden Volvo. Menschenskind, ist dieses Schweden groß. Wenn man in irgendeinen Vorort fahren will, so wie wir jetzt, dann ist man mehr oder weniger genauso lange unterwegs wie von Maasluis nach Middelharnis, und das sind etwa sechzig Kilometer. Schließlich hielten wir vor einem großen, vornehmen, gut gepflegten Holzhaus, irgendwo weit im Norden von Stockholm. Und in diesem Haus wohnten zwei uralte Menschen, er eine imposante Erscheinung, die sich jedoch im Umgang als recht spröde erwies, und sie eine überaus freundliche, recht kleine Frau, die sich sofort daranmachte, Tee auf den Tisch zu zaubern. Es war natürlich eine kleine Mühe, dem stattlichen Vater zu versichern, dass seine Pension, ganz gleich, was auch passierte, bis in alle Ewigkeit aus den Niederlanden auf sein Konto überwiesen werden würde. Er blieb misstrauisch und erwies sich erstaunlich gut über die ständigen Regierungswechsel in unsrem Land informiert. All die Kabinette, die permanent stürzten, in Schweden kenne man so etwas gar nicht, dort regierten die Sozialdemokraten seit etwa einem halben Jahrhundert, und warum war dies in den Niederlanden nicht auch möglich, warum war diese komische *Partij van de Arbeid* denn nicht in der Lage, die absolute Mehrheit zu erringen? Früher oder später, so dachte er, würde eine widerliche rechte Partei wie die VVD an die Macht kommen, und dann war es mit seiner Pension aus und vorbei, davon war er überzeugt. Ich erklärte ihm, dass es in meinen Augen sehr unwahrscheinlich sei, dass die VVD jemals die absolute Mehrheit erhalten werde, die VVD könne vielleicht größer werden, größer jedenfalls, als sie jetzt sei, aber mehr als fünfundsiebzig Sitze im Parlament – unmöglich. Vollkommen ausgeschlossen.

Dass ich ihn wirklich beruhigen konnte, bezweifle ich. Er blieb misstrauisch. Oh, seine Pension, die konnte ihm einfach so genommen werden. Und dann?

Sein Jammern langweilte die Mutter meiner Übersetzerin irgendwann. Sie sagte zu ihrer Tochter, sie habe etwas Schönes gemacht, das wolle sie ihr im Untergeschoss zeigen. Und auch mich lud sie in einem seltsamen Niederländisch ein, ihr ins Souterrain zu folgen. Und so gingen wir also in einer Reihe die Treppe hinunter und gelangten in eine Art Gewölbe, ein wahrlich fürstlicher Raum, in dessen Mitte ein Apparat stand, mit dem die alte Dame offenbar etwas hergestellt hatte. Beim Anblick des Apparats fing ich leise an zu summen: »Meine Ruh ist hin, mein Herz ist schwer«. Ich hörte sofort wieder damit auf, aber mir wurde klar, dass diese einfachen deutschen Worte meinen Zustand ziemlich genau beschrieben. Ja, natürlich, das war es, was nicht stimmte, »meine Ruh ist hin, mein Herz ist schwer«. Aber wieso, dachte ich, was ist der Grund? Warum stand ich, wie meine Mutter es ausgedrückt haben würde, derart neben mir? Und selbst da, dort bei dem Spinnrad, wurde mir nicht sofort klar, warum meine Ruhe hin war, nein, dafür brauchte ich noch etwas Zeit, nicht viel Zeit übrigens, höchstens eine Minute, und dann dachte ich: Warum bin ich nicht früher daraufgekommen, was bin ich doch für ein unglaublicher Dummkopf! Tatsächlich hatte die Wahrheit zum Greifen nahe gelegen, darum also schienen die Ventile, Zahnräder und Stoßdämpfer in meinem System verrückt zu spielen. Meine Ruh ist hin, mein Herz ist schwer, ich finde, ich finde sie nimmermehr …

Die Mutter meiner Übersetzerin setzte sich ans Spinnrad und ließ es kurz drehen. Es war, als wollte sie mir einbläuen: Ja, denk daran, es hat dich erwischt, du bist *verknallt*, und zwar nicht wenig, und es lässt sich genau zurückverfolgen, in welchem Moment das passiert ist, nämlich als sie die Brille abgenommen hat, oder vielleicht schon früher, als du so eifrig und konzentriert mit den Schiebegewichten des Wiegestuhls beschäftigt warst. Oder vielleicht schon, als sie so vollkommen abgewetzt ins Hotel kam und ihre Brille beschlug.

Ich ermannte mich. In Gedanken sagte ich ziemlich böse zu der kleinen Mutter: »Wenn ich denn verknallt bin, dann bin ich wahrscheinlich nicht der Einzige, denn warum wollte deine Tochter sonst das Lied von diesem Sjöberg singen?«

Das erste Mal, als ich dich sah, glänzte die Sommersonne.

Das Spinnrad surrte. Nun ja, surren, ich weiß nicht, ob es das richtige Wort ist. Man könnte auch das Wort »schnurren« verwenden oder »lispeln« oder »knarren«. Und jedes Spinnrad wird wohl auf je eigene Weise schnurren, vermutlich gibt es keine zwei Spinnräder, die haargenau gleich klingen.

Wir stiegen die Treppe wieder hinauf. Im Wohnzimmer stand ein großes altes Blüthner-Klavier. Das sind Stück für Stück herrliche Instrumente, und ich sehnte mich nach etwas Halt. Daher ging ich, ohne zu fragen, ob es erlaubt sei, zum Klavier, klappte den Deckel auf und schlug den ersten Ton der ersten Partita von Bach an. Doch anstatt des bes stieg aus dem Klavier ein schriller, lange nachhallender Klang auf, ein Geräusch, als werde jemandem die Kehle durchgeschnitten, und danach schien es, als würde in dem Instrument jemand stecken, der Xylofon spielte, denn es ertönten allerlei Klimpertöne. Ein Kater, der während der ganzen Zeit teilnahmslos auf einem Stuhl gedöst hatte, erhob sich und miaute beunruhigend, womit er die Stimmung im Zimmer vortrefflich illustrierte. Die Mutter meiner Übersetzerin sah mich fassungslos an, und ihr Vater sah aus, als wäre ihm seine Pension bereits aberkannt worden. Und so endete der Besuch in einer scheußlichen Dissonanz, und als wir wieder im Volvo saßen, sagte meine Übersetzerin: »Das Innenleben wurde aus dem Blüthner entfernt, in dem Klavier bewahren meine

Eltern ihr Gold und Silber auf. Das Ding ist ihr Versteck, und es ist nicht dazu gedacht, dass darauf gespielt wird. Bestimmt haben sie sich zu Tode erschreckt.«

»Nun, ich habe mich auch zu Tode erschreckt«, erwiderte ich.

Dennoch war es angenehm, so erschreckt zu sein, denn es lenkte mich ab und verdrängte ein wenig das Schnurren des Spinnrads. Wir fuhren schnurstracks zum Haus meiner Übersetzerin in Spånga, wo der Tisch bereits gedeckt war. Karl und die drei Kinder saßen vor leeren Tellern und hämmerten mit Gabeln und Löffeln auf die Ränder derselben.

»Ja, ja«, rief meine Übersetzerin, »ein wenig Geduld noch, gleich gibt es Essen, ich bin ein wenig spät, weil mein Autor aus den Niederlanden meinen Vater hinsichtlich seiner Pension beruhigen musste, und das hat er sehr gut gemacht.«

Karl legte das Besteck, mit dem er gehämmert hatte, hin, zog seinen bestürzenden Pelzmantel wieder an und verschwand nach draußen, um eine Zigarre zu rauchen. Ich setzte mich ans Klavier und spielte allerlei Lieder aus dem *Melodibok*, und meine Übersetzerin brachte im Handumdrehen eine Mahlzeit auf den Tisch. Ich dachte: Kann dieser Karl denn nicht kochen, hätte er nicht das Essen zubereiten können, und das fragte ich dann auch meine Übersetzerin, als sie mich mit dem Volvo zum Hotel zurückbrachte.

»Karl? Kochen? Nein, das ist unvorstellbar, das mache ich.«

»Ich dachte, ihr hier in Schweden wäret, was die Emanzipation angeht, viel weiter als wir in den Niederlanden.«

»Tja, die Männer machen genauso wenig im Haushalt wie in den Niederlanden, das bleibt alles an den Frauen hängen, so wie überall, und das, obwohl wir Frauen hier in Schweden alle einen Beruf haben und auch haben müssen, weil man sonst nicht genug Geld hat. Die Löhne sind niedrig, und man muss zu zweit arbeiten, wenn man eine Familie hat. Trotzdem sind im Haushalt wir Frauen für alles zuständig. Meinen beiden Schwestern geht es genauso, obwohl sie auch verheiratet sind. Tja, das sind die Folgen, wenn in einem Land seit einhundert Jahren die Sozialdemokraten an der Regierung sind.«

»Bei uns wechselt die Regierung ständig, aber trotzdem erledigen die Frauen einen Großteil der Hausarbeit.«

»Niederländische Frauen sind total verwöhnt, die haben alle eine Haushaltshilfe. Meinst du Karl und ich könnten uns eine Haushaltshilfe leisten?«

»Was macht Karl?«

»Er ist Gewerkschaftsvorsitzender.«

»Und da verdient man so wenig?«

»Ja, die Arbeit wird schlecht bezahlt, und ich arbeite an der Universität, da verdient man auch nichts. Oder besser gesagt, man bekommt nicht mehr als ein ungelernter Arbeiter. Was das angeht, hat mein Vater es mit seinem niederländischen Professorengehalt besser getroffen.«

Wir erreichten mein Hotel, und ich sagte: »Ich habe heute ein Geschenk für dich gekauft. Es liegt noch oben in meinem Zimmer. Soll ich es rasch holen, oder willst du kurz mit raufkommen?«

»Ich gehe mit hoch, wenn du nichts dagegen hast. Ich würde gern mal dein Zimmer sehen.«

Wenn man in mein Hotelzimmer kam, dann gelangte man zuerst in einen schmalen Gang, der am Badezimmer vorbeiführte. Wir gingen zusammen durch diesen schmalen Gang, und da war es beinahe unvermeidlich, dass wir aneinanderstießen. Und dann gab es, obwohl ich absolut nicht darauf aus gewesen war und sie, meiner Meinung nach, auch nicht, plötzlich kein Halten mehr. Wie zwei Ertrinkende, denen man einen Rettungsring zuwirft, griffen wir nach dem jeweils anderen, gütiger Himmel, was für eine stürmische, heftige, nahezu verzweifelte Umarmung. Die Umarmung war so leidenschaftlich, dass eine fürstliche Kette, die sie um den Hals trug, zerriss. Die Perlen, aus denen sie bestand, fielen herunter, zum Teil in ihre Kleider, zum Teil auf den Boden und zum Teil auch in meine Kleider.

»Oh Gott, die Kette von Tante Helga, oh weh, sie will nicht, dass wir uns umarmen, es ist eine Warnung, ach ach, jetzt müssen wir die Perlen suchen.«

Also machten wir uns auf die Suche nach den Perlen, und dank Tante Helga wurde aus weiteren Umarmungen nichts. Später, im Bett, dachte ich: Und das war auch gut so, denn wo hätte das hinführen sollen? Daraus kann doch wirklich nichts Gutes werden. Aber dieser Gedanke ging mit einem entsetzlichen Schmerz einher, und ich dachte: Wie kann das sein? Wie kannst du dich so schnell, innerhalb von achtundvierzig Stunden, so unglaublich verlieben, das ist doch unbegreiflich? Ich rief mir alle Bilder wieder ins Gedächtnis, die beschlagene Brille, den Wiegestuhl, den Moment, in dem sie diesen Verschlag von der Nase nahm, ihren Blick, als sie mich am Sonntagmorgen wiedersah, das Plateau und die enorme Rührung, die ich verspürt hatte, als sie mit ihrem dünnen Stimmchen das Lied von Sjöberg sang. Das erste Mal, als ich dich sah, da glänzte die Sommersonne.

Dennoch schlief ich, der misslungenen Umarmung zum Trotz, die dritte Nacht in Stockholm recht gut, wahrscheinlich weil ich die ersten beiden Nächte kaum geschlafen hatte. Am nächsten Morgen fühlte ich mich ziemlich munter, und ich dachte zufrieden: Heute geht's wieder nach Hause, aber vorher möchte ich noch mit dem Boot nach Djurgården und Hasselbacken, das habe ich mir nun einmal vorgenommen, und das will ich auch in die Tat umsetzen, denn andere Verpflichtungen habe ich heute nicht. Bis zu dem Zeitpunkt, an dem ich den Zug nach Spånga nehme und vom Bahnhof aus zum Haus meiner Übersetzerin spaziere, von wo aus sie mich dann, nach einem mittäglichen Butterbrot, zum Flughafen Arlanda bringen wird, habe ich den Tag für mich.

Ich schaute mir Djurgården auf dem Stadtplan an. Stockholm besteht aus einer großen Zahl von Inseln mit vielen breiten Gewässern dazwischen, und Djurgården ist eine dieser Inseln. Sie sieht genauso aus wie Neu-Guinea, allerdings kleiner, und das Boot, das dorthin fuhr, legte, wie ich dem Stadtplan entnahm, an dem Ufer ab, an dem auch mein Hotel lag.

Es war ein altes Bötchen, und es erinnerte mich an die Fähre aus meiner Jugend, die zwischen Maassluis und Rozenburg verkehrte. Auf der Seite stand das Wort *Djurgårdsfärjan*. Es gab klappernde Absperrungen, und das Bötchen ächzte und stampfte, ach, mein Gott, was für ein altes Bötchen, aber es brachte die wenigen Passagiere sicher vom Skeppsbronkade zum Anleger am Fuß des berühmten Hasselbacken. Wie sich zeigte, war Hasselbacken eine uralte Gaststätte, und es erschien mir sehr gut denkbar, dass sich dort seit den Tagen von Doktor Glas nicht sonderlich viel verändert hatte. Man konnte auf der Terrasse sitzen, und die Decken, von denen Söderberg spricht, Decken, um die Beine zu wärmen, lagen immer noch auf den Stühlen. Allerdings war es nicht kalt, und ich hatte daher keinen Grund, eine dieser grauen Decken über meine Beine auszubreiten. Es war niemand da, eine Bedienung kam auch nicht, ich saß dort mutterseelenallein, und das gefiel mir sehr gut. Nun, ich war verliebt, und zwar nicht nur ein bisschen. Aber ich fuhr nach Hause, und es würde wohl wieder vergehen, denn schließlich war es, angesichts der Tatsache, dass wir so weit voneinander entfernt wohnten, undenkbar, eine heimliche Beziehung zu beginnen. Hinzu kam natürlich, dass wir beide bereits jemanden hatten, und dieser Karl schien mir außerdem kein schlechter Mensch zu sein. Man fängt doch nicht etwas mit einer Frau an, deren Mann einem bereits bei der ersten Begegnung sehr sympathisch ist und der einem auch ein wenig leidtut, weil er seine Zigarren in einem bis aufs Leder verschlissenen Fellmantel draußen vor der Tür rauchen muss? Lauter vernünftige Gedanken, doch oh, wie unaussprechlich schmerzte es, dies – zudem noch im Hasselbacken – zu bedenken. Und ich sah schon voraus, dass es mir, wenn ich wieder zu Hause war, genauso ergehen würde wie Dimitri Gurov in *Die Dame mit dem Hündchen* von Tschechow. Wie konnte es um Himmels willen sein, dass es mich derart erwischt hatte? Ich dachte an die wunderbare Geschichte von Heinrich Böll, *Das Brot der frühen Jahre*. Darin erblickt der Elektriker Walter Fendrich eine junge Frau – sie heißt Hedwig –, und er ist auf der Stelle hin und weg. Und sie verliebt sich sofort auch in ihn. Liebe auf den ersten Blick. Laut dem Kulturwissenschaftler J. H. van den Berg ist dies auch die einzig echte, wahre Form der Verliebtheit. Ich hatte das immer für Blödsinn gehalten, so schön ich die Geschichte von Böll auch fand (und finde), aber dort im Hasselbacken, mit all den hölzernen Stühlen und grauen Decken um mich herum, musste ich mir eingestehen, dass einem so etwas tatsächlich passieren kann. Nun gut, das gab ich ja gern zu, aber was nun?

Es war, als hätte sich etwas entfaltet, das bereits die ganze Zeit schlummernd bereitgelegen hatte, als hätten sich brennbare Stoffe angehäuft, die nur auf den einen Funken warteten, um zu explodieren.

Das Boot brachte mich zurück zum Skeppsbron. Im Hotel packte ich meinen Koffer, ich checkte aus, ging zum Bahnhof und nahm den Zug nach Spånga. Dort angekommen, spazierte ich zum Haus meiner Übersetzerin.

Sie hatte ihre besten Kleider angezogen, einen grauen Rock und eine grüne Bluse, die ihr prächtig standen. Und nie habe ich schöneres Oktoberlicht durch kleine Fenster mit karierten Vorhängen davor in eine Küche fallen sehen als dort in Spånga. Ich konnte ihr noch ein paar Perlen geben, die ich auf dem Boden im Flur meines Hotelzimmers gefunden hatte.

»Sind jetzt wieder alle Perlen da?«, fragte ich.

»Zwei fehlen noch«, sagte sie und fuhr dann fort: »Mein Leben war in den letzten Jahren so leer, es schien, als wäre alles zum Stillstand gekommen. Und dann habe ich dich gesehen, und plötzlich fing die Sonne wieder an zu scheinen. Aber du fliegst nun in die Niederlande zurück. Was soll ich jetzt bloß machen?«

»Aber du bist doch glücklich verheiratet? Meinem Eindruck nach ist Karl ein überaus netter Mann.«

»Das ist er auch, aber seine Mutter macht mich verrückt, total verrückt. Sie hat als Dienstmädchen in einem großen Schloss gearbeitet, und der Graf hat sich an ihr vergriffen. Dann kam Karl zur Welt; seine Mutter hat nie geheiratet, und andere Verwandte hat sie auch nicht, und daher steht sie ständig bei uns auf der Matte, um bei der einzigen Person in ihrem Leben zu sein, der sie sich verbunden fühlt. Karl ist alles, was sie hat. Ständig, ständig habe ich meine Schwiegermutter an der Backe, am liebsten würde ich sie umbringen, so schrecklich ist sie. Hast du auch so eine Schwiegermutter?«

»Nein, meine Schwiegermutter ist ziemlich empfindlich und leicht gekränkt, aber ich sehe sie nicht oft, und sie fällt mir überhaupt nicht zur Last. Und mein Schwiegervater ist ein unglaublich liebenswürdiger Mann, man kann es kaum glauben, dass es so nette Menschen gibt, und meine Frau ähnelt vom Charakter her sehr ihrem Vater, und von daher ...«

»Du bist also durchaus glücklich verheiratet? Und du hast nichts zu klagen?«

»Nein, ich kann mich nicht beklagen. Schade finde ich nur, dass meine Frau immer nur Hosen trägt und in flachen Schuhen geht. Sie hat Größe sechsunddreißig und könnte wunderschön aussehen, wenn sie ein Kleid oder einen Rock und dazu hohe Absätze tragen würde. Hohe Absätze gefallen mir besonders gut. Aber was soll ich mich beklagen, es gibt genug andere Frauen, die sehr wohl hübsch angezogen sind.«

»Stehst du auf schöne Kleider? Dann würde ich mich für dich immer so schön wie möglich anziehen, damit du das nur weißt. Deinen Büchern habe ich entnommen, dass du schöne lange Fingernägel magst. Oh, für dich würde ich sie so lang wachsen lassen, wie du es nur wünschst, und ich würde sie in den grellsten Farben lackieren. Ich bin die Älteste zu Hause, ich habe zwei jüngere Schwestern, und ich habe die beiden immer erschreckt, indem ich Hexe spielte. Nun, wenn es etwas gibt, das zu einer Hexe passt, dann sind es lange, krumme, spitze Fingernägel. Ach, stell dir doch nur einmal vor … Wenn wir miteinander verheiratet wären, dann könnten wir in zwei Ländern leben, die eine Hälfte des Jahres in den Niederlanden, die andere Hälfte hier in Schweden. Es würde dir außerordentlich gut gefallen hier in Schweden, es gibt jede Menge wunderschöne Natur, und das Land ist so groß und so herrlich menschenleer.«

»Na, Stockholm ist aber ziemlich dicht bevölkert, mein lieber Mann, was für eine Stadt! Schön ist sie ja, sehr schön sogar, mit all dem vielen Wasser, aber auch ein wenig unwirtlich.«

»Aber nicht doch, Stockholm ist prächtig, es gibt auf der ganzen weiten Welt keine schönere Stadt als Stockholm. Du würdest bestimmt lernen, dich hier heimisch zu fühlen. Und du bist Schriftsteller, und schreiben kannst du überall, also auch hier, und daher würdest du ganz leicht nach Schweden kommen können, was das angeht, so gibt es keine Hindernisse.«

»Du kannst es dir also durchaus vorstellen? Du und ich zusammen …«

»Oh ...«

Sie legte ihre Arme um mich und ich meine um sie, und dann ließen wir einander gleich wieder los. Sie sagte: »Was, wenn plötzlich eines der Kinder nach Hause kommt. Oder Karl ...«

»Könnte das passieren?«

»Ja, das ist nicht ausgeschlossen. Komm, lass uns eine Kleinigkeit essen, und dann fahren wir nach Arlanda. Unterwegs können wir immer noch von der Straße abbiegen, uns einen ruhigen Ort suchen, kurz anhalten und ...«

Und so fuhren wir, viel zu früh im Hinblick auf die Abflugzeit meiner Maschine, aus Spånga ab. Über die schwedischen Straßen flitzen, das gefiel mir, und eine Frau mit Führerschein – das wäre doch sehr praktisch.

Ruhige Orte gab es genug zwischen Spånga und Arlanda – die ganze Gegend war ein einziger großer Ruheort. Nichts als Fichtenwälder, und ich dachte daran, wie schmerzlich ich während des schwedischen Sommers die niederländischen Wassergräben vermissen würde, die mit Froschbiss, Pfeilkraut und Schwanenblume bewachsenen Wassergräben und die Libellen darüber. Nach Schweden? Ich? Mein Herz krampfte sich zusammen. Nie wieder Plattenklub, das allein schon, und dennoch, ich war unglaublich verknallt, das war nicht zu leugnen, und sie ebenfalls.

Wir fanden einen ruhigen Ort, wir mussten nur von der großen Straße abbiegen und ein kleines Stück fahren, um auf eine Lichtung im endlosen Fichtenwald zu gelangen. Aber als wir dort gerade unsere erste Scheu überwunden hatten, um einander dann doch einmal herzhaft zu küssen, da tauchte zwischen den Bäumen ein Mann auf, der sich mit großen Schritten näherte. Das Herz schlug mir bis in die Kehle, denn der Mann, der immer näher kam, war ihrem Mann wie aus dem Gesicht geschnitten. Und dass meine Übersetzerin das Gleiche dachte, ergab sich aus der Tatsache, dass sie erblasste und »Karl« murmelte. Aber wie hätte es Karl sein können? Es war nur unser schlechtes Gewissen, das uns einredete, dass dort Karl auf uns zukam. Wie merkwürdig, zu diesem Zeitpunkt bereits ein schlechtes Gewissen zu haben, obwohl noch kaum etwas passiert war? Wie wäre es uns ergangen, wenn es tatsächlich zum Seitensprung gekommen wäre? Wie unglaublich schuldig hätten wir uns dann gefühlt!

Der Mann ging unmittelbar am Wagen vorüber, warf einen kurzen Blick hinein und setzte seinen Weg fort.

»»Es ist nicht Karl«, flüsterte sie.

»Das ist doch auch ausgeschlossen«, erwiderte ich, »wie hätte er herkommen sollen?«

»Stimmt, es ist unmöglich, aber trotzdem habe ich wirklich gedacht, es wäre Karl.«

Sie ließ den Motor an, und wir fuhren zurück auf die große Straße, Richtung Arlanda. Als wir dort ankamen, staunte ich wieder über den riesigen Parkplatz, auf dem zwar mehr Autos als am Samstagmorgen standen, aber nicht sehr viele mehr. Ich checkte schon mal ein, und dann suchten wir uns einen Tisch im Restaurant mit Aussicht und schauten auf den riesigen Flughafen. Dort standen einige Maschinen, und weil die Sonne im hohen Norden im Oktober bereits tief stand, warfen diese Maschinen gewaltige Schatten. Und diese Schatten wurden im Laufe der Zeit noch imposanter. Wir versprachen, einander lange Briefe zu schreiben, und sie sagte, sie sei regelmäßig in den Niederlanden, und vielleicht müsse ich ja wegen meiner schwedischen Leser immer öfter nach Stockholm reisen. Wir hielten uns bei den Händen, schauten auf die Uhr und zählten die Minuten, die uns noch blieben. Sie fragte: »Fliegst du mit SAS?«

»Ja«, sagte ich.

»Weißt du, wofür diese Buchstaben die Abkürzung sind?«, fragte sie.

»*Scandinavian Airline Systems*, glaube ich.«

»Sie stehen vor allem für *Skips All Service*, du könntest also besser hierbleiben.«

Dann war doch der Moment gekommen, in dem ich mich zu dem Gate begeben musste, von wo meine Maschine abflog. Wir gingen durch einen langen Gang, bis wir zu der Stelle kamen, an der ich eine Absperrung passieren musste. Wir umarmten einander, und ihr kullerten ein paar geräuschlose Tränen über die Wangen. So weit kam es bei mir nicht, aber in dem recht leeren Flugzeug habe ich noch eine Weile gestöhnt und geächzt, was problemlos möglich war, da niemand neben oder hinter mir saß.

Es war schon spät, es war der erste Nachtflug meines Lebens.

Die Zitate auf S. 256 und S. 270 stammen aus:
Hjalmar Söderberg, Doktor Glas

Die Rechte an der deutschen Übersetzung
von Verena Reichel liegen beim
Manesse Verlag, Zürich, in der Verlagsgruppe
Random House GmbH, München.